金潭湖的传说

高 飞　蒋闽平 ◎ 主编

安徽师范大学出版社
ANHUI NORMAL UNIVERSITY PRESS
· 芜湖 ·

图书在版编目（CIP）数据

奎潭湖的传说 / 高飞，蒋闽平主编 . — 芜湖：安徽师范大学出版社，2023.10
ISBN 978-7-5676-6196-7

Ⅰ.①奎… Ⅱ.①高… ②蒋… Ⅲ.①民间故事—作品集—芜湖 Ⅳ.①I277.3

中国国家版本馆CIP数据核字（2023）第101558号

奎潭湖的传说

高　飞　　蒋闽平◎主编

KUITAN HU DE CHUANSHUO

封面题字：秦金根
责任编辑：李　玲
责任校对：辛新新
装帧设计：张德宝
责任印制：桑国磊
出版发行：安徽师范大学出版社
　　　　　芜湖市北京中路2号安徽师范大学赭山校区

网　　　址：http://www.ahnupress.com/
发 行 部：0553-3883578　5910327　5910310(传真)
印　　刷：安徽联众印刷有限公司
版　　次：2023年10月第1版
印　　次：2023年10月第1次印刷
规　　格：700 mm×1000 mm　1/16
印　　张：14.5　　插　　页：5
字　　数：228千字
书　　号：ISBN 978-7-5676-6196-7
定　　价：68.00元

凡发现图书有质量问题,请与我社联系(联系电话:0553-5910315)

《奎潭湖的传说》编委会

顾　问
许嘉旺　王子玉　朱庆生　陈光槐　强小兵

主　任
王　芳

副主任
刘昌海　李广涛

主　编
高　飞　蒋闽平

主编助理
秦晓斌

编　委
蔡少勇　秦晓斌　郑贤胜

文字录入
徐正梅

统　筹
许镇镇老年学校　文旅工作组

奎湖鸟瞰（一）（摄影：盛学锋）

奎湖鸟瞰（二）（摄影：盛学锋）

2019年南陵县许镇镇第一届"龙腾奎湖 凤舞水乡"端午民俗文化节活动（摄影：刘志刚）

2023年南陵县许镇镇第二届"龙腾奎湖 凤舞水乡"端午民俗文化节开幕式（摄影：魏潇雨）

龙舟比赛（摄影：史晓原）

奎湖掠影（一）（摄影：朱庆生）

奎湖掠影（二）（摄影：朱庆生）

仙酒坊诗酒文化园（摄影：吴宗高）

《奎潭湖的传说》编委会成员合影（摄影：魏潇雨）

自左至右：李广涛　郑贤胜　刘昌海　朱庆生　王子玉　许嘉旺　吴宗高　强小兵　蒋阔平　高　飞　陈光槐　王　芳　蔡少勇　秦晓斌

洼地上的积淀（序）

早就知晓"人往高处走，水往低处流"这句老话，却并不懂得长辈们时常挂在嘴边的深意。农家子弟的家教，多为口传身授，有时靠的就是本地数不清的俗谚、神话故事和民间传说。往往先从父母乡贤不经意的闲谈中反复听闻，烂熟于心，走上社会再独自慢慢反刍，一辈子历事做人，翻来覆去随意取用，宛若锦囊。

我们圩乡人的命根子栽在洼地上，注定要和水厮磨终生。以水为友，亦与水为敌；尊水为师，且敬水如神。生活日常须臾离不开水，也把那点浑然不觉的哲思与信仰投入其中。这才懂得如何将灾难与贫困当作福分和财富，把七灾八难捋顺，祸福等闲，宠辱不惊，就像我所敬重的那些梓亲手足。

记得四十年前，我在安徽师范大学读书，周末回家途中到奎潭湖搭车，恰巧同外出打工的邻村发小朱大哥邂逅。一番简谈，颇有感触，当夜灯下草记数行打油诗，至今还能依稀回忆几句："家无隔年粮，清水泡欢团。大哥出乡关，行囊空荡荡。一身破衣裳，赤脚到奎潭。湖水白茫茫，传说有龙王……"毕业归队后，出于敝帚自珍，每翻看旧墨读到此处，便心事重重，不禁想起自己当年"出乡关"时的一丝丝酸涩……我对于故乡的记忆，最深刻的就是两条：物质上的贫穷与饥饿，精神上的富足和充实。这两条都和水密切相关。

圩乡水大灾多，不积财，老年间家家一贫如洗，过去当地的"富人"，也都是牙缝里抠出来的"铁算盘"，日子过得比外乡名副其实的富人不知要穷酸多少倍。而生活中的圩乡人，张嘴说话，都是满腹经纶的架势，就算一字不识的庄稼汉，也能谈论天理人伦、出口成章。这同样是因为朝朝水漫金山，生活不得安定，历事杂多殊异，不知不觉见识丰富起来。各种俚俗说道，在我还被称为"小把戏"的时代，就时不时地被满耳朵灌输。

我们这茬人，不幸读书少，但凭借故乡这些碎片化的精神赠予，偶尔也会让人高看一眼。那些耳熟能详的神话故事和民间传说，无不带有乡土的温度，散发着"圩水"清香。它们大多得自田间地头，或家人围坐煤油灯下的夜话，总会弥漫着讲述时的情境，温暖在心头，成为游子排遣思乡念亲寂寞情感的特效良药。

高飞和蒋闽平先生主编的这部《奎潭湖的传说》中，让我刻骨铭心的一篇，要数《五殇坟的传说》，因其事发地同我祖居的新塘岔许村隔塘相望。那座长满巴根草的荒坟，一直让我好奇。小时候但凡经过此地，我总要驻足片刻。我难以想象埋骨在此的兄弟五人，为抢修圩堤居然用硕大的斛桶挑土，直至吐血殒命。这样的治水英雄，无法不让人肃然起敬。我曾以童年的天真向祖父和父亲讨教用斛桶挑土的可能性。他们告诉我，古人善用"气势"获得超乎想象的神力，并以家乡"罗汉灯"堆"黑金花""黄金花"时，一人扛得起上十人的"神角"加以佐证。我在将信将疑中选择相信，相信"气势"这种超能力的存在，相信老辈人"呱古报经"所传不虚，也相信世上无难事，一切皆有可能。

我一直固执地认为，家乡那些奇妙的传说，看似虚妄，实有真意，只是多数人未必深解。比如，我从小就听说村后上新塘的"底"是"通"的，跟奎潭湖相连，所以枯水季节总有若干"泉眼"从不见干涸。新塘东接龙骨塘，龙骨塘又称"龙潭"，是常年深不见底的"龙穴"，相传与奎潭湖的"罪龙"亦有瓜葛。奎潭湖底通向东海龙宫，故林都圩乃至东塘圩、太丰圩所有深塘古井皆有"龙迹"。因此，仙酒坊的老酒之所以留得住诗仙李太白，就在于酿酒的古井连接着奎潭湖，井水相犯湖水，沾着"龙涎"仙气，成就琼浆玉液。传说中，我乡人都生活在"鳌鱼"背上。"鳌鱼"诞生于奎潭湖，后长成负载乡土的宽阔背脊，其"伸头喘息""吐纳真气"尚需潜入奎潭湖……凡此种种，奎潭湖的"龙脉"确证无疑，湖滨"仙灵宜耕"也就可想而知。因水源不断，亦水患频仍，十年九灾中，只要有一季收成，"狗都不吃粥"，可见土地肥沃，滋养稻米。所以，我们的老祖宗对这块埋骨之地爱恨交加，就算再穷再苦再没好日子过，也舍不得离开。他们苦恋着一个"水"字，把全部精神情感托付于水，所有哲思、审美、信仰、神话传说、艺术创造，诸如古老的传统傩戏表演等，全是"无水不欢"。

我祖父年轻时爱唱目连戏，因身材高大魁伟，常在《目连救母》中扮演玉皇大帝。按照乡俗，演出时常有互动环节，即"玉帝"走下戏台，到全村各家巡视慰问。此时，家家户户都要备下一碗清水，由"玉帝"象征性地抿一口，余水举家分饮，以保家人全年消灾免祸、健康平安。水在我乡就是这样被视为至尊的祭品，灌注各种礼仪，成为人与神之间的通灵载体、可靠信物。

千百年间，故乡江河湖塘的"圩水"，永不疲倦地积淀下来，逐渐形成特殊的价值核心，成为乡土文化的标志，义无反顾地滋养着这块土地上生生不息的生命群体，塑造出鲜明的人格品质。

第一，勇敢无畏，奋争自强。圩乡人常年面对大水，一向以"狠"和"野"著称，骨子里征服欲望极强。他们喜欢称狠、斗狠、服狠，勇于对决、抗争，执着、倔强"不服奋"，并且遇险无畏，敢打头阵，普遍怀有英雄情结。

第二，勤苦隐忍，委曲求全。恶劣的生存环境迫使圩乡人勤劳忍耐、不屈不挠，"肯吃苦中苦，能为人下人"。他们惯于起早贪黑谋营生，信奉"鸡叫头遍起身，念书当状元，做田当财主"，"天亮出门，生意保本"，"太阳出山下床，笃定是叫花子相"。正牌"圩佬"，"有碗水就能活三天"，"筷子掇酱油也干三碗饭"。

第三，谦虚谨慎，诚信好客。圩乡人毕生与水周旋，命运起伏多变，备尝人生艰难，深知个人渺小、友情珍贵，认定世上"只有老七，没有老一"，特别低调而鄙视狂妄，酒桌上举杯永远低人半手。他们争在场面而"过堂为客"，要面子、讲信誉、守规矩，做人干净利索，滴水之恩，涌泉相报，绝不亏欠人情。

第四，敬畏神灵，修德认命。因水患长期强势压迫，圩乡人头顶上时刻高悬双刃剑，故而渴望超自然力量以作为精神寄托。他们心怀敬畏，顺天应命，"不修今生修来世"，崇尚积德行善，笃信善恶有报，以"人不晓得菩萨晓得""命里有时终须有，命里无时莫强求"作为人生信条。

第五，抱团齐心，任侠仗义。在无休止的灾难生活中，经强大的自然力反复锤炼，圩乡人协力搏命，意志坚强，形成团结互助、和衷共济的群体意识，尚气节、有担当且乐于助人。他们看重"福同享、难同当"的协同精神，珍视"血脉相连、生死与共"的亲缘及宗族、村邻、乡梓情谊，彼此忠贞怜恤，携手共担道义。这些存活在圩乡人精神世界中的价值观念，或称集体意识、无意识，蕴含于乡风、民俗及各种具有鲜明地方特色的艺术形式（如音乐、舞蹈、戏剧、曲艺、杂技、木偶戏、皮影戏等）、体育项目中，以表演和赛事活动的形式传袭下来，我们耳濡目染、感同身受。通过虚构或非虚构文学作品（如传记、诗歌、散文、小说、剧本、神话、故事、传说、谣谚等），以文字形式将其定格，使这些非物质文化遗产得以永久传承，无疑是地方精神文化建设的重要工程。

《奎潭湖的传说》的编辑出版，就是这样一项令人瞩目的工程。在其"典故传说""进士之乡""水利命脉""富美奎湖"等四个组成部分中，能读到我乡百姓突出的精神格调，体会他们自古以来在这片圩乡土地上繁衍生息所蕴含的价值追求。作为一部以奎潭湖为标志的"圩乡文化"传习文本，它袒露着古今时光的刻度，亦彰显了人们代际的色差，同时还散发出永恒不变的生命之光与人性温暖。它不单是"一湖之传说"，而且立足于奎潭湖特定的地理环境，集中体现以"水"为主体的价值观念，展示"圩水文化"的独特魅力。正所谓仁者乐山、智者乐水，"一方水土养一方人"，一群追求生命温度的圩乡人支撑着这座文化大厦。书中精选的民间故事、人文史料，都带着乡亲故土满满的仁心爱意，传达出丰富多彩的生存智慧和理想情怀。对于生长于斯的圩乡后世子孙而言，堪称修身立世的启蒙读物，一册在手，无异于永不过时的摇篮曲。

许镇镇旧时习称南陵县"下北乡"，地处本县"笼子底"，地势大体南高北低。受周边江河影响，镇域内又有明显中间高、四周低的特点，全镇最低部位当然就是奎潭湖的湖滨地区。以水势而论，奎潭湖是镇域内各路水系的汇聚点，其"湖滨文化"无疑在整个"圩乡文化"中具有典型意义。因有"底部"优势，水源充沛，湿地宽阔，知名度高，人文根系发达，文化资源丰富，作为特定的区域文化，其带有标志性，但就文化根脉而言，仍属一方水土中不可分割的组成部分，与本县"圩乡文化"是整体和局部的关系。

正所谓"存在决定意识"，自然环境对于文化积淀往往具有重要作用。考察奎潭湖的历史文化，势必要放眼整个许镇镇域，即传统的"下北乡"地域内的"圩水文化"，尤其是水土密接、流脉贯通的林都圩。本书收录的传说故事及相关资料，既从奎潭湖着眼，又聚焦"圩水"，放眼乡土，在传说之外有重点地另章细论。其考察与思考地域文化特质的眼光，别出心裁，颇有深意。

不难看出，跨越奎潭湖的湖滨地区，在整个圩乡广为流传、人们耳熟能详的民间传说和神话故事，同样多以"水"为主料，或因"水"而缘起。无论是假借神话，还是附着史案，都在时光中反复打磨过，蕴含着积极的正能量。

其余篇目也都有可资圈点的内容，积淀了深厚的精神底蕴。有的记述奇闻，以奇人奇事奇趣表现乡梓情谊及相处之道；有的以凡俗细事辨析是非曲直，弘扬道德良心；有的展示神秘遗迹，从解不开的谜题中，洞察微言大义；有的呈现俚俗村语之美，传佳话、吊英烈，抒发乡土豪情。

这中间，追念唐代大诗人李太白仙踪的两篇文字分外醒目，它们分别立足"民间传闻"和"史籍记载"不同视角，透析"诗酒文化"。这是我乡地域文化价值体系中不容忽略的重要特色，给本土特征打上了两记鲜明的烙印。

有道是"诗"主浪漫，"酒"主狷介。浪漫如我乡亲，古今诗人遍地。奎潭湖畔，明代有张真，清代有强立；盛此公考《毛诗》，留《诗传》，写下《白战雪诗》《子规诗》等；秦家"双进士"，皆为诗文高手；"十里三峰"情至深处，个个诗兴勃发。再看现当代，盛世吟诵更成为乡土时尚，《奎潭三稀吟》《十翁唱晚》，还有许镇镇老年学校诗歌方阵的《奎潭秋韵》，皆如春雷滚滚，满湖桃李，茫茫奎潭湖简直成了诗的海洋。遥想谪仙当年，漫游途中遇过多少好景，都做匆匆过客，然留居本乡，作下诗酒佳话，确非偶然。

说到"狷介"（性情耿直），在我乡本土方言中有句俗话叫"不作兴"，乃乡亲心目中"铁定"的、天经地义的本善原则。这句话出口，我乡人无不领会而服膺顺从。它是看不见的规矩，是待人接物的标准，内涵极为丰富，且极易在酒桌上脱口而出，不时显示道德的闪烁、鸣响和警醒。它是我乡先民的初心，经千百年"圩水"浸润，镌于骨骼，成为"集体无意识"的性格标识。

我乡人大多对物质财富爱而不贪。他们热爱讲道理，也很会讲道理，主持公道，倡言公义，懂得约束私欲，有所取，有所不取，耻于欺诈霸凌、身陷不义。无论在多么嘈杂的社会环境下，面对多么现实的利益诱惑，轻轻念及"不作兴"三个字，便如祖宗的空谷足音，让灵魂震颤。这种深入骨髓的道德感，是很多父老乡亲毕生守正刚直、不卑不亢的精神依托。

如果说本乡"圩水文化"最早的历史见证，是三国名将黄盖、周泰、周瑜，他们均以"春谷长"的身份，在此领兵驻守，操习水军，直至埋骨留魂，与本乡结下不解之缘，那么唐代诗人李白的诗酒情缘，作为更具纯粹性的文化符号，再次给我乡本土文化注入美的活力。这亦武亦文两个波次的积淀，为后续乡土文化的持续发扬光大，奠定了坚实的精神基石。

我毕生军旅，多年游学江湖，不觉养成习惯，无论出访交流还是随营培训，每到一地都要想方设法找博物馆参观，参观重点肯定是当地神话故事和民间传说。就文学史而言，如果说诗歌是"老祖母"的话，神话故事、民间传说就称得上"鼻祖"了。它由上古初民口头集体创作，见证人类初心的纯良。它"神圣具有美妙、悦人、妩媚、安详和宁静的性质，给心灵带来难以表达的纯洁、光明、平安和欣喜"（宗教学家乔纳森·爱德华兹所言），因而是一个民族和国家宝贵的精神财富，在文学史上具有极为重要的地位。纵观东西方文化历史，所有宗教经卷无不充斥着神话传说。众所周知的民间神话传说，如我国的女娲补天、共工触山、羿日除害、嫦娥奔月等，简直可以视作解读民族精神文化和审美心理的"金钥匙"。

地域文化蕴藉发展的道理同样如此。观照一方水土，涵养精神文化，势必少不了传习本地民间神话传说。我乡历代祖贤，对此早有自觉的意识，发现奎潭湖自然之美，传习本乡"圩水文化"，古今代不乏人。诚如程志生先生所说，"文章为奎湖争光，奎湖偕文章传世"。尤其当代，大批有志于此的新老同志默默耕耘，在乡土文化开掘、整理、发现方面，作出了令人瞩目的成绩。主编本书的高飞先生、蒋闽平先生，就是其中劳苦功高的两位。

与我有半个世纪缘分的高飞先生，怀揣着报效乡梓的初心愿景，数十年奋斗不止。他从乡镇领导岗位退下来之后，马不停蹄再为乡土文化发展建功立业，早就硕果累累，给我作出了榜样。从目前已发掘整理出版的许镇镇本土历史文化著作，如仙酒坊李白诗酒文化代表作《仙坊乡志》（2002年），黄墓渡三国文化代表作《一抹乡愁黄墓渡》（2018年），奎潭湖人文景观文化代表作《奎湖泛月》（2020年），三种文化综合代表作《许镇史话》（2012年），以及许镇镇老年学校校刊诗文集《奎潭秋韵》等创作成果中，我们无不感受到高飞先生的那颗拳拳爱心。

蒋闽平先生是地方文化战线的一名老兵，多年立足湖滨这块肥沃的土地，在乡土文化建设方面堪称劳动模范。他在完成大量组织协调工作

洼地上的积淀（序）

的同时，数年如一日，笔耕不辍，其名字始终立于奎潭湖作家、艺术家群体的显著位置。几乎所有关涉奎潭湖文化的艺术作品中，我都能看到蒋闽平先生的身影及辛勤劳作的汗水，那种甘为人梯、孜孜以求的精神，令我钦佩且感动。

《奎潭湖的传说》无疑又是一部本土"圩水文化"的结晶，是进一步拓展我乡地域、环境、生态、景观等文化内涵的精神文明建设工程。讲好"富美湖乡 人文许镇"文化积淀的故事，虽不能指望"毕其功于一役"，但每一份心血，总会浇灌一片灿然。我坚信并愿意为之喝彩，送上深深的祝福。

许福芦

2022 年 12 月 22 日于北京

目 录

第二篇　进士之乡

第三篇　水利命脉

第四篇　富美奎湖

目
录

第一篇 典故传说

浮山九十九个洼，奎湖九十九个汉

章　渊[①]

秦始皇造万里长城，惊动云游天下的南海观世音菩萨。

一日，她看见人间民夫离家别母、抛妻离子、忍饥挨饿、衣不蔽体、夜以继日地修筑长城，心里很不是滋味。民夫孱弱单薄的身躯背负重荷一步一步艰难前行的身影在她眼前挥之不去。于是，菩萨大发慈悲，摇身一变，变成一位满头银发的老婆婆，来到山下扯起一把细长的须草，吹口仙气，随手一抖，变成大把大把的五彩丝线。接连几天，她都坐在民夫必经之路上，每当有民夫从面前走过，她就发给他一根彩线，还小声叮嘱民夫："只要把彩线贴身暗藏，就能保命。"从此民夫们搬砖运石，都身轻力足，快步如飞，成天不知疲累。后来，秦始皇听到一个督工禀报，识破了民夫身轻力足的隐情，就立即命令所有民夫一日内统统交出私藏的彩线，违抗者杀头问罪。秦始皇派人把搜集上来的彩线加工梳理，扎成一根长长的丝鞭。只见这鞭子霞光闪闪、五彩缤纷，秦始皇亲手一试，竟可移山填海，遂大喜过望，觉得这真是天赐宝物。

一日，秦始皇沿长江、漳河逆流而上巡游江南，到达奎潭湖（亦称奎湖）境界，只见奎湖中一座高山挡住了他看东方日出，于是他随手挥出丝鞭，将这座大山迁到了漳河的西侧，这就是现在繁昌境内的浮山。奎湖就是浮山的"胎衣"，它俩有着天然的血缘关系。你看，浮山有九十九个洼（谷），奎湖就有九十九个汉。奎湖与浮山始终相依相偎，形影不离。风平浪静时，浮山美丽的身影倒映在奎湖西畔的水面，这个嫁出门的姑娘至今使用的还是娘家的梳妆镜啊！

---

① 章渊，章光斗先生笔名。

情雁墩

汪文楷

奎湖是芜湖市最大的湖泊之一，水面号称万亩[①]。它是镶嵌在205国道西侧、南陵县境内的一颗璀璨的明珠。在奎湖中段偏南的浩瀚湖面上，屹立着一座孤岛，这就是著名的情雁墩，亦名"雁冲墩"，今人讹称"荷花墩"。它是奎湖七墩中最大的墩。该墩周围菰蒲水柳杂草丛生，夏秋之季水面菱荷飘香，鲜花齐放，郁郁葱葱。墩上，在杂树芳草丛中，矗立着一座大白石碑，上勒隶书"情雁墩"三个大字。该碑是此墩千年奇闻古迹最好的见证，遗憾的是至今已湮没无存了。

从前在林都圩还未成圩之时，奎湖是泾县、旌德、太平漕运直达芜湖、金陵的黄金水道，同时也是各种水鸟理想的天堂。每到秋季，即有成千上万的大雁由北向南铺天盖地地落翅情雁墩上，在此栖息觅食。

一天，一农夫一大清早起床，划船到墩上寻拾野禽蛋。突然，他听到不远处的水边有一雁悲鸣，甚是凄怆，很觉奇怪，就随声寻去。只见墩边滩地上，一只大雁夜间被水獭咬死了，遍身是血，另一只大雁伏尸悲鸣，见人不飞。农夫见此情景，很是高兴，不费吹灰之力，一手捉住活雁，一手拾起死雁，满载而归。回到家中，其妻见状问他得雁来由，农夫手舞足蹈地述说一番。其妻愕然，伤心落泪，说："大雁是飞禽中最重情义之鸟，你手中提的是一对恩爱夫妻。这只活雁颈短是妻，夫亡妻泣就是古人说的孤雁悲鸣。你不能杀害它，否则有伤天伦。你马上把死雁送回原处埋葬起来，把活雁送到墩上放生。"农夫听妻子这么一说，幡然醒悟，立即提着两只大雁来到墩上。这时，只见不远处一艘官船向墩前驶来。差役见农夫手提两只大雁，便大声叫道："县官老爷旅途乏味，要买你手中的大雁解解馋。"农夫听闻，把头摇得像拨浪鼓，并说明此雁

[①] 亩，土地面积单位，1亩约为666.7平方米。

失伴悲鸣以及其妻要求埋葬、放生的嘱托。船上的县官老爷听到此言，便大声埋怨农夫不识好歹，白花花的银子不要，非要把大雁埋葬、放生，真是一介蠢夫。

旁边的县官夫人听到事情缘由，不觉沮丧流泪。其夫见状忙问何故。夫人答道："恻隐之心，人皆有之，何况我是有血有肉的女人。古人说人畜相同，此雁失伴悲鸣，赛过烈女贞节之情，吾见此情景，怎不伤感呢？"县官听了夫人的诉说，长叹一声说："夫人恸哭孤雁悲鸣，对我触动很大。我初次为官，更应怀仁义之心。回衙后，我即将此事通告全县民众，以鉴万民夫妻和睦相处，情笃谊深，本官与民同鉴。"夫人破涕为笑："老爷，你这样做其意还不够深远，不如给农夫十两纹银，让他会同当地里正乡绅，说明老爷有意葬雁、放生并立碑传世，以永远示告后人。"县官听后忙说："夫人高见。"遂叫来农夫，嘱其按夫人意思行事，即亲笔题字"情雁碑"。夫人笑说："老爷，你不是久有心思想娶小妾吗？"县官答曰："我身为一县之长，应做清廉之官，岂敢奢靡淫荡、弃旧喜新，那我自愧禽兽不如也。"

自此以后，乡人称该墩为"情雁墩"。

莲姑墩

汪文楷

芙蓉花簇莲姑墩，遥沾银盘景一盆；玉色仙姿神女塑，秋湖落雁媲昭君。

莲姑墩位于奎湖之中，今人讹称"尼姑墩"，亦名"神墩""莼墩"。从前，墩的面积有五亩多，一年四季竹柏葱茏，夏季四围水面菱荷飘香，冬季飞鸟成群。墩上有一座莲姑庙，庙堂粗大的立柱上雕有龙凤；厅堂正中，塑有莲姑与龙王太子并肩渡湖像。可惜因兵燹焚毁，再加屡年风浪袭击冲刷，该庙至今仅存一遗址。

莲姑是传说中的一位神女，要知详情，还要从奎湖中的一条罪龙说起。

很久以前，奎湖香荷塘边，住有一对老夫妇，无儿无女，靠打鱼为生。一日，他们在湖上打鱼时，发现水面上漂浮着一个荷叶包。打捞上来一看，惊见一女婴，女婴面色苍白，气息奄奄。二老怜恤慨叹曰："这是无德人家溺女也。"即抱回养为己女。光阴荏苒，女儿年近花季，天资聪明，姿容绝群，喜泅水，跳入水中不沉，惯游荷塘，采莲作戏：摘莲叶为帽，坐莲叶为盆，穿莲子为珠，结莲花为裙。其父母见而喜笑，顺口叫莲姑。

一日，莲姑下湖采莲，偶遇一少年公子。公子经此下金陵赶考，因湖水阻断去路，求莲姑助其渡湖。莲姑采摘荷叶作舟，扶持公子，二人并肩登叶渡水，由此萌生爱慕之心。临别时，公子撕下自己手中龙凤扇页，赠与莲姑，作为后会之凭。

莲姑自此思情缠绵，常在梦中与公子相会，游湖嬉笑，不久身怀六甲。母问其因，女乃据实告知。数月后，莲姑产下一条小蛇，其母大惊，弃蛇于湖中。莲姑每天下湖浣洗时，小蛇便游来钻怀吮乳。其母闻知，嘱女儿持菜刀将小蛇砍死。次日，莲姑尊母之言行事，刀起蛇飞，顿时天空乌云密布，大雨倾盆，湖水翻腾，大水淹没遍地金色的稻谷。这时，东海老龙王闻知有野蛟作祟，遂立即禀报玉皇大帝派天兵天将前来擒拿问罪。

话分两头，再说莲姑父母见天霎时风雨大作，急登舟前往救女。但见奎湖黑云笼罩，湖水澎湃，父母大呼女儿之名，不闻音信。这时，天空豁然开朗，只见莲姑骑在一条大蛇背上，盘旋腾空，飞入黑云中。又见莲姑莲叶帽、莲花裙飘落在湖面上，立时幻化成现在的荷花墩。

大蛇负母正在腾飞之时，被天兵天将捉拿捆锁起来，抛于奎湖中，沉入水底成为罪龙。

天兵天将把莲姑带回东海交给老龙王处置。老龙王见莲姑大怒，认为凡间妖女作祟成灾，伤害生灵，淹没庶民庄稼，罪不容诛，遂将其打入水牢，待后处死。时隔三年，老龙王驾崩，太子小龙王登殿，众臣欢呼已毕，大赦天下罪犯。所有狱犯都来殿下跪拜谢恩，这时从水牢里放出来的莲姑也在其内。

小龙王举目惊见莲姑，想起渡湖往事，便令其他罪犯全部退下，单留莲姑一人。小龙王开口便问莲姑是哪里人，姓甚名谁，为何来此。莲姑抬头羞见小龙王，认得十分清楚，便大胆将前因后果细说一遍。小龙王问："你有何物为证？"答："奴有龙凤扇页在此。"小龙王见到扇页，加之莲姑说的夜梦游湖，与他那时梦境完全一样，知此情是真。于是，小龙王便追问她产下的小龙现在哪里，莲姑说被老龙王囚在奎湖中。

小龙王欣喜万分，立即册封莲姑为正宫、奎湖小龙为太子，命人速前往奎湖传旨意。

是日，奎湖一阵风暴，不见雷雨，忽见湖面上漂浮黄纸一卷，湖民捞起来一看，原来是黄绫圣旨，纸虽湿，尚可辨明"东海龙王宣诏 奎湖小龙太子即日驾临东海谒亲"。这个惊天动地的大奇事，惊动县府都来朝拜，纷纷筹款修建奎湖太子殿、莲姑庙、娘娘殿①，以祈求风调雨顺，天下太平。

---

① 奎湖太子殿于1954年破圩时倒塌，娘娘殿在建福圣旨塘，因兵燹焚毁。

奎潭湖传说

奚银华

《奎湖赋》曰："春谷城北数十里，有一湖焉，其名为奎。"奎潭湖因湖中有七墩罗列，状似天上北斗七星而得名，七墩分别是莼墩、荷花墩、栖鹜墩、龙墩、鱼墩、龟嘴墩、芰荷墩。地名"奎湖"，由奎潭湖所在地而得。

水深为潭。有人说潭是龙潭，有龙的湖，才能称为潭。故事还得从秦始皇修筑万里长城说起。秦始皇统一六国后，为抵御北方外敌入侵，连接、加固原战国时诸侯国修筑的长城。每年征集数万民夫服劳役，搞得民不聊生，其中《孟姜女哭长城》这场戏，就是反映当时民间疾苦和悲惨境遇的。

繁重的劳役，致使每年民夫死伤无数。一日观音菩萨从此经过，看到凡间如此苦难，有心救苦救世，就变成一位老婆婆，下到凡间，问民夫为什么如此大兴土木。众民夫回答："修筑长城。"菩萨又问大家累不累、饿不饿，大家回答："又累又饿。"

菩萨拿出随身法器——拂尘，给了每人一根毫毛。无论是挑还是抬，只要放上这根毫毛，再重的东西都会变得很轻，原来几个人搬不动的石块，现在两个人就能抬走，原来两个人才能抬起的大木头，现在一个人就能扛着飞奔。

菩萨又教大家唱劳动号子"吭唷、呼唷，干起来唷……"一时间，工地上热闹非凡，阵阵欢歌笑语，工效明显提高。

这一现象被监工发现，逐级上报，一直报到朝廷。秦始皇听后，感到很惊讶，带领文武百官，要去看个究竟。他叫人把民夫抓来询问，民夫们都说是一位老婆婆给他们每人一根毫毛，只要把毫毛放到东西上，东西就变得很轻了。秦始皇知道有奇人赐宝物，就命人逐一搜集，并承诺只要把这根毫毛上交，民夫就可以回家不用再服苦役。

秦始皇让人把搜上来的毫毛集中起来，编成一根鞭子。这根鞭子可是宝物，能赶山填海。

秦始皇周游列国，每逢遇到山挡路的时候，就拿出神鞭一挥把山赶走，填到深海里面。秦始皇经常无缘无故把山赶到海里，这样一来，东海龙王不愿意了，认为这是侵犯了他的领界，于是便向玉帝告状。玉帝知道秦始皇的神鞭是用观音菩萨的拂尘做的，拂尘是普度众生用的，只是被秦始皇利用了而已，他不便裁定，于是让东海龙王自行解决。

东海龙王回到龙宫，没有想到好办法，只好召见其他龙王商讨对策。由于一方是陆上真龙天子，另一方是东海龙王，无法交战，只能采取其他策略。大家最后想出一条妙计，觉得用美人计或许可以奏效。

那时，秦始皇正好经过春谷县，就是现在的奎潭湖附近。当时的奎潭湖是一座山，名曰浮山。秦始皇来到山脚下，大笑道："群山虽不高都在西边，唯独浮山在此挡住去路。"便拿出神鞭一挥，浮山被连根拔起，飞到繁昌境内，原地现一湖泊，深不见底，此湖通向东海，也就是后来东海龙王实施美人计的通道。

秦始皇赶走了浮山之后，便在湖边小住了几日。正值秦始皇寂寞难耐之时，东海龙王的公主小龙女变成美丽的少女来到了奎潭湖，秦始皇发现后就把她留在身边。小龙女是带着使命来的，目的是要偷走神鞭，让秦始皇没有神鞭赶山。

秦始皇很警惕，鞭不离身，连睡觉都把鞭子放在枕头下面。一连几日，小龙女都没能得手，非常焦急。又过了几天，秦始皇和小龙女喝酒，他放松了警惕。小龙女觉得机会来了，就不断劝酒。秦始皇喝得酩酊大醉，昏睡了过去。小龙女从秦始皇枕头下抽走了真鞭子，又将一根假鞭子放进去，由奎潭湖回东海龙宫去了。

秦始皇一觉醒来，发现小龙女走了，看看宝物鞭子还在，便也不在乎。一路北上，到了峨桥一处小山边，秦始皇想拿鞭子把山赶开。然而，一鞭打去，山没有动静，又连挥数鞭，山仍然那样，秦始皇便说了句"这是死山"。据说"死山"现在还在。

《奎湖赋》中有这样的描述："况前则有崒崔巍峨，浮山拥翠。"浮山倒映在湖中，"湖"就是奎潭湖。

奎潭湖传说

单说小龙女，偷回鞭子立了一功，从此，不会再有山填到海里了。但小龙女和秦始皇住了数日，怀上了龙子。东海龙王要处罚小龙女，其兄小白龙愿代妹受过。东海龙王把小白龙流放到奎潭湖用铁链锁住。刑满后，一场大水，小白龙回到龙宫，这是后话。

十月怀胎，一朝分娩。龙子不能在海里生活，龙王派虾兵蟹将把小龙女送到陆地上，生下一男孩。当时，天降大雨，兵将们怕小男孩冻死，于是放了些草垫在小男孩身下。传说这个小男孩就是后来的西楚霸王项羽。传言"着地为王，落草为寇"，如果当时他们不把小男孩放在草上，而是直接放在地上，那历史可能就要重写了。四年的楚汉之争，注定了霸王必败的命运，传说就是因为那一把草。

传说，霸王项羽是"龙生虎养，孔雀遮阴"。从上面传说中可见，霸王是秦始皇和小龙女的血脉，有龙子血统，再加上老虎喂养，孔雀遮阴，这才有了后来的霸王"力拔山兮气盖世"。

自古大江东去，到了芜湖拐了一个大弯，有"十里江湾"之称，然后向北由天门山流出，最后向东，一路奔腾流入大海。唐代大诗人李白的《望天门山》中有"天门中断楚江开，碧水东流至此回"的千古名句。从方位上看，芜湖就成了江东，"奎潭湖"一带似乎就是霸王的江东故里。战国时，"奎潭湖"应该地属吴国头、楚国尾一带，简称"吴头楚尾"。

我们的祖辈就是霸王的江东父老。当年霸王战败，退到乌江边，完全可以渡过乌江，卷土重来。当初还有很多如果，如果霸王在鸿门宴上杀了刘邦，如果不和刘邦谈和划江而治……就不会有后来的憾事。

霸王没有这么做，是中了刘邦的计。此处"乌江"不是长江上游的支流乌江，而是今安徽省和县境内小乌江，现属马鞍山市管辖。当时刘邦知道项羽会借乌江回江东，便命人用糯米熬制成糖稀，在江边大堤上浇了八个字：霸王无道，必死于此。浇好后，蚂蚁全部出来吃糖稀，霸王骑马到江边，看到蚂蚁排成八个大字，大吃一惊，仰天长叹"天绝我也"，遂自刎于乌江。正所谓"有心杀贼，无力回天"，一代英雄豪杰，在此画上句号，成就了汉王朝的四百余年历史。

话又回到奎潭湖，小白龙流放之地。传说，两千多年过去了，到民国期间出现大旱，奎潭湖干涸。牌楼张村人上奎湖街原来都要绕湖而行，水位下降时，湖中露出一条很大很大的"鱼背"，能够行人，大家都从这条"鱼背"上走。远望这条大"鱼背"，就像一条长龙。大家每天上街，踩着"鱼背"走来走去，也没有人多想。1954年，长江中下游发生了特大洪水，很多圩堤溃破，奎潭湖所在的林都圩也破了。

奎湖街上老人亲眼所见圩破了，洪水滔滔，又是打雷，又是暴雨，奎湖巨浪翻腾，一条白线直达天际。老人说，这可能是小白龙刑期已满，上天去了。

也许是东海龙王为小白龙造势，才有了1954年这场洪水的暴发。

还有人说得更玄乎：有两个农民划船挖湖泥做肥料，挖到一根铁链，两个人一起把链子往船上拉。可链子太长，怎么拉都拉不完，船上全是铁链，眼看船要沉了，突然天空乌云密布，两个人吓得赶紧把链子放回湖中。

不过，1978年大旱，奎潭湖都没干，很多人到湖里摸三角蚌。有的地方湖水冰凉，深不见底。

传说毕竟是传说，因时间跨度大，且长时间没有记载或记载不全，有的有些牵强。不管如何，有人说奎潭湖是与龙有关的，因为叫"湖"的水域很多，如五大淡水湖（鄱阳湖、洞庭湖、太湖、洪泽湖、巢湖），而水域名中带"潭"的很少。

奎湖龙舟会

汪文楷

奎湖龙舟会历史悠久。相传自明宣德年间，奎湖兴修六墩①以后，年年岁熟，农民兴起敬龙神、庆丰收、划龙舟活动，实是敬神赛会之举。奎湖六墩不是一次修成的，累年修，累年被洪水冲溃。如埭塘埂、圣旨塘埂，都曾经修过三条墩埂，都没有成功。那时尚没有林都圩大圩埂，奎湖六墩既是防洪大堤，又是抗旱蓄水坝。清乾隆年间累年大旱，道光年间累年大水，咸丰年间兵乱，奎湖六墩都发挥了作用。所以奎湖龙舟会也呈现出随时局兴衰和年成丰歉起落不定的情况。

奎湖六墩在清同治六年（1867年）正式建成。光绪三年（1877年），奎湖街重修龙王太子殿（原太子殿遭兵燹焚毁）。当地轰动起来，敬龙神、划龙舟逐渐变成常规俗例。人们年年划龙舟，一直到1937年抗日战争全面爆发，国难当头，生存维艰，奎湖龙舟会才就此停止。

为了追溯历史，有必要将奎湖龙舟会详情作个介绍。奎湖龙舟与国内其他地方的龙舟有所不同。奎湖龙舟选用农用条船，船长三丈②，宽不过六尺③，载重量以三吨左右为宜。船头供柏木雕刻的龙头（篾扎或纸糊均可）。船尾架棹杆一根，长约三丈。棹梢有木制月牙大刀，用于拨水把握方向。竞赛时，棹杆弹跳颠簸，要与鼓声、桡翅同起同落，使龙舟破浪起浮，快速前进。

龙舟健儿的挑选有几个原则。一是棹手两人要选身材魁梧，性格稳重的。棹手既是舵手，又是主心骨，要防范发生是非。二是要选高音歌手司鼓。鼓声、歌声和棹手节拍要一致，歌声悠扬，呼应浩荡，从而云水起龙。三是桡手要选力大勇猛者两人划头桡；次选有掌舵经验者两人

---

① 墩，原文作"嶯"，为障水堤坝之意。"嶯"系生僻地名用字，现常用"墩""断"或"段"字替代。

② 丈，长度单位，十尺为一丈，一丈约3.33米。

③ 尺，长度单位，三尺为一米，一尺约0.33米。

划梢桡，协助棹手摆正船身，向目标前进；再选22个年轻人为桡手，对坐平稳划桡，耳听鼓声不乱，挥桡一致，动作协调，推动龙舟快速前进。

龙舟赛时，多舟相拼，同声起鼓，奔一个目标，向前急行，以决胜负。每年六月初六奎湖龙舟会上，不仅下林都圩千家万户划龙舟，而且繁昌大有圩、门楼圩，芜湖县白沙圩、隶南圩、陶辛圩、十连圩的龙舟也都来奎湖参加竞赛。鼎盛时期有上百条龙舟聚会，寻常时期也有五六十条龙舟在湖中畅游。观众围湖观看，人山人海，呐喊声此起彼伏，实难用笔墨形容，只有身临其境才能真实感受到那场面和气势。

奎湖龙舟会上还有妇女划采莲舟，在那男尊女卑的年代，实属奇观。采莲舟上悬彩球，挂红旗，划舟的妇女年龄在20岁上下，个个青春靓丽，身形健美。她们上身穿红背心，下身穿绿短裤，头上梳发髻、插红花，手执红桡。船里并排对坐22人。船头有丑角装老渔翁，戴破笠帽，着破蓑衣，腰挂鱼篓，手举钓竿，表演各种钓鱼姿态，引来观众阵阵欢笑。届时，歌声、号子声、鼓声在奎湖上空激荡，人们欢乐的情绪经久不息。

传说，奎湖允许妇女划采莲舟是为了纪念莲姑父母划渔舟救女儿。一直传唱的"龙舟调"里有"扇留页……扇留页……"，即莲姑父母呼喊女儿名字演变而来的。

银盘钿星奎潭湖

汪文楷

据《古今图书集成·职方典》第七百九十七卷载:"奎潭湖,其岸曲湾湾,有九十九曲,三关三锁。湖有六墩,类似奎星。故名奎湖。"奎星是二十八星宿之一,西方白虎七宿之首。

从前,奎湖是丘陵洼谷中的一个碧水深潭,也是南陵通往金陵水道中水面宽阔的大湖。居高临下,其形似覆锅锅脐。明宣德年间,南陵县大兴水利,奎湖建设不断。蓄水防旱,灌溉田畴。湖中孕鳞甲之族,育凫雁之群,繁生菰蒲,蔓合菱荷。渔父舟人,浩歌扬楫,誉称之富饶之湖也。所谓"三关""三锁"是奎湖六埂之名。圣旨塘埂、埭塘埂、城埂埂这三埂称"三关",堵水下流淹涝低田;过水埂、后埂、一字埂这三埂称"三锁",有斗门通外河,吞吐湖水,灵活开闭。所谓"六墩",即(1)梧渚墩,位于奎湖街西首,是奎湖街门前的一颗明珠,早年沉入湖底,现又重建土墩,位于奎湖新区。(2)荷花墩,位于肖东桥南首湖面上,是"六墩"中最矮的墩,上面菰蒲蔓生,菱荷围绕。经年累月,墩上的水生植物根叠枝蔓,越积越厚,高高地兀立于水面。民国十六年(1927年)破圩时,水位上涨,墩上的植物被东风吹动漂起,顺水漂至埭塘内,后逐年消失。(3)莲姑墩,位于嘴头刘村对面黄塘汊口。原来面积很大,经过多年风浪冲刷,所存遗迹显露出大量印纹陶片。(4)情雁墩,位于奎湖中段,现在人称"荷花墩"。(5)起火墩,位于奎湖上段,叶村对面。(6)鹤顶墩,位于圣旨塘北面。奎湖形似飞鹤,此墩正在鹤头上,故称"鹤顶墩"。

梅村与"水泊梅山奎湖街"

汪文楷

明朝中期，奎湖南岸的牌楼张自然村出了一位名叫张真的进士。一日，他登临湖滨泛虚亭（位于六甲王），面对大好湖光山色，情景交融，赋诗一首："一亭高矗水之涯，杜老归吟醉眼赊。鸥鹭依回仍恋旧，烟云出没自成家。梅村沽酒邀仙侣，梧渚乘舟理钓车。万虑澄澄无一物，天空海阔九秋霞。"诗中提到两个地名，其中，"梧渚"即"梧桐墩"，今人讹称"乌龟墩"。说到"梅村"，当今奎湖鲜有人知道它在哪里，若说近在眼前，大家肯定会大吃一惊。

奎湖街后，原有一座土山，山上遍生野梅花，因而得名"野梅山"，后人讹传为"野猫山"。该山不大，高不过百尺，面积约有0.5平方公里，四周傍水，东、北两方芦苇丛生，西、南两方住有几十户人家，并以山为名叫梅村。村民大都以渔、农为生，兼开酒馆、饭店，以供来往客商泊船食宿之便。

林都圩在古代属沼泽、水网地带，奎湖是皖南南北水路交通必经之地。梅村虽不大，但位居要津，生意兴隆，泾县、旌德、太平漕运至芜湖、金陵的，大多在此泊岸易物、购物、食宿。每天早晚，梅村西边的湖旁，帆樯林立，人声鼎沸。沿湖街道上酒旗飘扬，人头攒动。湖面上常有官家高大的差船，晚上携酒泛舟，夜观湖景，灯光闪烁。夜游的、捕鱼的、湖边观景的，共同构成了一幅奎湖夜景图。

明宣德年间，奎湖六墩告竣；万历年间，林都圩初成。这时，农、牧、渔、桑日益繁盛，外地迁来定居开荒的人络绎不绝，梅村逐渐兴起农副产品交易市场，奎湖由河流逐渐演变成内湖，梅村由人们散居的小村逐渐演变成奎湖街。

张进士移亭改塔

汪文楷

泛虚亭是"奎湖十景"之一,是座古老的名亭,民国版《南陵县志》上有记载。据说,此亭始建于唐朝(一说始建于元末明初),历经唐、宋、元、明四个朝代,屡坏屡修。它矗立在奎湖西岸水涯土山上,登亭可以眺望湖山苍茫,云帆飞舞,鸥鹭翱翔。夜观皓月星空,倒影相映,斗牛奎虚,辰宿列张。直至明代中期,牌楼张村出了个进士张真,他看到泛虚亭陈旧不堪,就将其重新改建在张村东首古圩埂头上,并改名"敬字塔"。塔形五角三层,高耸凌云。塔底层专设焚纸炉膛,是焚化字纸间。若登塔楼,可观奎湖全景,与原来的泛虚亭相比更为壮观。

张真建敬字塔的意义是追念母训,"读书要敬惜字纸,尊孔礼教,忠孝廉洁"为其传家之训。

张真自小失怙,家贫如洗,其母终日携儿外出乞讨为生。张真母亲聪明贤惠,她知道要改变贫困命运,只有教儿读书。她在乞讨路边或村前村后,见到有字废纸,就视如珍宝,带回家中,教儿捧向族绅,请教识字。识过字后,将字纸焚烧弃于湖中,不糟蹋字。时隔两年,6岁的张真竟能识得几千字。族绅称奇:"此孩是神童也!我所教的字过目不忘,日后必成大器!"于是族绅用心扶持。一日,族绅对张真母亲说:"明年我送你儿入学读书,一切费用概由我支付,你不要带他外出讨饭了。"张真母亲闻言感动泪下,双膝下跪谢恩:"多谢您老大恩大德,送我儿读书恩同天高!"不久,张真母亲病故,8岁孤儿发愤读书,22岁时考中进士,时嘉靖五年(1526年)。

敬字塔历经明清至民国,风剥雨蚀,历年修葺,直至民国二十年(1931年)破圩后,倒塌无存。这座塔我少年时亲眼见过,故事听过。

娘娘鞋

章光斗　　陈绍连

在林都圩漳河圩堤丁塘程村至黄公渡朱村之间（长度不到 500 米），有一段著名的埂段，叫"娘娘鞋"。说它著名，原因有二。一是该埂段地势低洼，埂脚泥土深，且全是"羔风"（类似原煤），其中混杂着朽木、枯枝、烂叶（大概这里在古代为沼泽地，植被深埋演化而成"羔风"）。因此，该埂段向称险埂。二是此处为明代林都圩成圩时最后的合龙处，有一段令人难忘的历史。

明代万历年间，全长二百多里①的林都圩内、外埂都已修筑成功，单单剩下这段险埂，因埂脚泥泞，土不成堆，边挑边坍，导致整个圩口不能如期合龙。圩首和民工们都焦急万分，苦于想不出好办法。

一天，挑圩的民工们依然在无精打采、筋疲力尽、劳累不堪地在泥淖中跋涉。这时，一位衣着翩翩、神采奕奕的半老妇人向这里走来。她看到这些士气不高的民工们就热情地说："别发愁，别发愁；人心齐，泰山移；打成结，牢似铁。"众人忙于挑土，漫不经心。半老妇人话音一落，大家抬头看时，霎时不见人影。接着，有人在妇人路过的地方拾到一只小脚弓鞋，鞋帮两面绣着金灿灿的两条龙。内中有位老者断定："皇后娘娘的鞋面有可能绣龙，那位妇人恐怕不是普通人，定是一位皇后娘娘。"顿时，民工们议论纷纷。有人说："娘娘丢下鞋一定是想点化我们。"有人说："我方才分明听到什么'打成结，牢似铁'。"大家你一言，我一语，都认为散土不成团，见水就化，所以才会边挑边坍，如果把泥土灌进长长的像小脚弓鞋一样的竹篓子里，再将竹篓一排排、一层层垒起来，准能事半功倍。大家试用此法，果然不到两天工夫，这段很难筑起来的圩堤就奇迹般地挺立起来，全圩也终于合龙了。

---

① 里，长度单位，1里=500米。

后人为了让世人记住这段圩埂艰难的合龙史，也为了感谢妇人的点化，就把它叫作"娘娘鞋"。至于有人说那妇人是皇后娘娘，有位长者这样点评："娘娘出京，定有扈从仪仗、銮驾相随，岂有孤身一人独行之理。也许她是天上下凡的王母娘娘，鞋上绣龙，龙能治水，这是劳动人民感动了玉帝。"

张维生口述

五殇坟的传说

章光斗　陈绍连

在许镇龙潭坦上李村西南、石塘墈俞村北，与中、下林都圩隔埂相邻的地方，有一座特殊的坟墓，其占地面积约50平方米，土冢高出地面约2米，墓的南面立一石碑，曰"五殇坟"，碑上并无记载具体内容的其他文字。这是笔者1952年夏季和机关同志蔡某下乡路过此地时亲眼所见。当地村民对此坟的敬畏心理，以及十乡八里"走到中横埂，想起五殇坟""种田不种五殇坟"的民间传说，给它披上了厚重的神秘色彩。

史载，林都圩始筑于明代万历元年（1573年）。南北长约40里的一个大圩口按南高北低分别为上林都圩（上圩）、中林都圩（中圩）、下林都圩（下圩）。在明代末修中界隔埂之前，上圩遇到圩破或者内涝，不过是"走马水"，下圩自然成了它的泄水湖，以邻为壑，十年九灾，这样"上水下泄""上丰下歉"成为古来之说。

相传上、下圩有两亲家，上圩亲家姓赵，家财万贯，粮谷满仓，锦衣玉食；下圩亲家姓毛，家无余粮，吃糠咽菜，但幸好家里还有五个年轻有为、力大如牛的儿子，比起赵亲家来，家丁劳力占优势。有一年秋后，赵亲家邀请毛亲家过庭小宴，陪庆丰收。毛亲家虽庄稼歉收心情不好，但碍于面子，不得不去。席间，主人为了炫耀自己家财万贯，桌上摆的是银杯、象牙筷，桌脚下还支着四个金光闪闪的金元宝，好不排场。而在客人看来，这个场面很有"饱人讥笑饿人饥"的味道，心里很不自在。席上，宾主客套一番，开怀畅饮，不料主人长袖有意无意间拂倒了酒杯，一溜酒淌在桌面上，还话中有话地说："上水下流，我吃穿不愁。"客人见状，不慌不忙地横下一根象牙筷，挡住桌面上淌过来的酒，回敬主人道："水来土挡，我力大为王。"迎头给主人一个"钉子碰铁"。宴罢，两人寒暄几句，但各自心里都有一篇无字的文章。

第二年春末夏初，正是江南布谷声声、楝树开花的时节，天气渐渐

五殇坟的传说

变热。毛亲家出于礼尚往来，就派大儿子去请赵翁到他家吃酒谈心。毛亲家有意将一桌酒席摆在晒场的一排楝树荫下，大儿子执壶斟酒，其余四个儿子蹲在地下各举一条桌腿，使席不落地，并且为避开日照，随着树荫的偏移，不停地移动桌位，好让二位老人乘凉，痛饮一番。酒后，主人带醉自豪地说："人是活宝，钱是死宝，活宝准能胜过死宝。你看，我的几个儿子能推天转地，运动乾坤。"一番话说得对方局促不安，脸上很不自在，悻悻而去。

常言道，圩田好做，五月难捱。下圩毛亲家预计梅汛期快来了，不能坐等，就把五个儿子叫到跟前，计划在上、下圩的中界修筑一条牢固的横埂，以为百年大计，阻挡上圩下泄的水，确保丰收。他用宣誓的口吻对着儿子们说："三十年河东转河西，人心齐，泰山移，只要我们手里拿稳筷子，就不怕人家推倒酒杯淌下酒。"为表决心，毛亲家还和儿子们同喝了鸡血酒。于是，毛亲家亲自勘察地形，择日开工，日夜奋战。起先，儿子们用箩筐挑，后来觉得不过瘾，纷纷用木杠、禾桶挑。就这样，经过七天七夜的奋战，父子六人终于筑起了一条全长将近十里的横埂。"五壮士"（五个儿子）看着面前崛起的一条新埂，都互相拍拍铁肩，不禁放声大笑，笑得树枝震动，鸟儿惊飞。接着他们都因劳累过度，加之极为兴奋，相继吐血而亡。

"五壮士"死后，下圩人就把五人殡棺合葬，邻埂而居，并竖碑纪念，曰"五殇坟"，以示永久悼念。上圩的赵亲家原是一位生员，颇通文脉，闻讯后，也悔恨前非，赶到坟前痛哭一番，并为"五殇"撰联吊奠："五月正倍忙，众志成城防洪虎；殇年立不朽，铁肩担土抗恶龙。"

自明清相沿至民国时期，当地向有传统习俗，下林都堤工会每逢丰收秋成之后，都要在"五殇坟"前搭台演唱目连戏赛会酬神，祭奠"五殇"，名为唱"稻王戏"。从前知县莅临巡圩，每到下林都，都由一帮地方绅士随从，徒步而行，沿圩堤环绕一周，最后集合在"五殇坟"前祭奠，名为"祀殇"。这和屈原《九歌》中的《国殇》似有异曲同工之妙。至于后人有叫"五少坟""五所坟""五猖坟""五棺坟"的，恐是因年代久远而形成的误传。

章光斗、陈绍连搜集，高飞整理

千里洋河万里港

章光斗　陈绍连

　　清代顺治年间，两榜进士杨必达任南陵知县时，关心民间疾苦，兴修农田水利，而且断案认真，从不偏听偏信，老百姓都说他是位清官。

　　某年夏季，梅雨连绵，圩乡的低田都被淹成白茫茫一片。上林都九牛湖一带的农民在下林都横埂上偷挖了几处缺口，放水下泄，把下圩洋河港当作自家的"蓄水湖"。下圩农民不服，第二天聚众，打了上林都带头挖埂的农民。因此双方构成水利纠纷一案，各派圩首到县衙告状。

　　杨老爷亲自到出事埂段和洋河实地勘察一番，心里就有了底，回衙后立即传齐双方圩首过堂对质。大堂上，上圩圩首是原告，他跪着抢先禀诉："千里洋河万里港，上水下流又何妨？大壶能容小杯酒，为啥人多称霸王？"下圩圩首心灵嘴辣，赶忙针锋相对，接口辩诉："谁见千里洋河万里港，你谎言巧语乱公堂。洋河果真有千里，哪有芜湖和澛港？"几句话堵住了上圩圩首的嘴巴，让他再也无言以对。最后杨老爷开口裁断："你两个黄鹂鸣翠柳，我一张白纸当青天。上圩强词夺理，不符事实；下圩据理反驳，句句是真。"说罢就拿起朱笔当堂批示道："横埂挡水，斗门（即潘塘冲斗门）放水。上下兼顾，合保一圩！"

邓挽口述

孔大鼻子的刀笔

章光斗

民国初年，奎湖镇上发生了十几家商户被劫的案子。土匪缴了驻镇团防局的枪械，还打死了两名团丁，闹得风声很大。当时镇上商人徐某被仇家借机报复，仇家买通县警察局，把徐某也当作同案匪徒拘捕在监。徐某始终没有招供，历时一年有余，徐妻多方营救无果。后来徐妻经人介绍，才找到刀笔先生孔大鼻子。一纸为夫辩冤的禀帖送至南陵县衙，县令余谊密看过，责成警察局火速查证。自那前后不到十天时间，徐某即被释放回家。徐某常对人说："如不是孔先生相救，我就算不掉脑袋，也要坐穿牢底，孔先生真是我的救命恩人。"

旧时代写诉状还规定"八字由头"的框框，要字字顶用，才能得力。当时孔先生的代书"由头"是"警蔽官聪，案悬冤滞"。诉中还有"劫等之来，均未涂面；二更之际，各未关门"的辩诬警句。意思是说，当时行劫的匪徒都没有打上花脸，且晚上二更时，街上店门未关，人来人往，有谁亲眼看见徐某也参与行劫了？这个冤案都是捕警差吏徇私受贿搞的，连县官都被他们欺瞒蒙蔽，不怪上头，鬼在下面。这八个字加两句话就一刀剖析了问题的关键。

孔先生是合肥人，本地人并不知道他的真名，就单凭他鼻子大这一面部特征喊出了孔大鼻子这个不雅的外号。据了解他底细的人说，他曾在经馆教过学，当过医生，学问渊博，少年时期就有歪才，等到上了年岁，这歪才又融成一股正义之感。他好打抱不平，替人代书诉状，从不收取酬金，一意除暴扶弱。

有位老农因缺钱为儿子完婚，一时无从筹措，就将一块林地出卖与人，却遭买主故意压价，只得地价银圆五十块。老农与买主协商，林中有四棵柿树决计不卖，每年秋后还可摘柿子出售以贴家用。买主以为事情不大，即表示同意。老农和孔先生有姻亲关系，就请孔先生代书卖契，要求在契文上写明"柿树不卖"字样。孔先生很同情老农的困境，存心在暗地里帮他一把，即在代书时，有意把"柿"字写成"是"字，用别字混充本字，匆匆成交，买主并未发觉。事后孔先生怂恿老农把已卖林地上的树木全部砍伐，收归己有。买主控告老农毁林违约，骗取地价，当堂对质。县老爷指斥原告："现有卖契为证，契文上明明写着'是树不卖，只卖林地'。被告卖地不卖林，你还有何说？"原告败诉，只好自认晦气。

　　某地富豪，家财累万。一天夜里，小姐正在床上甜睡，小偷钻进小姐闺房轻轻揭开棉被，捋去小姐佩腕金镯一只，出房翻墙逃走。富豪先以"揭被捋镯"的被窃案呈报县衙，被久久积压不办。后来富豪请孔先生相助，以便再诉催办。孔先生仔细看过原先报案诉状的内容后，把"揭被捋镯"一语颠倒了词序，改为"捋镯揭被"，富豪迷惑不解。孔先生给富豪解释说："如按前者所指，则纯系偷窃案情，并无大恶；现据后者所控，则似有先窃后奸行为，案情由轻转重，谁能不办？"说得富豪心悦诚服，不断称赞："先生真是翻天妙手，一字千钧。"

梁谷玉口述

孔大鼻子的刀笔

龟门关

蒋闽平

秦村楼（今黄塘村境内）是一个有六十多户人家的村子，在村子西北二百米处的地下，有一只大石龟。大石龟长八尺，宽五尺，四爪张开，头颈伸翘着，形态惟妙惟肖。这个地方，人们称为"龟门关"。二十年前龟门关竖着一扇用青条石垒起的大石门，高一丈二尺，宽六尺。门内有一大石碑，碑上有用篆文镌刻的经文，门外有一口青石宝剑，直对大门内的石龟。

关于这个龟门关，民间还有一个传说呢！

不知是哪个朝代了，村子里好几处都冒出了太湖石。这里是江南圩区，水乡泽国，不产石头。太湖石是从哪里来的呢？为了弄清来历，村里就请了一位名望极高的风水先生来考证。风水先生手拿罗盘，顺着村子转了几圈，神色显得十分神秘，口中还念念有词："哎呀！哎呀！好地！"村中族长急把先生请到屋里，作了一个大揖，说："先生有何见教？"风水先生说："你听着，此事不可声张。这个村子，实乃风水宝地。"族长道："望先生指点。"风水先生说："村里有石冒出，皆是村西北有两只千年以上的神龟所致。神龟在地底打洞，正在往东打，快打到太湖了，故有太湖石从地底冒出。如龟遁入太湖，你村人丁必不兴旺，如能留得龟在，你秦氏宗族，大有发达之时。"族长听风水先生一番话，沉吟半晌，然后吩咐人以丰盛酒菜款待，又备厚礼相赠，并向风水先生请教留龟高招。风水先生说："你们可建一龟门关，镇住神龟。"于是，村里人纷纷募捐钱款，兴建龟门关。落成的那天，雌龟被镇在龟门关内不得出来，雄龟外出觅食未归。待雄龟归来，不得进门，两龟虽相距咫尺，终不能相聚。雄龟无奈，只得奔太湖而去，雌龟焦急万分，变成一只石龟。

由于龟门关镇住了神龟，它仍在村子西北的三拐田内，离表土不过二尺。1985年县文物普查组还派人挖掘过，但终因石龟太大太重，只挖出一半，丈量、拍照后，又掩土覆盖，而神龟的传说却仍在这一带民间流传。

三县令"诗审"马滩

章光斗　陈绍连

马滩位于漳河与上潮河交汇处，一边是南陵的下林都圩，一边是芜湖的澈水圩，两圩隔河对峙，都襟带马滩。该滩与繁昌并无毗连的利害关系。滩地是由河流冲积而成的，面积有二百多亩，土肥草茂，芦苇丛生。

在明代的"马政"历史时期，这里是两岸附近农民牧马的好地方，因而得名"马滩"。此滩自明清以来，因关系到南陵、芜湖两县的农民利益，县辖归属又历来不明，以致两县农民为争执滩地归属竟构成长期的民事纠纷。官司打到芜湖道，芜湖道台即命南陵、芜湖、繁昌三县的县令亲临马滩现场会审合议，公断地权归属。南陵、芜湖两县是纠纷的发案地，繁昌县站在"陪审"的位置，三家态度不同，胸中各有城府。会审后，当日两轮辩质，眼看日已偏西，南陵县太爷开口道："'两两时禽噪夕阳'，我东也听一句，西也听一句。这叫'官听两边言，人靠一边站'。"芜湖县太爷接口道："'硬砍生柴带叶烧'，我冷灶里塞一把，热灶里塞一把。这叫'饭不煮不熟，理不辩不明'。"繁昌县太爷因事不关己，乐得摆脱是非，随口敷衍几句："隔断红尘三千里，水也不犯山，山也不犯水。我是西邻难断东家事。"三位县太爷不顾民情，强作风雅，以文字游戏来愚弄群众，将一场官司不了了之，留下这个"诗审"的笑料。当地老百姓恨得在背后直骂："这些老爷文屁冲天，都是风流才子糊涂官，卖嘴的郎中没好药。"

诗能借，山也能移

章光斗　陈绍连

　　时称"奎湖之秀"的明代处士盛此公，膝下只有一个独生女儿，名叫柔娘。她才貌双全，落笔成文，此公对其疼爱得像捧着一只金凤凰。

　　柔娘喜读古人诗词，但自己不爱多写诗。她常对父亲说："我总认为雕今不如刻古，吟诗不如借诗。"此公听后，一笑置之。

　　有一年，林都圩飞蝗成灾，庄稼颗粒无收，县太爷下乡察灾放赈，来到奎湖，当地文人士绅都来恭候迎接。在接风宴上，县太爷偶然想起奎湖鸭泥塘谢村有进士秦仁管及其弟秦才管（亦是进士）的墓葬，便信口出了一副上联，向在座的当地文人征对下联，以试探此地文风如何。他的上联是"鸭泥塘边杨柳秀"，结果众人面面相觑，半天无人应答，搞得大家很难堪。这件趣闻传到了隐居湖滨的此公耳中，在灯下夜读的他便将此事告诉了女儿，并问女儿能否续上下联。柔娘不假思索地答道："这有何难，'鹅湖山下稻粱肥'不是现成的吗？"此公摇摇头，不以为然，便说："唐人吟的鹅湖山原在江西，不在本地，岂能生拉硬扯？"柔娘反问父亲："古人能借诗、移山（指古人文移周郎赤壁的例子和奎潭湖上的浮山被秦始皇用鞭赶到繁昌的传说），难道我就不能借诗吗？"此公一时语塞。

　　后来此公择婿，把柔娘嫁给书生董文若。董文若是个才子，风华正茂，与柔娘是一对难得的佳偶。新婚的夜晚，满堂亲友贺客，听说新娘是个知书善文的才女，就一齐涌进洞房，让新娘当众吟诗，想要试试她的才学。柔娘脉脉含羞，一再辞谢，后被缠得不能脱身，才开口吟道："几多佳作有前人，小女生来不会吟。借用《千家诗》一句，春宵一刻值千金。"宾客们听后如同重饮一杯美酒，心里甜醇醇的，就纷纷退出洞房，各自安息。夜深人静，洞房里的红烛花焰正荧荧吐艳。

梁谷玉口述

李白大醉仙酒坊

刘媛媛

　　传说诗仙李白得罪权贵离开长安后便四处漫游，虽说已是千金散尽的落魄文人，但凭着天下皆知的诗名，一路吟诗题字倒也衣食无忧。所到之处，人们皆以认识李白为荣。李白生性好酒，酒到酣畅处才思泉涌，挥笔之作皆是锦绣文章。人们摸透了诗仙的脾气，便有意在他将行之路上设置好酒以换取诗文；而那些店家更是不愿放弃如此天赐良机，都像比赛似的拿出上等好酒来款待，以求得诗仙兴致来时挥洒自如的诗篇。即使诗仙过门而不入，那些店家也不甘示弱，纷纷挑出"太白酒家"的酒幌招徕顾客。还别说，这一招真让那些店家赚得钵盆满溢。

　　一路轻舟快马，数不尽沿途美景，这一日，李白来到了南陵。但见小城山水环绕，城郭被环在山中越发显得玲珑秀美。这边稻香荷艳曲径通幽，那边山村野老殷勤问候，任是李白看尽天下美景也在刹那间被此处风景打动，在此停留。而这一停留，竟留了数年之久。

　　李白恃才傲物，在朝中绝不仰承权贵鼻息，"天子呼来不上船"的风采迷倒了众多唐人。但身处山野农夫中，李白却是谦逊的，甚至和他们称兄道弟，相处甚睦，人们也因李白贴近大众的诗文、自然而不造作的人生态度对他越发喜爱。诗仙对于那些附庸风雅的来访官员，却是闭门不见，态度十分轻慢。

　　李白好酒，可谓无酒不饮，居所附近的人纷纷败在他的杯下，一时间竟难逢对手。李白干脆放言自己是酒中谪仙，欲寻一败。此话传扬开去，前来应战之人络绎不绝，却是无人能胜，李白越发得意，有时以一敌三，竟然也大胜而还。话说此地有一酿酒人家，酒好得没法说，却一直在为销路发愁。他们偶然听到李白的话，遂决定效法那些酒家，借诗仙的名头来将自家的酒好好宣传一下。于是，他们便委托邻居老张头向李白传话说，离城十多里地有一酿酒农家邀他去喝酒，那边已备好了数十年的陈年佳酿，不知李白敢不敢应战。老张头还暗示此户马姓人家世代酿酒，人人善饮，每天清晨，家人即以酒漱口，漱完之后尽数饮下，家中更是从不备茶水，但凡有客前来即端上酒水一壶，没些酒量的人轻易不敢上门。李白哂然一笑，欣然应战。

李白将要前去的消息早已传扬开，人还未到，村口就聚集了黑压压的一大群人。原来这马家已是百年未遇敌手了，此次又有诗仙应战，这个热闹当然值得一看了。

马家还没到，风就吹过来浓浓的酒香。远远的场地上早已摆好了桌子，两旁座位上各有一装酒的大坛子，简直和小水缸差不多。

双方见过礼后，斗酒就要开始了。马家那边上场的竟然是个妇人。场边有人向李白介绍说，那是马家最不擅长饮酒的小儿媳二娘。李白暗道这马家好生傲慢，心中有些不快。那二娘深施一礼："小女子得见诗仙，实在是三生有幸，岂敢和先生斗酒，还是小女子先干了赔罪吧！"说时迟那时快，只那么一眨眼的工夫，一坛酒竟被她喝了个底朝天。李白看着那若无其事的二娘纵情大笑了起来，连呼"好酒量"。酒香早引得他肚内酒虫作痒了，李白心下已知自己不是她的对手，就索性放开手脚大喝起来。这酒却越喝越多越喝越香，简直没了尽头……再后来竟什么也不知道了。

待他醒来已是半夜时分，李白看到近旁酣睡的马家人，这才明白自己真是落了败。口干舌燥的他禁不住想喝口水，可他又不忍心打扰别人。于是，便在马家里里外外找起水来，结果一口水也没找着，真的是除了酒还是酒！李白这下真是打心眼里服输了。

一直走到村口，李白这才看到一口井。他一口气喝了个饱，却不料酒气经凉水这么一浸，一起涌了上来，"哇"的一下，那多喝的酒竟尽数吐在了井里。

第二天，村里的人前来担水，却发现井里酒香四溢，而诗仙正枕着青石在井旁睡得正香呢！马家的人多少有些歉疚，将醒来的李白重新请了回来并告知实情。没想到诗仙一点也不恼，还提笔为马家写下"太白酒"这三个字。

从此以后，这里的村民就发现那井水比以往更加甘甜，而马家也用

李白大醉仙酒坊

这水酿出了比以前香浓百倍的酒来。好酒引得四乡八里的村民纷纷前来购买，这样，马家的酒就成了当地有名的好酒。这酒因诗仙而香浓，所以知情的老百姓这么一传就传成了"仙酒"，而地名也被叫成了"仙酒坊"。后来这名字越叫越响，原来的地名反倒没人知道了。

村名顶姓糊钦差

章光斗　陈绍连

邓铁虎膂力过人，性刚气躁，是许镇郭城邓村早年迁居客籍的邓氏同宗支系。宋代元祐年间，他在江西洪都府（今南昌市）做都尉，因押运粮草时失手打死了同僚主簿（州府属官，主管文书簿籍），被判杀头并满门抄斩。"墙倒众人推"，铁虎死后，又有奸臣向朝廷告发，说铁虎祖籍在南陵郭城邓村，那里有"九邓十三村"，一万八千多人丁，为去除后患，要斩草除根。幸亏皇上不肯轻易发兵收捕，而是派一位钦差大臣前去暗访，待查明事实真相后，再做定夺。

再说郭城邓氏一族听到这个大祸临头的消息后，都慌了手脚，乱成一团。少壮的男丁都纷纷出外逃难，丢下的老老小小只能坐在家里等死，一时间母啼儿哭，女蹿男奔。邓村有位老族长见多识广，有机变。他在家苦思冥想，久思应变之策。这时，他急中生智，忙派人分头通知各村各户，借用村名顶姓，隐瞒真情，好蒙混过关，并且一再叮嘱大家，要众口一词，牙缝里不能漏出半句差错。

没几天，京内钦差大臣一到，就派手下亲信到郭城一带察访。查到窑嘴邓，村里人都说姓"姚"；查到丁塘邓，村里人都说姓"丁"；查到杨村邓，村里人都说姓"杨"。其他如埭南邓，都说姓"戴"；曹村邓，都说姓"曹"；黄嘴邓，都说姓"黄"；如此等等。东查西访，后来查明只有邓村一个村子的人姓邓，全村只有十来户人家，人丁不满百口。钦差大臣不禁自言自语地说："十里无真信（谐音"姓"），偏听语不真。"他命令手下一行人立即掉转马头赶往京城复旨。就这样，满天的乌云，被邓村老族长一口气吹散了。

邓维贤口述

村名顶姓糊钦差

挡道不怪樵夫

章光斗　陈绍连

　　俞三倪是郭城寺俞村的同宗始祖，他在宋代景定年间考中进士，做了芜湖县尉（即副县长）。他为官清正廉明，不阿权势，深受民众爱戴。

　　一日，一位宗室大人手下的差役，扭着一位乡下樵夫前来县衙告状，说樵夫无礼，目无王法，竟敢挑柴进城不给宗室大人让路，要俞老爷对他重重杖责四十大板，还要按律问罪。俞老爷细细听了樵夫诉说的经过、情由，思索良久，决心一下，就当堂提笔判道："论朝廷仪制，贵贱不同，挑柴的樵夫应给宗室大人回避让路；论民间劳动，轻重有别，空手摆驾的官老爷该给挑柴的樵夫让道通行。挡道不怪樵夫，何以杖责治罪？"

　　一番斩钉截铁的判词，说得宗室大人的差役无言以对，樵夫也向县老爷千恩万谢，叩头而去。事后，俞老爷又写了一联诗句派人送给那位宗室大人过目，诗云："开门七字柴居首，同行三人师在中。"宗室大人从内心里感激俞老爷对自己的点化。

根据《郭溪俞氏宗谱》整理

周王庙①的传说

汪从清

在南陵县仙坊乡境内，有一座古色古香的小庙，相传它是当地百姓为了纪念西周开国君主周武王之父周文王（姬昌）而建的，故取名周王庙。

该庙建筑面积有二十多平方米，形似琅琊山的醉翁亭。除北方有一面墙外，其东、西、南三方均开了门。此庙系砖、木、石结构，屋面覆蝴蝶小青瓦，飞檐翘角，颇具特色。庙内供有周王菩萨半身坐像，每逢初一、十五，前来敬香的人络绎不绝，祈求周王菩萨保佑风调雨顺，五谷丰登，六畜兴旺，消灾增福。在旧社会，劳动人民被剥削，受压迫，常以求神拜佛来获得精神慰藉。就是这座小庙，还流传着一个取宝的故事。

传说在很久以前，有一个徽州商人，为了及时赶到芜湖成交一笔大生意，坐着四抬大轿，带着一个朝奉，日夜兼程。一日路经此庙，霎时间狂风大作，天昏地暗，电闪雷鸣，大雨滂沱。他们一行六人，前不接村，后不着店，只得到小庙里避雨。雨越下越大，没有停歇之意，商人心急如焚，怕耽误时机，影响生财之道。朝奉看在眼里，急在心里，突然灵机一动，劝商人向周王菩萨许愿，祈求老天雨止风停，以保这笔生意做成。迷信的商人采纳了他的建议，于是立即整理衣冠，默默向周王菩萨许愿："如果菩萨保佑今晚不下雨，使我尽快赶路把这笔生意做成，返回时我一定给你装金、修庙。"祷毕，不知是周王菩萨显灵，还是天气变化，果然，雨止风停，皓月当空，商人一行当夜顺利赶到芜湖，成交了生意，获利几千两银子。

嗣后，这个商人兑现诺言，路过此庙雇请工人重修庙宇，给周王菩

---

① 周王庙位置详见本书216页民国版《南陵县志》载许镇镇域截图。

萨装金、开光，还亲自暗送了一件宝物，并在南大门两边石柱上刻下一副得宝楹联，上联是"上七里，下七里"，下联是"金银在，七七里"。上联的意思众人皆知，是此庙上到张公渡七里，下到仙酒坊也是七里，可下联的意思却是一个谜。金银财宝在哪里？多少贪财之徒伤透脑筋，他们在张公渡至仙酒坊这十四里地段，不知挖了多少可能的藏宝之处，却是空空如也，一无所得。

后来，有一个路过此地的商人在此庙休憩，见庙虽小，但庙门前那副对联却很奇怪，不是歌功颂德，而是个窖谱（窖谜的意思）。他仔细琢磨，认真推敲，觉得上联是陪衬谐音词，下联是窖谱词。他认为金银不在土地中藏着，而在庙中油漆的物品里。庙中油漆物品有三件，一是周王菩萨像，二是漆香炉，三是雕梁画栋。于是他等到天黑，悄悄地寻找。他先用手敲栋梁，是木头做的；再摸摸菩萨，是石头雕刻的；最后把小香炉摸摸、敲敲、提提，感到与一般铁香炉不一样。他喜出望外，"金银在，七七里"的谜底终于让他揭开了。经仔细敲打鉴别，他认定这个香炉是金的，只不过外面涂有一层厚漆罢了，当天夜里他取走了价值几百两银子的金香炉。

翌晨，一个个善男信女来敬香，发现香炉被盗，于是一传十，十传百，周围数十里的人都知道了。有一个聪明人解释说："'金银在，七七（漆漆）里'，对联告诉人家香炉是金的，怎么能保得住呢？"这时，大家才恍然大悟。当人们想起这不起眼的金香炉一直被供了很多年，都没人发现它的价值，却被一个陌生人无意中夺走了时，都惋惜不已。

沧海桑田，物换星移，周王庙后来被拆除了，但这个家喻户晓的故事却永远流传乡里。

"方盖圆"

方正中

马仁村钓龙湾方家，是个耕读世家。族人除了种田外还崇尚读书，故历代曾有多人中科甲，入官场。其中，年代最近的要算清代乾隆朝的武解元（乡试举人中的第一名）方玉衡了。谈起他中解元，当地的人都会兴致勃勃地告诉你一个颇为神奇的传说。

方玉衡从小习文练武，长大后文武双全，武功尤为高强，人也生得仪表非凡。这一年，他决定参加乡试赶考武举人。在去省城赶考的前夜，他做了个怪梦，梦见自己掉进一口枯井里，只见井上有一人，不仅不救他，反而用一张方桌子把井口盖上。他吓得出了一身冷汗，不觉醒来，百思不解其意，不知是祸是福。早晨，他把此梦告诉了母亲，不料他聪明的母亲一听却大喜，说："儿呀，这是好兆头啊！你看，井口是圆的，桌子是方的，用方桌子盖上圆井口，岂不是'方盖圆'！这不是说我儿姓方，将考取解（方言，音 gài）元（音同圆），要成为方解元吗？"方玉衡听了母亲此番圆梦之说，内心不免大喜。

到了省城，三场比试下来，方玉衡的武艺果真出类拔萃，十八般武艺样样精通，而且临场发挥特别好，不时赢得考官们颔首赞许。然而另有一位考生武艺也极为精湛，以至于那班考官无法评判出他俩的高低。因为天色渐晚，最后主考官宣布："此两位考生，武功不相上下，明天再加试科目，以定名次。"

晚上，方玉衡回到宿舍，虽然考得很好，但心中却怎么也高兴不起来，因为要考中解元，必须得超越那位考生，而他以行家的眼光，早已看出对方的功底扎实，实在是胜过自己，所以内心隐隐感到希望渺茫。他想，明天加试的科目若碰巧是自己的强项，还能拼上一拼；若是弱项，那就一点希望也没有了……正在他思虑万千之时，忽听有人敲门，原来是主考官宗师大人派人前来私访。来者问方玉衡最拿手的武艺是什么，方玉衡一一告之。那人笑着说："那明天就加试你最擅长的科目吧！"这一切发生得那么突然而不可思议，方玉衡仿佛感到冥冥之中真有神灵在相助。其实，宗师大人不光看上了他的武功，也看中他那白面书生的堂堂相貌；而那位考生虽武艺高强，但相貌确实不佳，不仅黑，还长了满脸的麻子。宗师大人觉得若是让这黑大汉中了头名，实在是辱没了"解元"这一美称，仿佛连他这位宗师大人的脸面也没了光彩，所以才有了这夜晚派人私访一举。

第二天，比赛开始。主考官宣布加试的科目为"双刀削萝卜"，命人在两考生每人两耳边各悬挂一个线穿的萝卜，要求考生舞动双刀，将每个萝卜削成十片。你想这方玉衡能不高兴吗？这正是他的拿手好戏。但他表面显得若无其事，气定神闲。只见两考生左右上下飞舞双刀，寒光闪闪，仿佛两团旋风。不一会儿，两考生同时将萝卜削完，主考官命手下查看结果。手下回禀，都是二十片，且每片都很均匀。考官们见此状不免面面相觑，不知如何是好。到底还是主考官有主见，他不紧不慢地说："那就拿戥（děng）子（一种小型杆秤）来，用戥子戥吧！"结果方玉衡削的萝卜，片片相等；而那个考生削的萝卜，终究经不起戥子戥。这时，只听宗师大人高声宣布：本科解元——方玉衡！

考试结束，方玉衡收拾好行李，正准备启程回家，想不到那位考生特来送行。他热情地一把握住方玉衡的手不放，一边祝贺一边赞赏方玉衡的武功，并与方玉衡边走边切磋武艺，一直送出五里多路，才肯分手。这下可苦了方玉衡，可怜他一面要暗运气力来对付那位考生那只铁钳般的手，一面还要装作若无其事地与他从容对答，谈笑风生。你看，他身上的汗水早已把内衣湿透！回到家，那只被握的手，硬是整整疼了一个月……

官司亩滩

高 飞

在龙潭高村、文村之间有一块一亩多的荒滩（后在田园化时被平整），此滩虽不大，但两村人行至此莫不顿生敬畏之心。

明代正德、嘉靖年间，高村贡生高俸在山东任同知（山东临清州同知，后转升山西蒲州知州），其妹嫁给文村祥四公为妻。这一年，文村高俸妹家集中合葬一大墓于高村、文村隔界沟最南端，处于高村的"白虎"头上。此坟一葬，高村鸡不叫，狗不跳。于是，村民请来风水先生商议破解之法，决定在香火堂前的"阳塘"南侧临近中塘的位置建一将军庙（据说是专管人畜安全的"将军"菩萨）。一般庙宇和人居住的房屋门向相同，皆朝南，而此庙在"高人"指点下，改门向朝北，并安一箭头"射"向合葬墓及文村。此庙一修，文村不是经常失火，就是人畜不宁。两村"坟""庙"矛盾经双方多次协调无果，僵持不下，最后形成诉讼，请来县官老爷断案。

县官老爷一来，到现场一一察看，就地（荒滩上）设案办公，并作出两条判决：一是高村将军庙门向改为朝南，二是划出两村土地界线（即界沟）。判决后，双方各有不服，但不得不从。于是，双方当场赌下重咒：高文不开亲，开亲断子绝孙。意指当时高、文两家是至亲，尚且形成如此官司，今后怎能开亲呢？

自那以后，这块荒滩就叫"官司亩滩"，界沟就叫"老爷沟"。经查家谱，自"坟""庙"官司至今，高、文两家确实未曾再开亲。现今，两村、两姓关系很好，几辈人都以兄弟相称，红白喜事都来往，但就是无人愿突破开亲这个"禁区"；只有两家还是先恢复了奚姓而不姓文才开的亲。何也？迷信也，崇祖也。谁来开这个头？

根据县志、家谱、老人言传及亲身经历整理

南城与赵丞相

章光斗　高　飞

　　许镇龙潭南城村民组（又名南阳村），有四十多户人家，其周边几个村庄分别是赵村、花园嘴、蔡园。相传古代当地人烟稀少、地域辽阔，这四处地方分别是赵丞相的宫殿式建筑群、庄园、花园、菜园。

　　赵丞相名叫赵焕，赵村人，是宋代嘉定年间的京内大臣，当地民间口耳相传他官至丞相，旧志上说他是朝中显臣。

　　赵焕膝下有位千金小姐，天生丽质、灵巧无比。他和夫人对其疼爱有加，小姐要什么必定依从，就是无法给她剪到天边的云彩，摘到月中的丹桂。

　　有一天，赵小姐在家闲来无事，定要跟随父亲进京去看皇城金銮殿，游一游御花园开开眼界，叫嚷着老是待在家中闷得像雀子关在金丝笼里。赵焕哪里舍得女儿离家进京，就好言相劝："你是深闺弱质，这京城离家千山万水，如何去得？再说，你又没有受过皇上诰封，岂可随便进京上殿、游御花园？你还是安心在家学习书艺针绣，日后为父对你自有安排。"过了一年，小姐向父亲重提此事，再三表示要去京城，闹得赵焕左右为难，但又爱女心切，不好再三推辞。于是，他苦思良策、计上心来：我何不在家仿造小皇宫、御花园，建成后，好让女儿一饱眼福，了却她的一番心愿。于是，他就趁春节之闲，在家设计图纸，选择地址。

　　南城这个地方，地处龙骨潭东滨，浩瀚的湖面，碧波荡漾，云雾缭绕，湖边古树参天，景色如画，兼有南通许镇河、西通漳河水运舟楫之利。过了正月，赵丞相请来能工巧匠，就在此地构筑亭台楼阁、小型宫殿；又把花园嘴建成"御花园"，种上奇花异草，每到春暖花开，定会热闹非凡。

　　再说自从赵丞相的"宫殿"工程动工后，外面就闹得沸沸扬扬，风声很大。当时朝中有奸臣联名向皇帝奏本弹劾，定要收捕赵焕下狱，按律问斩。皇上听奏大怒，就批准了弹劾奏章。赵焕后悔自己做事荒唐，授人以柄，有口难言。临刑前，赵焕最后向皇上面诉冤情，请求在他被斩后"如此如此"，以判明他的忠奸。行刑后，皇上就按赵焕生前的请求，命监斩官把他的头颅抛入江中。只见落水的头颅如游鱼鼓鳍，逆流而上，口翕须张，双目炯炯有神，面色如生。皇上亲眼所见，暗自明白赵焕修园一案，是轻信谗言、错杀无辜，心里懊悔不已；又念及赵焕是朝廷宗室，与自己在位世系相等，为表皇家怜惜之情，特恩赐赵焕"金头玉颈"，从厚殓葬；并特旨赐封赵小姐为"南阳郡主"，从此以后，可以进京入宫随意观光，以满足她和她死难的父亲当时未遂的心愿。这就是"南城"又名"南阳村"的来历。

本地有名的清溪庵（原址在新龙排灌站东 300 米），也是宋代赵焕助资建造的（《南陵县志》有明确记载），庵址离南城不远。当时此庵与赵家的香火关系，如同小说《红楼梦》中栊翠庵与贾府的从属关系一样。从前此庵殿宇清幽，松笼竹抱，确是一处"清风明月无人管，溪水桃花扑面来"（庵门联，暗嵌庵名）的人间仙境。当时，赵丞相被斩后，家人根据其生前愿望（因担心后人盗墓，就安排了十八口真假棺材同时抬出门），将其安葬于清溪庵旁。赵小姐因父亲宠爱、迁就自己竟遭杀身之祸，悔恨不已，悲愤厌世，后来就在清溪庵削发为尼，以便终身陪伴慈父。

汪义忠口述

南城与赵丞相

郭城寺轶闻和"郭城"古迹

章光斗　陈绍连

　　郭城寺距黄墓街不到一公里，当年仅存的九间寺宇因地方建校被拆毁，如今只剩下历史陈迹。据民国版《南陵县志》载："郭城寺始建于唐乾符年间（公元874年）。"它在香火全盛时期，共有寺宇九十九间，僧侣甚众。茂林修竹环抱，境旷景幽，古称"江南名寺"。元末明初，此地尚未修筑堤防，寺外是通衢集镇，有茶馆酒肆，车马往来。

　　相传，清代乾隆皇帝南巡时，曾微服游览过这所寺宇，住持道也禅师设香茗果品接待，执礼甚恭，并派一名知客僧陪同导游。乾隆皇帝一时逸兴勃发，回到禅房，即截取大诗人李白《送友人》五律中的妙句挥笔书为寺门对联："青山横北郭，白水绕东城。"上下联脚暗嵌寺名，天然工巧。人们从现在的寺址仍可看出寺北有苍翠在眼的繁昌浮山，寺东有波光泛白的俞村郭溪（今名新塘），果真是"山横水绕"，亦可见这副传说中的寺联仿佛是"特写镜头"，情真景切。当时乾隆对住持道也说："自古名联，编新不如叙旧。"再看书法，雄浑劲拔，笔势纵横，道也越发深叹不已，虽未知来客就是当朝至尊，但心下也明白此人必定来历不凡。话别时，道也一直把来客送至山门以外，连连稽首合十。按当时佛门礼规，住持送客一般不出山门，这是一次例外。随乾隆同来的中官侍从，早已在寺外酒店中备席专候皇上临膳。在筵席上，因不好暴露君臣之间的真实身份，乾隆帝还亲自给中官斟酒，每斟一杯，受酒者都伸出右手食指以下的三个指头并拢向杯侧连叩三下，用这个动作来暗示臣下"三呼万岁"。据说乾隆二次南巡回京后，念及郭城寺这位方外东道的盛情款待，特下诏赐封该寺住持道也禅师为州属僧正司，俗称"僧官"，借此"宣扬帝德"。

　　有人说郭城寺外即梅龙镇，为明代正德皇帝游龙戏凤的地方，这是把乾隆附会为正德，是本地民间的无稽流传，不妨就便正讹。据蔡东潘

《明史演义》第四十九回"幸边塞走马看花 入酒肆游龙戏凤"一节，明正德十二年（1517年）八月，武宗朱厚照（即正德帝）不听群臣一再阻谏，与幸臣江彬混出居庸关直至宣府镇（今河北省宣化县）营造行宫，访美纳宠，佚乐忘归。一天，正德皇帝微服独行，在宣府一家酒店中与卖酒女李凤姐相遇，二人你情我愿，便发生了游龙戏凤的风流韵事。这与本地郭城分明是塞北江南，根本扯不到一块。蔡氏在演义自评中说："游龙戏凤一节，正史不载，而稗乘记及轶闻，至今且演为戏剧，当不至事属子虚……"后世京剧中"梅龙镇"想是河北宣府镇的地名饰称，有"为尊者讳"的意思。

1984年10月，南陵县文物普查组实勘发现，郭城寺址的地层中有商周时代的席纹陶片，寺址旁确有古城垣遗址，因而，鉴定其为古文化层。本地群众常有这样的思古之疑：从前郭城寺是否真有城垣，郭城古迹的由来有何史实？对于这个问题，首先，县文物普查组的发现不为无因；其次，我们还要相信县志记载和本土某些自然村名的古来口碑。按《南陵县志》载，汉当涂故城在南陵县北。又引《元和郡县志》载，晋成帝时，以民之南渡江，在于湖者侨立为当涂县，后属宣州，则此实晋之侨县……于湖即芜湖；侨县即流民临时侨居之县；当涂故城即当涂县，后另迁城置县。不过该志误将晋置当涂指为汉置当涂。据笔者推想，今奎湖乡所辖城埂张、城堤梁、井口汪等自然村址均有古城垣（俗称城埂）和古市井遗迹，其地理位置与南陵县志所载古迹位置相吻合。古称"城外为郭，郭外为郊"，郭城与奎湖城埂等处直线相距不过四公里，或系当时废县之外城，亦不为无据。

在《春谷刘氏宗谱》卷首有清贡生刘琨《晨眺郭城寺》诗云："雉堞连云访禅僧，溪流北郭浪几层。……"雉堞即城墙垛，这虽是夸张笔墨，但至少可以证明在几百年前，那里依然有城郭。笔者鄙见，沧桑变化，建置迭更，县废，而口碑不废，这应是后人据以求古的一点基本逻辑。

注：雍正版《南陵县志》记载："郭城寺，县北五十里，旧名普化寺，唐乾符中建，元末毁，明洪武十年重建。"

郭城寺轶闻和「郭城」古迹

一群糊涂虫

《仙坊乡志》

　　天庭里，一日，玉皇大帝端坐于金銮殿上，询问前来上朝的文武大臣："你们可知道现在民间哪种人最快乐，哪种人最愁苦？"群臣听了，面面相觑，皆瞠目结舌，唯太白金星上前奏道："以老臣来看，那些在烈日下车水的农民最快乐，而那些在酒宴上吃酒的人是最愁苦的。"

　　"你怎么知道的呢？"玉帝忙问。

　　"六月里的一天，老臣驾云出访，正行到一伙车水的农民头上，忽然从那里传来一阵阵清脆、悠扬、悦耳的歌声，我听着听着，忘记了一切，陶醉了，熟睡了。你想想看，那些车水的农民，不就是最快乐的人吗？如果他们不快乐，怎能唱出那么动听的歌呢？而老臣看见宴会上喝酒碰杯的人们，往往愁眉苦脸，举杯要花很大的力气，像吞宝剑似的，才能把酒喝下去！"

　　玉帝听罢，深为激动，忙问左右："有这种情形吗？"

　　"有……有有！"左右先是一愣，接着忙答道。

　　于是，玉帝急传圣旨："喝酒的多加点菜，车水的多给大太阳晒晒！"

两餐与三餐

《仙坊乡志》

从前有个地主，是个出了名的吝啬鬼，雇了些长工，最怕长工们多吃了他的粮食，一心想把每天三餐改作两餐。一天，他把长工们召集在一起，冲他们问："你们一天愿意吃几餐？一餐能吃几碗？"

长工们听了不知地主是什么用意，面面相觑。突然，其中一位很聪明的长工答道："我们三三得九，二五一十。"他接着解释说："这意思就是，如果你每天给我们吃三餐，那么，我们每人每餐三碗，一人一天只吃九碗就够了；如果你每天只给我们吃两餐，那么，我们每人每餐吃五碗，一人一天要吃十碗。"

"照这样说来，我还是每天给你们吃三餐吧！"地主心有不甘地向长工们宣布。

长工们听罢哈哈大笑，一哄而散。

黄塘庵的往昔与沉浮

叶红生

现在的南陵县许镇黄塘村所在地，当地人都称为黄塘庵。虽然这么叫，但问他们为什么叫这个名字，能够回答上来的却是寥寥无几。如今，生活在其周边、年龄在古稀以上、根生土长的老人，讲起黄塘庵都会津津乐道。

我出生于1942年，从刚懂事起就听老人诉说当地香火旺盛的寺庙黄塘庵，老人们说得眉飞色舞，我听得津津有味。稍大一点，母亲去寺庙敬香会带我同去。记得有一年观音菩萨生日，我随母亲去庵堂烧香，香客众多，香火旺盛。从此，黄塘庵那鼎盛时的情景就深深印入我的脑海中。

当时寺庙的具体位置，就在今天的几棵大梧桐树生长的地方（梧桐树是1972年左右栽的），包括树后一幢干部家属平房在内。在我的印象中，那时的黄塘庵比芜湖赭山广济寺还要气派。它坐北朝南，高大雄伟的佛殿，前后两进。前一进稍矮，进深也稍浅；后一进高大且很深。两殿之间有个很大的天井，由青石条铺就。中间有大香炉，两边有香烛台。天井能容纳百十号人。佛殿内金碧辉煌，红漆木柱有一人合抱粗，上面镶有楹联。只是我那时尚未启蒙，未能记下上面的文字。横梁上雕龙描凤，栩栩如生。殿内菩萨、罗汉千姿百态，造型生动。进入前殿，迎面是一尊笑面弥勒佛，挺着大肚子端坐在莲花座上，憨态可掬。弥勒佛屏风后面是一尊神情严肃、威风凛凛的韦陀菩萨。进入后殿，正面是三尊大佛，正襟危坐在一人高的莲花台上，头几乎接近屋顶。两厢是高大威武、杀气腾腾的四大金刚。大佛的后面是观音菩萨和地藏王菩萨。其他还有许多不知名的体形较小的菩萨、罗汉，数也数不过来。佛祖前面诵经、讲经、行法事的地方很宽敞，一排草榻摆放有序。右边吊着一口大铜钟，足足有两米高，三个人才能合抱过来。铜钟上面铸满了篆体铭文。

左边架着一面大法鼓，鼓大得出奇，两个人才能抬起它。我后来去过许多寺院，还没有见到过比它还大的鼓。铜钟后来被人抬走了。

佛殿大门前三四十米处，一座高大的八字形门楼上书"黄塘庵"三个金字，门楼两边连着围墙。门楼上面是用小瓦盖的人字形楼顶，能遮风雨。我记得，那天是农历二月十九，观音菩萨生日，大道两边前来乞讨的丐童排成两行，香客一进门，他们都伸出手讨钱。从早到晚，四面八方前来烧香请愿、捐钱还愿的善男信女络绎不绝，香火之盛可见一斑。

黄塘庵的环境相当优美，东、西、北三方都是茂密的竹林。竹林外有清澈的小溪环绕。小溪东接竹科村白水塘，西通奎潭湖。除了遭大旱的年份，这里一年四季绿水长流，水明如镜。寺内和尚、杂役都饮用这溪水。直到20世纪70年代，这水仍然能饮用。小溪有三四丈宽，溪边栽满杨柳树，溪内生存有扬子鳄（当地人称婆龙），它们白天躲在柳树根部的土洞中，有时会把头伸出来，两只眼睛乌黑发亮，夜晚爬到竹林里栖息。后来，和尚没有了，竹林被砍伐。1954年发大水，婆龙借水势远逃他乡，不知所终。

当时黄塘庵有一个方丈，两个小和尚，一个斋公（附近郭村人），一个伙夫（角上秦人，名叫秦贤祖）。我听母亲说，老方丈本事十分了得，挑水从来不用扁担，一条胳膊挂一桶水，毫不费力地担到厨房。后来老方丈得病圆寂，小和尚把他用缸盛着，上面用一口缸盖着，不久尸体腐烂，人们说是老方丈修行不到家。小和尚请来一位老民工，把老方丈葬在寺庙前东边的土墩里。20世纪70年代初，土墩被推平了，黄塘信用社在上面盖了三间瓦房。

1949年6月林都圩溃堤，寺庙被淹，两个小和尚是外地人，逃到外地山里去了，从此杳无音信。斋公和伙夫是本地人，水退之后又回到庵里。但佛殿墙因水浸泡，倒了一大半。斋公请来附近农民，用旧砖码了丈把高，上面用草编成篱笆，糊上泥，遮风挡雨。寺庙里的菩萨、罗汉被水一泡，泥塑的化了，木雕的随水漂走了，唯存三尊大佛和四大金刚，因为砖砌的莲花台高，水淹不到，得以幸存。

寺庙里没有和尚，菩萨也所剩无几，谁还来烧香？不久，这里做了小学堂，我就是在这里接受启蒙的。记得当时父亲扛来自家的一张带抽屉的桌子摆在佛祖前，那时读书的学生都是自备桌凳。在这里读书，说起来真有趣，下课休息时，小孩子们躲在佛祖和金刚后面捉迷藏，有的顽皮学生还爬到菩萨头上撒尿。一天，有个顽皮学生突然感冒连续发烧几天，学生们七言八语地说他是因为在菩萨头上撒尿，遭到了报应。打那以后，胆子小的学生再也不敢造次了。我每次上学，父母都要叮嘱我，不可以捉弄菩萨。说归说，我们这些初生牛犊不怕虎的娃娃们，转眼就忘了，下课时仍然往上乱爬，撒尿的还是有。

1954年，这里发生了百年罕见的特大洪水，林都圩再次溃堤，这一次水位很高，黄塘庵全部被水吞没。寺庙里一人合抱的大柱子被风浪打得七零八散，有的漂走不知去向，有的被树木和竹林挡住而留存下来。水退之后，当地政府利用旧砖和存下来的木料，盖了两幢平房，一幢做教室，一幢做宿舍兼厨房。20世纪60年代初，学校迁到附近的耿车头村旁，原来的房子做了黄塘公社机关办公室。1972年，黄塘公社在东边建了一座大会堂（兼影剧院）。1980年，前面又盖了一幢八间三层的办公楼。1992年撤区并乡，黄塘乡并入奎湖镇，办公楼给黄塘中学做了教师宿舍，大会堂卖给了私企办厂。原黄塘庵旧址上的平房住了退休乡干或干部遗孀。黄塘庵和黄塘乡已不复存在[①]，但是黄塘这个地名并没有消失。以此命名的黄塘村由黄塘、古圩两村合并而成，村部就坐落在黄塘庵旧址旁边。

据民国版《南陵县志》记载，黄塘庵历史悠久，始建于南北朝梁太清二年（548年），旧名"清福寺"，后因兵燹而圮倾。清嘉庆二年（1797年），僧人澄月行愿募化劝资重建"黄塘庵"。咸丰年间（1851—1861年），庵又遭兵燹而毁。同治年间（1862—1874年），复有僧人涌明立愿募化四方，再次集聚劝资，重行修建，改名"万年寺"（住持方丈是峨眉山万年寺的僧人），但人们习惯仍称黄塘庵，而万年寺则无人可知。我小时候看见的"黄塘庵"三个大字，也许是后来把"万年寺"重新改过来的。黄塘庵最后毁于1949年和1954年两次水患。县志对此未作记载。

---

① 编者注：近年来，周边民众重修黄塘庵，2016年初建，2021年正式落成。

八尺口的香油

俞金传

东塘圩东北角的圩堤上原来有一个著名的香油厂，名"八尺口香油厂"。因其紧邻的三汊河的一条支流入口处很窄，在古代仅有"八尺"，故得名。据有关史料及乡人述说，该厂已有三百多年历史，生产的木榨香油香飘十里之外，闻名皖南，曾为朝中贡品。

清朝年间，京城下了一道告谕，向全国征收贡品。县令考虑再三，特意安排八尺口香油厂装满三大缸香油抬上木帆船上京进贡。

一日，木船行至芜湖长江段，江上风平浪静。突然，艄公觉得船速变快，很是惊讶，不知何故。他伸头向船的四周看个究竟，顿时惊得目瞪口呆。只见木船周围，江鱼成群，簇拥着木船前进。大鱼力大，用嘴直接接触船帮板，小鱼在外围欢蹦跳跃，场景十分壮观。究其原因，原来是八尺口香油的奇香，被江里的鱼闻到，它们就成群结队地跟随在船后，且越跟越多。于是，鱼群游动产生的水势自然推动帆船向前。后来，这一奇遇在十里八乡广为传颂，使八尺口香油锦上添花，求购者络绎不绝。

至于八尺口香油厂为什么能生产出如此高质量的香油，乡人总结原因有三：一是八尺口的水质量好、密度大，据说用同一个桶在八尺口和别的地方各装满一桶水，八尺口的一桶水要多重2斤；二是榨油工人技术高超，而且古老的木榨材料特殊；三是油料质量好，不符合标准的油菜籽油厂绝不收购。

遗憾的是，1996年由于汛期发大水，加之陈村水库放水，河水暴涨，7月3日上午8时油厂边圩堤漫破，油厂被大水冲得面目全非而被迫停厂。

俞昌桂口述

小安倪跑马园

徐跃廷

我们这里，很多人遇到办事不成，白跑一趟路的事，就说："小安倪跑马园，空手去，空手来。"至于这句话是什么来由，却没有多少人知道。

老辈人是这样讲的：前清时候，大甲何村有个少年，家道小康，二老膝下只他一人，父母像爱护眼珠似的爱他，十多岁了，还叫他"小安倪"。后来，"小安倪"就成为这少年的名字。

小安倪被父母娇生惯养，天赋又不高，所以做什么事，如果不细叮详嘱，就干不好。

有一天，小安倪家来了客人，父亲叫他去离家约四里远的马园镇称肉招待客人，就说："小安倪，你到马园跑一趟……"等他到房里拿来钱，小安倪已朝马园跑去了。父亲不见小安倪在家，以为他玩去了。过了好一会儿，小安倪气喘吁吁地跑回家，父亲还不知他已白跑了一趟马园，就说："叫你做事，你跑哪去了？""到马园去了！"父亲这才知道他没听完就跑了，于是指着自家约二百斤重的肥猪告诉小安倪说："我叫你去马园称二斤猪肉，猪要大，猪大油多，比我家猪大更好，去吧！"

小安倪找遍马园，只见三个肉店的肉没一块比他家猪大，就飞也似地跑回家。

父亲看见小安倪空手回来，就问："你怎么没称肉？"小安倪一面用手比画，一面说："几个肉店的肉，没一块有我家猪的一小半大，所以没称。"父亲知道肉块是整猪切开的，小安倪以为哪个肉块都没自家猪大，所以空手回来了，就说："小安倪，重去！不看肉块多大，只要肉瓢子厚就行了。"说罢，望着小安倪向马园奔去。

我们这里方言"瓢"和"篮"一个音，小安倪看着肉店里没一块肉有篮子厚，于是又空手回家了。

父亲问明小安倪又空手回家的原因，知道小安倪把"瓢子"听成了"篮子"而没有称肉，只得再说一遍，叫小安倪再跑一趟马园。

　　小安倪第四次去马园，走到马家村见一家宰了口大猪，毛快褪光了，心想：这口猪比我家猪还大，在这里称肉，路又近些。于是他一边看褪毛、开边、割肉，一边不耐烦地等着。杀猪的屠夫劈了几大刀，小安倪抢步上前说："快给我称二斤，家里等着肉做菜呢！"满脸络腮胡子的屠夫看了他一眼，说："称肉到马园去！"又带笑地斥责他，"这猪是东家办喜事杀的，不卖给你！"小安倪受了一顿抢白，只得拔腿向马园跑去。这时，太阳已挨近西山，肉店卖完肉，都关上门了，小安倪见没肉卖，只好空手回家去。

　　小安倪连跑四趟马园，都是空手白跑。这件事传开了之后，就成了"小安倪跑马园，空手去，空手来"这句俚语。

小安倪跑马园

・ 049 ・

陈大夫

俞金传

东联村大村陈的河堤旁，有一座大墓，墓前竖一石碑，碑文曰"陈大夫之墓"。这里有一个感人的故事。

相传明朝晚年，大村陈有一人在京城任大夫，他因公务繁忙，多年未回家，思念亲人心切，晚上睡觉也梦见和父母妻儿团聚。有天晚上，他梦见一个白发苍苍的老人，送给他一匹纸扎的大白马和几句咒语，只要将咒语一念，纸马立即变成一匹鲜活的千里马，日行千里，夜行八百。一觉醒来，陈大夫伸手一摸，床上果然有一纸马，他惊喜万分。第二天，他下朝回府，按照梦中老人的指点，念动咒语，纸马马上变成一匹摇头摆尾的大骏马。陈大夫跨上马背，飞速前进，没多长时间就回到了老家。此时，陈大夫的夫人正在院内向远方眺望，思念着京城的丈夫。她忽然看到丈夫快马加鞭赶到门口，惊喜万分，二人尚未落座就双双倾诉阔别多年的相思之苦，然后丈夫就进房去看多年未见的子女了。

再说陈大夫的母亲因思念儿子，哭得双眼失明。她住在内房，听到院内一男一女亲昵的说话声，于是起了疑心：莫不是儿媳在家与别的男子私通。老母亲手拿拐杖，慢慢摸出了门，想探个分晓。这时，儿媳正在整理丈夫带回来的行李，见婆母出来忙问何事，老母亲就问刚才说话的男子是谁，媳妇说是官人回来了。老母亲不信，因为京城离家遥远，以往的家信也未提及回家，怎么会突然回来呢？为证实情，媳妇说："你儿子骑的马就拴在院外，你去看看就知道了。"老人摸出门外，用拐杖随便一戳，就将活马复原的纸马前腿捣破了。好在陈大夫闻声赶到，才避免了一场更大的伤亡。

第二天清晨，陈大夫骑着受伤的马回京，因马腿受伤，速度变慢，误了点卯的时间被斩。事后，皇上念其一片孝心，准予厚葬。

陈哲民口述

惠王殿遗韵

任金辉

在风景秀丽的水乡南陵县许镇太丰圩，有一沿河岸而建的村子叫惠王殿，村子不大，沟泊湖塘分布其外，就像一颗颗形状迥异的珍珠装扮着村庄。春风拂来，水面银光闪闪，田野里庄稼绿油油一片，各色花草伴着光芒，混着泥土的气息，编织着一曲曲江南丝竹交响乐。

这里流传着一个动人的传说。两千多年前，曾有一太子和名臣伍子胥被奸人所害，四处漂泊，风餐露宿，辗转流落至此。该处当时属吴国，太子与伍子胥此时已受尽风霜，饥寒交迫，乞食民家，十分狼狈。到达此村时，太子因饿乏而昏迷不醒，伍子胥十分无奈。适逢村中有一青年妇女正在家中给孩子喂奶，伍子胥被迫向该妇人求助，请她救太子一命。妇人不顾女人的羞涩，当即喂奶给太子，使得太子苏醒，并在后来赢得王位之尊。子胥、太子为了感谢当时农妇的救命之恩惠，就在此地建一宏伟庙宇，并赐名"惠王殿"，后来该处就一直以"惠王殿"为名。有村民讲，"文化大革命"时他还曾见过石碑，也有人讲石碑被沉入了塘中。岁月流转，时光荏苒，一晃两千多年过去了。

偶读《史记·伍子胥列传》中的一篇文章，该篇记载了伍子胥与太子落难之经历，读后深有感触，更增加了本地传说的可信度，正史与传说相得益彰。据《史记》记载，楚平王想给太子建（传说中的太子应是建的儿子胜）从秦国娶妻，派指导太子的费无忌前去相亲。无忌一直与太子的关系不好，为讨好平王，无忌回来后对平王说"秦女绝美"，于是平王纳秦女为夫人。而后无忌又进谗言，说建怀恨在心，在城父要谋反。平王囚禁建的太傅伍奢（伍子胥父亲，辅导建的官），欲杀建，建逃到宋国，楚平王即将伍奢及其子伍尚杀死。而伍子胥逃到宋找到建，后建在郑国被杀，伍子胥带着建之子胜（传说中的太子）逃往吴国。当时形势非常严峻，"到昭关，昭关欲执之，伍胥遂与胜独身步走，几不得脱。追者于后，至江，江上有一渔父乘船，知伍胥之急，乃渡伍胥"，"楚国之法，得伍胥者赐粟五万石，爵执珪"，"伍胥未至吴而疾，止中道，乞食"，这些都是对他们生存的极度考验。伍子胥因逃难甚急，徒步行走，一路乞食，又生病了。他们过江以后生活的困窘，与传说联系如此默契，可谓不谋而合。

到吴国后，伍子胥被公子光所器重，推荐刺客专诸帮助公子光刺杀吴王僚，公子光自立为王，即后来有名的吴王阖闾。吴王阖闾在伍子胥及大将军孙武的帮助下，"西破强楚，北威齐晋，南服越人"，可谓红极一时，名垂后世。后来楚国人痛恨谗臣费无忌陷害太子建，亦将费无忌杀死。公子胜后被楚惠王召回，号称白公，后曾自立为楚国国君。

胜为了感激当时的非常之恩，铭记自己在入吴过程中的艰难经历，敕以"惠王殿"并勒石以昭示后人。历史的车轮辗转过了两千多年，朝代更迭，物是人非，也许人们已经渐渐淡忘了惠王殿背后的故事，时间亦磨平了历史遗留的痕迹。在这古老厚重的土地上，勤劳质朴的人们依然生生不息，曾经的辉煌与没落就像过眼烟云，但惠王殿地名一直作为一种历史传承着。

俞兆林吃酒

俞新生

一年清明节，俞氏宗祠①开祠堂，各房派代表集中议事。中午，祠堂设宴招待。俞兆林的鼻子真尖，他老远就闻到了美味佳肴的香气。于是，衣冠不整的他也赶到俞祠，但他不是代表而且是小孩，不敢进去，只是在大门外徘徊。

这时，祠堂里面的族长和其他人都已坐好位次，正准备喝酒，见俞兆林在外面的白石走廊里两头直转，都知道他的来意，就故意拿他搭味②。其中一位族尊说："久闻你骗人的技术很高明，今天你能把我们全都骗出去的话，这酒就允许你参加喝。"俞兆林接嘴答道："骗出来不行，但要是把你们从外面骗进去，那肯定是行的。"族长说："真的吗？""真的，不信就试试。"俞兆林说。于是，大家鱼贯而出，心想：看你有多大本事把我们都骗进去。大家刚走出大门，俞兆林就赶紧溜了进去。他端坐首席，拿起酒杯和筷子狼吞虎咽地大吃大喝起来。大家在祠堂外面久等不见俞兆林来骗他们进去，有人就大声喊："兆林倪，怎么不出来骗呀？"俞兆林应声答道："耶！我不是把你们都骗出去了吗？肚子真饿，我正在吃哩！"众人恍然大悟，皆曰：真机智人物也。

---

① 俞氏宗祠：指原东塘乡杨园村对河外滩"春谷俞氏"宗祠。
② 搭味：方言，意即开玩笑。

耿秀才休妻

叶红生

原黄塘乡境内有一个村子叫耿车头，现居住着吴、王两姓三四十户人家。一般村子都以现居住的村民的姓取名，但这个村既不叫吴村，也不叫王村，而叫耿车头，说起来，还有一段典故呢！

相传在明朝末年，这里住着一户姓耿的人家，主人名叫耿童，年纪二十岁上下，是全县知名的秀才。这耿童不仅生得眉清目秀，一表人才，而且学问包天，文章盖世。他四书五经、诸子百家无所不通，诗词歌赋一挥而就。他在离村半里之地的黄塘庵设馆教书，方圆百里慕名而来求学的人络绎不绝。

耿童有个结发妻子张氏，人倒也聪明贤惠，女红针绣、书史百家都精通，就有一件，相貌生得丑陋，不仅一脸麻子，而且又矮又胖。因此，人们常常在背后议论，说如此一个才貌双绝的秀才，却讨了一个这样的老婆。耿童勤奋好学，不贪女色，别人的闲言碎语，全当耳边风。

一天晚上，他在书房看书，不觉累了，趴在书桌上打起盹来。两个红衣小童，打着红纸灯笼从大门走进屋来，只见灯笼上写着碗大的一个"耿"字。耿童诧异地问："你们是什么人？到穷舍来有何贵干？"其中一个红衣小童上前恭恭敬敬地说："状元公，仆等奉玉帝圣旨前来伺候贵人。"耿童一听，很觉莫名其妙，问道："谁是状元公？"另一个红衣小童把灯笼高高地举起说："奴仆犯讳直言，南陵县头名秀才耿童便是！""我……"耿童惊醒，抬头一看，书房里不见一人，只有自己的影子相伴。耿童觉得奇怪，但转念一想：这恐怕是"日有所思，夜有所梦"吧！莫非我求功名心切，晚上竟做起梦来？

第二天，耿秀才去学馆教书，路上碰到他的姨表兄李旺。耿童知道表兄住在集镇上，有几分见识，心想：我何不把梦中之事告诉他，看他怎么说。于是，他把表兄请到学馆，把梦里的情景一五一十地讲了一遍。

李旺听完，拱手向他道喜："恭喜表弟，贺喜表弟，这个梦可是个好兆头，今年上京赶考，保你中个状元！"表兄的几句话，把耿童说得眉飞色舞。

"不过，表弟，愚兄尚有一言相告，不知该不该说。"

"我们表兄弟，还有什么不该说！"

"表弟确有状元之才，可弟媳无夫人之福啊！"

耿童不解地问："此话怎讲？请表兄明白告知！"

"表弟，恕我直言了，古人说郎才女貌，自古皆然。表弟若高中状元，弟媳就是状元夫人，可她那副模样，怎能见得大众？你想那朝廷之上，三公九卿的夫人小姐，哪个不是花容月貌，倾国倾城！"

李旺这番话，把耿童说得心里凉了半截，半天没有言语。他后悔当初草率地娶了这样的老婆，就问表兄如何是好。

"表弟，依愚兄之见，倒有两条道儿可供选择，一条是不要这个状元，做一辈子穷秀才也罢；另一条是给一纸休书，休掉弟媳即可。你中了状元还怕娶不到美貌夫人吗？说不定还要被万岁爷招为驸马哩！"

耿童听了表兄所述的两条道儿，不由将双眉皱成疙瘩。这怎么使得呀！十年寒窗，受尽了辛苦，到手的状元怎能不要！妻子过门三年，毫无半点差错，无故休她，岂不被人唾骂！

耿童无精打采地回到家里，不言不语，倒头便睡。

张氏见丈夫这个样子，不知就里，上前轻声问道："相公，身体有什么不舒服吗？要不要请个郎中？"

耿童理也不理，张氏贤惠，见丈夫心事重重，心里很难过，小心地坐在床前劝说："相公，别把事情闷在心里，伤了身体。皇考将近，还是文章要紧……"

耿童听了张氏的话，冷冷地说："这辈子状元与我无缘，还是等来生吧！""相公，你……你怎么说出这等泄气的话来？"张氏吃惊地说，"相公才学远近闻名，怎知与金榜无缘？""唉！这个，你问问自己吧！"耿童叹了一口气，终于说出了憋在心里的话。

"问我？"张氏听丈夫这么说，知道一定是背后有人在议论什么。她恨自己长成这副模样，使丈夫常常被人耻笑。

晚上，张氏一夜不能入睡，看着怀中不满周岁的孩子，眼泪像断线的珠子一样往下掉，想不到自己丑陋，会影响丈夫的功名，就是死了，有何脸面去见耿家的祖宗！

第二天晨起，张氏对丈夫说："相公，你不说我也知道了，你给我一纸休书吧！"

"哦，这是你说的！"耿童见妻子猜中他的心事，想起妻子平时对他的好，心里有所不忍。

"是的，我这副模样，使相公受了不少委屈，如果相公高中状元，我怎配做状元夫人？"张氏说着，眼泪扑簌簌地掉下来。

耿童本来是个老实人，何况张氏毫无半点差错，又给耿家添了一脉香火，今天休妻，不免心里一阵难过，感到进退维谷，不知如何是好！

"相公，你给我休书吧！你今后有了功名，我不忍心再看到自己相公被人耻笑，你把耿家这点血脉抚养长大，就算我俩夫妻一场了！"

耿童见妻子说得凄惨，心里更觉不忍："娘子，容我再思考一下吧！"

"我主意已定，相公不必犹豫。你年少奇才，仕途不可限量，妻好比一片乌云，遮住了阳光，还有什么面目活在世上？"张氏说着，双泪横流，一头朝床沿上撞去。耿童慌忙一把拉住："娘子，既然如此，我马上写休书，你休怪我不仁不义了！"

耿童磨墨展纸，双手颤颤巍巍，写好了休书，张氏含泪接过。

"相公，被休之人，娘家回去不得，烦你再给我找个人家，但不知能否成全？"耿童听贤惠的张氏一说此话，马上满口应承。

如何给被休的妻子找一个合适的人家，耿童深深地思索着。这时，他想到常和自己打交道的孟庄（也称孟家庄）秦村秀才秦凤仪。秦家本就家贫，还一直供凤仪读书，家境愈贫。凤仪虽才貌双全，但已近三十，至今未婚。耿童将此意一说，他竟同意了。凤仪认为，张氏虽相貌一般，但穷人家过日子，本分就好，何况张氏贤惠、勤劳，人也玲珑，一看便知是个相夫教子的好手。

过了几天，日期到了，张氏换了衣服，把孩子抱在怀里最后亲了又亲，然后双手递给了耿童："相公，孩子交给你了！你千万不能荒废文章，一定要为你耿家祖宗争个光啊！"张氏擦干眼泪，向耿童道了个万福，跨出房门而去。

耿童坐在房里，神情恍惚，若有所失。他倒在床上，迷迷糊糊地睡去。这时，门外传来一阵急促的脚步声，只见两个雷公似的大汉闯进房来，凶神恶煞地对耿童说："耿童，你枉读孔孟之书，行此不仁不义之事，玉帝发怒，撤掉你状元之职，永不录用，并罚你断子绝孙！"

耿童一惊，吓了一身冷汗，睁眼一看，两个大汉已不知去向，才知做了一场噩梦。

原本耿童夜间走路，眼前犹如皓月当空，一片亮堂，但自休妻之后走夜路，眼前总是一片漆黑。至于学业，更是毫无长进。

不久，耿童和一班同窗赴京赶考。论才学，耿童原本中个状元并非难事，但近来他六神无主，读书无味。考场上，他掩卷在手，神思散乱，无从下笔。别人已纷纷交卷，他还望着题目两眼发呆……等到皇榜张贴出来，哪里还有耿童的名字！

考完回家，刚满周岁的儿子已不幸得病夭折，耿童捶胸顿足，悲痛欲绝。

以后，耿童又去考了几场，场场名落孙山，终于忧郁成疾，不久便去世了。他的两个得意学生，一个姓吴，一个姓王，凑资把他安葬在村后的车头上（过去架水车灌溉的地方），并立了一块石碑。现在的吴、王二姓就是耿童的两个学生的后代，而村名却叫耿车头，一直沿袭至今。

再说张氏，自嫁给秦凤仪，夫妻恩爱，家庭和睦。她腰间原长有两道肉箍，生长子秦仁管后，掉落一道，生次子秦才管后，又掉落一道，人也变得胖瘦适宜，容光焕发，落落大方。这二子以后便成为尽人皆知的"一门双进士"。

钱昌松口述

耿秀才休妻

九龙盘鼓

何承儒

传说明朝开国皇帝朱元璋在龙庭上坐立不安，就叫宰相刘伯温给他卜了一卦。刘宰相一卦卜来，说："不好！江南出了九龙盘鼓，一朝天皇人马，正在孕育之中！一旦时机成熟，大明天下将有覆灭之灾！"

于是，刘伯温奉旨微服私访，到达芜湖，四处察看。只见南方一盏灯火，闪烁发光，他心想必有蹊跷，便踏路前往。火光所在地名叫太家宅，只有一家客店，供行人方便。传说早先太白金星到仙酒坊，路过此地，一看是风水宝地，就取名太家宅。刘伯温从这里走上古圩大堤，手搭凉棚，朝东一望，更是一惊，只见烟雾浩渺，水天一色，日光昏暗之处，有九条小龙遨游在偌大湖中，鳞光熠熠，成熟之期已经不远，连道："危哉！危哉！"

原先在县北乡，荒草萋萋，只有古圩内有良田千余亩，百姓耕种，但十年九荒，人们操起渔具为业，借以糊口。老元谈村（今黄塘肖东行政村）有个谈老伯，每日都到湖中捕鱼。相传一日，他见一只官船，直从湖缺口闯入。舱内堆着白花花一片杂什，向渔翁驶来。渔翁正待细看，可眼前这庞然大物却霎时不见了，渔翁怕是财宝，赶紧一网撒去，收上来一看，却是一顶相官纱帽，原来是赐老元谈村一个当朝一品乌纱帽。

顺着古圩大堤，往北行几里，有一个叫罗埂的村子，这里牌坊林立，以武功扬名于乡里。相传这个村子一夜间生下十八个童子，刚下地就生出半边胡子，于是人称"十八个边胡子"。一次，下北乡召开奎湖沿湖各族联席会，商议筑奎湖斗门地址一事，主意自然是靠张氏、秦氏大姓族长们拿。斗门地址定在老油榨。合约既定，材料备齐。吉日动工时，石匠们来到工地，一时傻了眼。只一夜工夫，百十条斗门条石，全都不翼而飞。有人报知："条石全都整齐堆在一字埂上。"人们狐疑："半年工夫才运来的材料怎的被一夜移走，莫非天遣？"原来那日族长联席会后，罗氏族长向众人申明斗门选址不公之事，众人都敢怒而不敢言，未料想十八个不满十岁的边胡子听了动了真气，一夜之间，肩扛腋挟，就将石料挪了地方。有人看见，当是神兵天将，龟缩在家里，不敢吱声。从此，斗门就只得建在一字埂上。罗氏威风大振，众人皆不敢小看。

九龙盘鼓的"鼓"，至今仍在古圩湖中。这一屿小岛，上面白茅丛生，到秋季如火如荼。建在上面的小庙，少说也有千年历史。这未来的小皇帝便出生在古圩湖围绕着的王家墩中。这庄子有百十户人家，小皇帝本不是王家血统，是随母而来的遗腹子，年幼时在牛背上读书，经常牧牛于古圩滩上，自己则躲进柳树林中习文，常常忘了回家。他的苦学精神，感动了一闺中小姐。这位小姐生在邻村窑墩一官宦人家。她性情怪僻，不爱绣花，却热衷于剪纸，一天到晚有空就剪个不停。她常指派小丫鬟给在柳树林中苦学的牧童送去饭菜茶，而牧童受门第之见而自卑，逃到行廊山①当了小和尚。

凡人哪知，这些都是天意，为的是让小皇帝去掉杂念安心熟读经文，修炼道行，而窑墩小姐就是未来皇后，她在闺中静心剪纸，剪的纸人，都是未来的文臣武将。

刘伯温一副道士打扮，潜入"鼓"庙中，做了七七四十九天的道场，到五十天头上，古圩湖水顿成血红色，湖上乌烟瘴气，对面望不见人影。整个古圩湖哭声号啕，九条龙全都被扼杀在摇篮之中。龙脉一断，天机泄露。一夜之间，罗埂"十八个边胡子"相继死亡，窑墩王小姐闺楼十八口大箱子，如遭雷击，霹雳有声。原来那些纸人纸马，全都毙命，大箱内，鲜血淋漓，小姐昏倒，不省人事。

随后，京马驾到，要对小姐满门抄斩，在千钧一发之际，行廊山小皇帝托梦于小姐，叫她赶快乘木马逃命。

木马原本只有三条腿，因小姐是贵人，喝声"走"，木马便撒腿就跑。由于缺一条腿，木马渐渐力不从心。向东南走到一个地方，迎面过来一位老伯，小姐问："此处是什么地方？"老伯道："此处是阮村渡。"木马一听是"软村渡"（阮、软在当地方言中均读nǐ），便瘫倒在地，无力再走。

---

① 行廊山,今称珩琅山,在湾沚区红杨镇最南端、青弋江河畔,距奎湖不远。

后人推测，若那老伯说是"硬村渡"，木马也许会一蹴而跃过河去，小姐和小皇帝相会后，夺得江山。

至今，在下北乡黄塘、奎湖一带民间仍有传说：行廊山的皇帝，谈家相；窑墩的娘娘，罗家将。

布谷鸟的传说

王芳翠

每年农历三四月份到过太丰等圩区的人都能看到一种形单影只的鸟在天上边飞边叫："家（方言，gā）家插稞，家家插稞，布谷，布谷……"

相传，从前江南有一农夫名叫布谷。一年，他给地主帮工耽误了时间，自家清明稻种浸种晚了几天，谷雨都过了五六天，布谷家的稻芽还没长齐，急得他愁眉不展，无可奈何，只好就那样把稻种下到田里。接着，来了一阵寒流，气温下降，急得布谷几天吃不下饭。幸好这一年闰三月，到小满插秧时，布谷家的秧苗长得同邻人家的差不多，他心里才稍微轻松些，但也一点不敢怠慢，紧接着插秧、施肥、管理，处处小心伺候。幸好风调雨顺，到了秋天，打下粮食交了租，剩下的比往年还多，布谷高兴得唱着进，哼着出，喜洋洋地过了一年。

第二年，清明过去，谷雨又到了。邻人家忙得团团转，布谷由于有了上年谷雨过了五六天，稻种才下田，晚了季节增了产的经验，这一年也就不慌不忙，楝树开花睡早觉，蓼子开花也不忧。然而一场早霜突如其来，邻人家的秧苗粗壮，布谷家的秧苗全枯黄。这一年，布谷家的稻田全部绝收。年终，地主逼租，饿气难挡，于是布谷只身连夜逃离江南，到了江北。天长日久，他思念家乡，思念亲人，不禁一天到晚口中念道：为何谷雨不布谷？为何谷雨不布谷？边走边说，口口声声"布谷，布谷"，最后幻化成一只布谷鸟飞来飞去催人布谷。

于是，布谷鸟每到农历三四月份就从南方飞回北方，边飞边叫："家家插稞，家家插稞，布谷，布谷……"

江南流传的"楝树开花你不做，蓼子开花把脚跺"的谚语也由此而来。

六月初六赛龙舟

王学文

　　端午节划龙舟本是民间为纪念屈原而举行的一种活动，在江南水乡已经流传了几千年。但是这一天，浩瀚辽阔的奎湖却寂静无声，一直到六月初六，附近各村龙舟才纷纷聚集在湖上，一展风采。为什么端午节不划龙舟而在六月初六赛龙舟呢？

　　奎湖地处圩区，地势平坦，水网纵横。烟波浩渺的奎湖盛产鱼鳖虾蟹，这里的农人入湖时是渔民，出湖时是农民。每年的端午节，村村落落都要聚集在奎潭湖上比赛划龙舟，家家户户也喜滋滋地出钱出力为本村人增光添彩。

　　话说清道光年间的某年端午节，奎湖的居民像过去一样举行龙舟大赛。当几十条五彩缤纷的龙舟驶入湖中时，顿时浪花飞溅，鸥鸟惊飞。只听得歌声与锣鼓声共鸣，只看见船影与桨橹齐飞。成千上万的群众围湖观赏，为独领风骚的船头骁勇鼓掌喝彩。一年一度的传统佳节又一次在人们的兴奋中悄然度过。

　　不承想这一年端午节后，梅雨连绵，山洪暴发，圩堤溃破。沿湖居民眼看丰收在望，但所有将要成熟的稻谷均被淹没在一片白茫茫的洪水里，颗粒无收。他们只有拖儿带女逃往他乡，以乞讨而艰难度日。留下来的人们也只有对着满目疮痍的景象欲哭无泪。这时，有人传言说是船帮老大的女儿南生女扮男装参加端午节龙舟赛破坏了规矩，触犯了龙威以致招来了祸端。此事越传越玄乎，竟有人说曾在月夜看到南生住的船头盘踞着一条黑龙。一帮村民竟不顾船帮老大的威望，纠集起来闹到了南生的家门口。有人放出要将南生沉湖的话来，大有不把南生交出来誓不罢休之态。

　　而此时南生正带着未来的丈夫水陵乘船从水路去看病，听着人们的吵闹声、叫骂声，她心如刀割，但为了水陵她只好将一切都丢下了。然而船还没行出多远，因耽误太久而奄奄一息的水陵就停止了呼吸。任南生呼天抢地，水陵再也没睁开那双对她充满爱意的眼睛。

正哭得昏天暗地时，南生忽然听到不远处哭声、喊声一片，她赶忙抬起头，只见前面火光冲天，几条拴在一起的小船着了火，一群十来岁的孩子正在船上惊慌失措地来回乱跑。

救人要紧！南生顾不得悲伤，赶紧将船划近便跳下水去，爬上着火的船去救孩子。好在那些孩子成天泡在水里水性不成问题，但坏在孩子年龄尚小，有些胆小的竟躲到了舱里。救下的一批已上了船，却仍有找不到的。越来越大的火势和声响终于引起了正忙着打斗的人们的注意，人们奔到湖边没看到各家的渔船，但隐隐听到孩子的哭声，这才知道大事不妙。汉子们慌了手脚，纷纷跳下水去。等到接近南生的渔船时却见自家的孩子完好地坐在船头。

孩子们在一个劲地哭喊："南生姐姐！南生姐姐！"南生救最后一个孩子时被烧断的船板砸倒，她只来得及将孩子推上船舷就再也没有露头。

南生是个在水里长大的姑娘，母亲在生她时难产因没钱医治而死，其父便一直未再娶。想子未得的遗憾使他将女儿一直当男孩养着，直到十六岁那年南生才恢复女儿身，美丽矫健的南生从此成了众多小伙子的心上人。船帮老大也算是见过世面的人，加上失妻之痛便不想女儿再嫁作农妇，一心想替女儿找个好人家。不承想女儿自小与养子水陵青梅竹马，早已暗生情愫。那边王财主家来提亲，小伙子一表人才。船帮老大看到那斯文做派已是爱上了九分，巴不得立马结亲才好。可是南生却不依不饶的，丝毫不顾及父亲的想法。

怎么办？船帮老大想来想去，只好从水陵身上打开缺口。他叫来水陵说："我知道你和南生情投意合，我本无意拆开你们，但我又实在不愿意南生今后过苦日子。你说怎么办才好？"水陵说："爹，您老别说了。我不会丢开南生。"

船帮老大显得很为难："可我只有一个女儿啊！"顿了顿，船帮老大终于有了主意，他说："为了公平，今年端午龙舟赛上你与王家一决输赢。赢的那方便做我的女婿。"

很快就到了端午节，家家已插上了艾草，粽叶已香透了整个村子。

当晚船帮老大请来王公子和水陵，月下把酒谈到半夜，直到南生前来催促，船帮老大才放了水陵。

第二天大赛，头天理应早些休息，可水陵经这么一折腾又加上喝了酒，睡到半夜，竟腹痛难忍，一夜间拉了二十几次肚子，待到天明，怎么也爬不起来了。

比赛时间快到了，各支队伍已开始进场准备了。南生还没见水陵的影子，整个队伍也都在找他。南生焦急中却看到父亲正在得意地拈须微笑。她已有不祥的预感，于是急急赶往水陵住处。进得小屋看到水陵时，他连说话的力气也没了。南生又急又恼，心下已知是父亲做了手脚，泪一下子就流了下来，她全没了主意。哭了半天，南生心想，是父亲先使诈的，那么自己何不替代水陵上场？她明知女子是不许上龙舟的，可是为了她和水陵日后能结秦晋之好也就顾不了许多了。将水陵丢给邻家二嫂后，她抓了一把锅灰往脸上一抹，换好男子衣物就冲到龙舟队去了，并对众人说水陵生病了，自己是他请来帮忙的。这时龙舟已经就位只等那一声号令了，哪还有人去追究底细。

船帮老大正坐在高台上得意，却见水陵这一支龙舟队正整装待发，待一细瞧，其中一人不是自己的女儿又会是谁？任凭她换了男装，父亲岂有认不出的道理。

船帮老大心里暗叫了声苦，女娃儿怎知其中凶险，行船人忌讳的偏偏去违反，被人发觉，后果将不堪设想，就算被祭了龙王爷也不奇怪！湖面上龙舟齐头并进，场面甚是壮观。船帮老大却无心观看，坐立不安，无意中却看到水陵被人架着来到了湖边。船帮老大这下更着急了，急急从高台上赶下来，背起水陵就走。一直到家，水陵才得知真相，两人都禁不住为南生捏了把冷汗。

等船帮老大再赶回来，水陵那队已获全胜，那群后生中南生已不见了踪影，他这才放下心来。

上天似乎有意捉弄这对情侣，没有给他们相聚在一起的缘分。那天南生参加龙舟赛无意丢失的汗巾被人从船上拾得，由此暴露出有女人参加龙舟赛的秘密。而水陵因为延误医治而一病不起，紧接着便是连日的淫雨下得好似塌了天。灾害中人们失去了所有，往日的幸福全变成水洗过后的苦难。人们最终把一切怪罪在南生身上，她却在遭受苦难之时救出了那么多视她为仇敌的人家的孩子。那一天正是六月初六！据说从那日起奎湖就风调雨顺，不久又恢复到了往日模样。

第二年端午节前夕，地方父老聚众商议：奎湖是圩区，沿岸有数万亩良田。端午节期，水势未定，不宜赛龙舟，待至六月初六，汛期已过，丰收的稻谷唾手可得，此时再举行龙舟竞渡，可无水灾之担忧。其实内中更重要的一条就是为了纪念南生姑娘，纪念她以德报怨的美好德行。就这样，奎湖龙舟赛就改在了六月初六，并一直保持到现在。

六月初六赛龙舟

巧媳妇的口才

章光斗　陈绍连

　　张老九的二媳妇，一脸秀气，说话出口成章，大不怕，小不怯，谁也别想难住她。阳春三月，天气乍暖，二媳妇从娘家赶回村。田野里犁田干活的农民，都脱下棉衣放在田埂头上。眼前麦密菜深，二媳妇一下迷了路，就向在田里干活的农民问路。一个小伙子，见有年轻貌美的女人走过来，就有意逗她："春天不问路，你自己走嘛，问什么？"二媳妇眉毛一扬，计上心头。她把自己身上花缎棉袄外的罩衫脱下放在篮子里，然后走向田埂从地上拾起一件崭新的男袄穿在身上，不管三七二十一提篮撒腿就走。这时，逗她的小伙子急得直嚷："你为什么要穿走我的棉袄？还不快脱下来。"二媳妇冲着小伙子说："二五八月乱穿衣，有啥要紧的！"小伙子被她顶得又好气又好笑，又不好发作，末了只好向她赔个不是，二媳妇这才肯脱还他的新棉袄（"春天不问路"和"二五八月乱穿衣"都是当地生活谚语）。这件事传到张家村里，人人都晓得二媳妇的厉害，张老头也暗暗夸赞自己的儿媳有口才，会随机应变。

　　隔壁村的李老九是张老九多年的老朋友，两人常在一块喝酒谈心，往来密切。九月重阳节就要到来，李老九不相信别人的传言，偏要亲自试一试张家媳妇是否真有应变的口才。趁着张老九出门不在家，他有意上门走访，留下一段口信，一定要二媳妇转告她的公爷，口信说："李老九，请你公公张老九；九月九，莫登楼，韭菜园里去喝酒。"并且还一再交代，转告的口信要不讲重话，不变原意，特别是那个"九"不能复字复言。到了重阳节，张老九果然兴致勃勃如约来到了李家，李老九劈头就问："你家二媳妇把我的口信是怎样转告你的？"张老九就照着二媳妇转告的口信，一字不漏地学说："李四五，邀我爷爷张三三；重阳日，菊花黄，扁叶菜前好举筋。"李老九忙向老朋友敬酒一杯，竖起右手拇指连说："你的二媳妇真是千家难找！"

加油省粮

章光斗　陈绍连

有户家道小康的老农，老伴早年去世，家里有三房儿媳、一个孙子。里里外外，全仗老农一把手，他又累又烦，忙得够呛。老农心想：这样下去不是办法，要考考三房儿媳，看谁有能耐，就让她接手当家，免得老来下不了轭，没福享悠闲自在。

一天，他把三个儿媳都叫到跟前，当面出了一道当家的试题。老农说："我家老小一二十口人吃饭，种了几十亩田，真正够上'条牛担种'，但到今年底，还缺两个多月口粮，要不买不借，温饱过冬，你们三个谁能把'船'撑过去，我这副家当就交给谁。"老农说罢，只见大媳妇瞅着自己，二媳妇瞅着大媳妇，两人都默不作声。过了一会儿，三媳妇站起身来笑笑说："只要公公放手由我做主，我就不怕'撑船'，接受'军令'。"然后又说出节省粮食的道道。老农平时也知道三媳妇有心机，又能干，见她如此这般的言辞，就交卸了全盘家当。

第二天，三媳妇就找来前村屠夫，宰掉一口大肥猪，熬了一大坛子猪板油，把一整头猪肉，挂起半开边鲜肉，腌了半开边咸肉，又派人去自己娘家拿籼稻换回几担①黏米，规定一天三顿，饭菜不同，还要比以前吃得更为丰盛。早上吃腌菜豆粥，中午吃猪油拌黏米饭，晚上吃猪肉籼米饭。这样吃过十天以后，一家人的食量都慢慢小了下来，原先每餐能吃三碗的减到两碗，能吃两碗的减到只吃一碗了。食量虽减，但各人脸上的气色、干事的劲头还胜过以前。日子过到年底，不但口粮不缺，三媳妇房里还贮满了一缸白米，稻仓里还多余了几担稻谷。

大年三十晚上，阖家围坐一桌吃年夜饭，老农喝过几杯酒，怡然

---

① 担，重量单位，1担等于100斤。

自得，连连夸赞三媳妇当家省粮的本领。三媳妇双颊泛红，似乎又喜又愧，她干脆坦白："我加油省粮，算得上什么本领，还不是大伙肚皮紧，这叫'多吃一斤油，少吃一斗米'，本是家常事，一点不稀奇。"

毛龙标口述

顽童对对

张祯祥

早年，南陵县下北乡有个杭家村，村里有一位杭德为老先生。这位杭老先生，满肚子文章，四书五经，本本皆通，可惜生来就是一双近视眼，看书只能离三四寸①远，再远一点就看不见了。

因为是读书的料子，不会种田，他就在村里办了一所私塾，收了几个学生，以为生计。

光阴似箭，日月如梭，从正月十五开学，一晃就到三月十六了。这是个黄道吉日，李家侄儿提前七天就送来大红请帖，请姑父杭老先生过去吃喜酒。动身之前，杭老先生点了一篇文章，并交代学生："你们在学校要好好念书、写字，我回来后你们要背给我听。否则，要重重责罚。"

在这几个学生中间，有个学生姓黄，名字叫童，天赋聪明，先生点的书一念就熟，作文章总是一挥而就，但他就是有个顽皮的癖性。先生走后，他念了一会儿书，写完两行字就坐不住了，并喊了同学出门玩耍。他对同学说："你们看，那树上许多麻雀，我们来砸，谁砸到就算谁的本事大。"说着，顺手拾了一块石子，瞄准麻雀砸去，把麻雀砸飞了。这时，猛然听到"哎哟，哎哟"的啼哭声，原来这一石子砸去，没有砸到麻雀，却正好落在隔着草堆在那边玩耍的小宝的头上，把小宝的头砸破了，鲜血直流。闯祸了！

杭老先生中午吃过喜酒回来，只见邻家杭明林的妻子搀着孩子怒气冲冲地来到学校找杭老先生。

下午学生都到学校念书，杭老先生坐在课桌的左边，满脸凶相，训斥道："黄童，我走的时候就讲了，要你们好好念书、写字，你却出去顽皮痴赀②，把小宝的头砸破了，这还了得！按说，这回我非得好好地打你

---

① 寸，长度单位，10分等于1寸，10寸等于1尺。

② 痴赀：方言，意即不顾后果一个劲儿地玩耍。

一顿，教训教训你这个顽皮的学生，不过你念书聪明，这样吧，我出一副对子，你对上了，我就不打你，饶你一次；你要是对不上来，我非要好好地打你一顿，还要关你的学。"

黄童一听，傻眼了，不知先生要出什么题，也不知对得上还是对不上，站在那里低着头一声不响。

"黄童，你是愿对对，还是愿挨打？"杭老先生催问。

"我愿对对。"

"好，那我就出上联了：顽学童，抬头打雀，一二三四，五六七八，九十。"

黄童一听，两只眼睛滴溜溜地乱转，想了片刻，说："我对上了，可是我不敢对。"

"为什么不敢对？"杭老先生反问。

"如果对出来，恐怕还要被打得狠些，所以我不敢对。"

"胡说，你如果真的对得好，我绝不打你。"

"先生说话，该不会扯我谎吧？"

"哪有先生扯学生谎的！"

黄童一听，胆子大了，心想：反正对不上也是要挨一顿打，还不如对。

"那先生我就对了。盲先生，俯首算命，甲乙丙丁，戊己庚辛，壬癸。"

杭老先生暗暗吃惊，这孩子果然聪明又顽皮，想不到被他悄悄地挖苦了一场，但有言在先，也只好作罢。

第二篇 进士之乡

简述九进士、何一化及许云

高 飞

许镇历史上人才辈出，群星璀璨。从目前已挖掘整理的资料来看，仅明清两代就产生了九位进士：陈效（东塘大村陈，明成化辛丑科）、张真（奎湖牌楼张，明嘉靖丙戌科）、何煃（明嘉靖癸丑科）、许梦熊（池湖，明隆庆辛未科）、刘有源（明万历丁未科）、秦仁管（奎湖孟庄秦，清顺治丁亥科）、秦才管（奎湖孟庄秦，清顺治丁亥科）、方伸（许镇方村，清康熙己未科）、陶士霖（李村三甲陶，清道光壬午科）。其中，方伸、陶士霖为翰林院庶吉士（在进士中严苛选拔产生的翰林院官员，为皇帝近臣），他们也是南陵县历史上明清以来仅有的两名翰林院庶吉士。这些出类拔萃的历史人物的故事，可参阅已编历史资料。

从最近查阅县志得到的资料来看，奎湖有两位重要历史人物不应忘记，必须提及：

（1）何一化，字生伯，号瑟斋，贡生，黄塘巷口何人，南陵县著名文学家、诗人。其学识渊博，文章洒笔千言，著有《瑟斋诗集》。民国版《南陵县志》卷四十二《艺文志》载有他的作品《文澜亭赋》《籍山桥赋》，诗篇《前题》《游水洞》《七星桥》等。民国版《南陵县志》卷四十三《经籍志》和卷三十《人物志》有传。他的诗赋有李杜之风，大气磅礴，构思奇妙，意境高远，文学史上对他的评价也是很高的。他在当时文坛上的地位可见一斑。

（2）许云，许镇池湖村大村许人，许梦熊（许印峰）祖父，弘治辛酉科举人，恩县知县，后晋升为刺史。许承科，许梦熊父，国学生，山东兖州寿张县主簿。许久申，许梦熊子，贡生，曾任山东德州同知、临安府同知，晋奉政大夫。许久申子许名成，北京西城兵马司指挥。许梦熊家族自其祖父许云起五代在朝中为官，可见其家庭教育的成功，尤其是从许云开始的开创性教育功不可没。这些成为乡人中的美谈，也是激励后人耕读传家的榜样。

新中国成立以来，随着物质生活水平的不断提高、精神文化生活的不断丰富、人们对教育的不断重视，从许镇走出去的北京大学、清华大学等高校的毕业生如繁星闪烁，各行各业的杰出人才不胜枚举。例如，文学造诣上当首推朱希和、许福芦、孙凤山和董金义（荆毅）等四位国家作家协会会员；科研学术上当首推诸博士，如秦晓英、秦金根、秦跟基、吴东海、高新华、何先灯等，其中，秦金根、秦跟基为亲兄弟，人称"古有一门双进士（秦仁管、秦才管），今有一门双博士（秦金根、秦跟基）"。秦跟基是北京大学生命科学学院教授，博士生导师，2017 年国家杰出青年科学基金（简称"杰青"）获得者，成就非凡。秦晓英，奎潭湖畔的天之骄子，详见本书专篇。又如黄墓后阳村王志平先生一家两代三博士（王玉龙，医学博士；王艳青，医学博士；戴舒琪，北京大学保送美国博士），都是乡人中的佼佼者。诸如此类的高级人才都是世人重视教育的楷模。

名传千里的"十里三峰"

章光斗　陈绍连　王学文　李　睿

许镇境内林都圩池湖岸畔，向以物阜民丰、人杰地灵闻名遐迩。明代何朗峰（名煊）、许印峰（名梦熊）和刘工峰（名有源）三人均居于此，三家相隔不到十里，可谓炊烟相望，鸡犬声闻，又同是明代政绩卓著的赫赫名臣，名字里又恰巧都有一个"峰"字，因此就有了"十里三峰"之称。想来他们的名字也对应了本县境内朗陵山（位于大工山下）、县城北印（影）塔塘、大工山。本文按照时间顺序依次介绍他们三人的生平及功绩。

首开信票制度的何朗峰

何朗峰（1517—1569年），字文明，名煊，祖籍江西庐陵，其祖先元代时举家迁居南陵。何朗峰少年时即好学不倦，虽家中一贫如洗，但人穷志高。据说有一次村里人挖到一窖银子，大家争着抢着都想多分点这意外之财。而朗峰从门外经过时看见这一切都视若无睹，毫不动心，依旧安心埋头读他的书。他的这一高尚情操可与汉末名士管宁媲美。后来他与堂兄何燮一同求学于著名散文家归有光（别号震川）门下三年，深得归有光器重。归有光在《震川先生集》中有《送何氏二子归南陵序》一文，表达了对何朗峰弟兄二人的爱惜与重视。

明代嘉靖癸丑年（1553年），何朗峰由进士授吏科主政，历官吏科、户科、礼科、兵科给事中。无论在什么任上，何朗峰都秉公办事，执法严明，"遇事持大体，多所建明"。当时宰相严嵩"专国弄权"，欺上压下，残害忠良，对依附于他的抚按大臣所做的杀人越货、聚敛钱财之类的坏事隐匿不报，以至于"士风不振，赃吏不惩"，又多额外苛征，致使民不聊生。何朗峰为力纠时弊，不畏权势，不顾个人得失与安危，敢于同当朝权奸严嵩针锋相对。何朗峰大胆向朝廷谏言，力陈五事：一是"宽民力"，二是"惩赃吏"，三是"重纠察"，四是"正士风"，五是"禁奢靡"。这五条都被嘉靖皇帝所采纳，并分别下诏部吏实施，基本得到落实。朝廷将"宽民力"一事下诏户部，规定"每岁钱粮，各给信票，不得别派，亦不得多纳"。其余四事亦下诏有关部院从实举行。另有一件事，何朗峰也是功不可没。明代南陵革除了历朝历代"牧养官马"的"马政差役"，得益于何朗峰的奔走呼吁和力谏。可惜，何朗峰52岁时"以疾卒于官"，朝野上下一片"时论惜之"。也难怪，这样一位为民请命、惠及子孙的清官、好官，无论什么朝代都是受拥戴的。何朗峰葬于黄塘巷口何村，乡民称其墓为"天官坟"，坟墓中石砌的塘藏"深穸"在"文化大革命"期间被挖毁，今已无碑文可考，但左都御史吴时来写的一首七绝《挽何朗峰都谏》却传了下来：

> 故人乡里偶过临，宿草萋萋马自停。
>
> 苦抱半生忧国泪，含凄忍复说南陵！

何朗峰的著述多遗失，所存文稿百余篇，由其后人何彤文（曾代理衡州知府）于清道光十九年（1839年）整理付印，书名为《何都谏遗稿》。

清正为民的许印峰

许印峰，名梦熊，南陵县许镇黄塘人。自幼家贫，但好学不辍。平日汲水时，把书放在桔槔（汲水工具）中间，吟诵不已。夜间攻读无钱置烛，其堂弟许梦龙被他苦学的精神所感动，便为他采柴束把照明。他的学问不断长进，在明隆庆年间考上了进士。

许印峰为官清正廉洁，史乘称其"游宦数十年，无中人之产"。

许印峰居官亦颇有政绩。他本被授为浙江仁和县令，因为顶撞了炙手可热的新郑王，被改任福建福清县令。明代，我国东南沿海地区屡遭倭寇骚扰，福清前任县令竟被倭寇赶走。显然，派许印峰到那样充满风险的地方任职，是新郑王用心险恶，企图借此陷害许印峰。对此，许印峰只是一笑置之，慨然赴任。下车伊始，许印峰便采取一系列改革措施，着手减轻人民的租税负担，大力发展商业贸易；同时筑堡防边，抵御倭寇。很快，福清即政通人和，许印峰赢得了军民对他的信赖。他尤其注重振兴文教事业，办学校，置学田，培养人才。他发现一名叫叶向高的童生才学不凡，便格外器重，让叶向高和自己的儿子一起读书，并为之娶妻。叶向高不负许印峰的苦心栽培，后来成为朝廷的宰相。

许印峰在户部任职时，曾督运边城榆林军饷二十万两，他每鞘（贮银木筒）加银十余两，边境人民无不感悦称道。明万历七年（1579年）十二月，他在惜薪司任职，奉命督理龙湾厂务，将御用大炭照旧招纳京畿地区商户领价办纳，但连日出告示，竟无有应之者。他深入街巷走访，但见街市半空，生意萧条。究其原因，由于衙门官吏从此项差事中渔利，层层盘剥，商户所领价银远远不够上纳。商人被官府逼迫凌辱，无以为生，上京交差，如赴谪戍。为了充填"公礼""私礼""额外礼"等所谓"常例打点"之费，有的将房屋作为抵押；有的将祖上坟地上树木砍伐；有的倾家荡产，乞讨他乡；有的卖儿鬻女，家破人亡；还有的走投无路，竟至自缢身亡。他目睹这一切，悲从中来，对大小官吏鱼肉百姓的斑斑劣迹义愤填膺，遂奏上《恤商疏》，恳请皇帝对相沿弊例痛行裁革，认为非如此，将后患无穷。

许印峰为人忠直耿介，刚正不阿，就是对自己的恩师张居正也直言不讳。有一次，张居正因为别人给他提了一点意见，就把那些人全部"廷杖遣戍"。许印峰没有投其所好，反而劝说他宽恕那些提意见的人。张居正后来也认为许印峰言之有理，点头称善。许印峰最终被罢官，也是由于这个难移的秉性。当时的皇帝十分昏庸，迷信道教金丹谬说，重用道徒。有一个道士叫张国祥，竟显赫到"服玉带，位六卿右"，比大臣还威风。对于皇帝这种误国殃民的行径，许印峰仗义执言，向皇帝上疏，请求崇正学、斥邪道。因此，他触怒了皇帝，被加上"忤旨"的罪名罢归。

许印峰在从政为官的几十年中，勤学不辍，致力著述。明万历十三年（1585年），他协助南陵知县沈尧中编成《南陵县志》三卷并付印。许印峰一生著述大多散失，其中《襟日楼草》和《寓理千言》两部，《安徽省志》有收录。光绪《南陵小志》载有许印峰《恤商疏》《培圣德疏》《崇正学疏》《重修城隍庙记》等文。他为何一生乐此不疲呢？我们从他

名传千里的「十里三峰」

咏家乡太白酒坊的诗《过太白酒坊》中可以窥见端倪。诗曰："谪仙过日酒初熟，此日犹传新酒坊。风度不随茅屋在，山川时作锦衣香。千秋客到千留珮，一岁花开一举觞。莫向斜阳嗟往事，人生不朽是文章。"诗的末句"人生不朽是文章"可看成全篇的点睛之笔。在他看来，往事匆匆，功名富贵如朝露浮云，一切转瞬即空，但如能像诗仙李白那样，留下千古流传的诗文，那才是真正不朽的人生。我们今天读到他那些声调铿锵、掷地有声的文章时，不也觉得它们对于治国安民有着不朽的价值吗？

刚直不阿的刘工峰

刘工峰，字仲开，名有源，南陵县许镇黄塘人，明万历三十五年（1607年）进士。刘工峰勤奋好学，屡试屡中，并以连续夺冠而闻名遐迩。初任浙江西安知县，在此任上，他注重地方建设，体谅乡民疾苦，大力减赋减役，因而广受人民拥戴，被提拔为贵州道御史，但因服父母孝而未到任。万历四十六年（1618年），补湖广道御史，其时正当明朝后期，宦官当道，朝政腐败，国力渐衰，很多大臣所上奏折滞留宫中，皇帝数月不批复。刘工峰为国担忧，上书极谏，认为"保邦制乱，莫急于用人"，指出"今宜朝上夕下，若复经年累月，玩愒为常，臣恐天下事不待智者而知其终也"。虽然他的上疏切中时弊，言辞恳切，大胆揭示了问题的严重性，但并未使得耽于享乐、麻木不仁的皇帝有所醒悟。刘工峰对国防之事也敏锐至极，他看到边境防务日益松懈，军饷供应不足，要求补给却无人回应，异常焦急，又复上一疏，请求筹措军饷，加强边境防务，虽"言极危切"，但依然石沉大海，杳无音信。

刘工峰为人刚正不阿，为官公正严明，"不与人俯仰"，因而常常遭到位高权重之流的排挤和打击，但他仍我行我素，不行阿谀奉承之事。御史是个得罪人的官，很多人不愿做，而刘工峰却主动兼起了这个差。当时京中有个横行一方的恶霸贾永享，他贪赃枉法，欺压百姓，百姓怨声载道却敢怒不敢言。不法办贾永享，百姓将不得安宁，但贾永享是个有背景的人，没有足够的证据是没法对其动手的。万历四十八年（1620年），穷追不舍的刘工峰终于将贾永享的罪证查实并将其逮捕归案。这时，许多达官贵人却争着出面调停，为贾永享开脱罪责，而刘工峰一概不予理睬，依法办案。这件事在当时反响很大，京城人赞他为"执法御史"。

刘工峰的所作所为虽然深得民心，却惹恼了朝中权贵，他们极为痛恨如此"不通世故"的人，寻找一切可能的时机，对他实施打击报复，但因熹宗刚接位而未能使阴谋得逞。其后，刘工峰巡按广西，继续惩贪雪枉，为民请命。天启五年（1625年），他被吏部推为四川副使，随后召还复任湖广道御史。其时正是宦官魏忠贤当道肆虐之际，刘工峰向来嫉恶如仇，于是称疾数月不就，并以此为由抗疏辞职。这下可给一贯痛恨他的魏忠贤一伙找到机会了，于是他们强加"忤旨"罪名并免了刘工峰的官职。崇祯皇帝继位后，刘工峰复官为陕西道御史，但又因为"持议与用事者不合"，出为参政。他未上任，又改任井陉道御史。任职三年后，升江西按察史，终因奉职循谨，不事标榜，并常以"三朝元老"自居，不肯与一般人同流合污而受到孤立和排挤，于崇祯五年（1632年）以病老为由被免官。

刘工峰去职回乡之后，为乡民们做了一些好事，如推贤排难，请除赋役。他居住圩乡，深知水患之害，因此十分关心家乡的水利事业，"筑石堰以利通邑"，造福乡梓。刘工峰晚年于东门城外建一住宅，名"涉园"，常引三两知己，饮酒赋诗，养鸟种花，也算悠闲。刘工峰有一首《涉园即景》，甚为全面地描述了他晚年居住的环境和神仙一般的日子："幽栖小筑傍溪隈，选胜漳淮迥绝埃。两派远从山涧落，一泓近抱草堂来。浦连堤树云常暗，波映轩窗影倒开。旷绝桥头深夜月，移情恍惚向蓬莱。"

刘工峰著有《四朝台疏》和《涉园诗集》传世。

从"一门双进士"说起

蒋闽平

　　在民国版《南陵县志》卷二十九、卷三十《人物志》中，分别载有（清）顺治丁亥年同科进士秦仁管、秦才管的条目。卷二十九秦才管条："与兄仁管同登顺治丁亥进士。"卷三十秦仁管条："同弟才管登顺治丁亥进士。"这两句除了称谓外几乎完全相同的文字，记录了一个史实：许镇奎湖文阁村孟庄清代曾经一门出了两名同科进士。由这段史实引出的佳话也一直被十里八乡的百姓津津乐道、代代相传，并被作为教育子女"学而优则仕"的教材。在民国版《南陵县志》卷三十一《人物志》中，有两进士之父秦凤仪的条目："凤仪读父书，痛自刻励……为文清坚奥博……教授生徒，馆谷悉以供母，自与妻子半菽不饱，忻如也。"这段文字勾起了我所知晓的关于"一门双进士"的一则民间传说。

　　相传，秦凤仪之妻张氏原是黄塘汊边（奎潭湖九十九汊之一）耿车头村秀才耿童之妻，她个矮体胖，面容丑陋，腰上还长有两道肉箍，而耿童却是一介白面书生，夫妻琴瑟失和。为了不耽误耿童前程，张氏主动提出"休妻"之议，这正中耿童下怀。于是，耿童一纸休书休了张氏。之后张氏改嫁给秦凤仪做了妻子，相继生育两子，此两子就是以后登同科进士的秦仁管、秦才管两兄弟。据传，张氏生一子掉落一道肉箍，两子生后肉箍掉完，人也变得胖瘦适宜、容光焕发、落落大方。当然，这是传说。秦凤仪出身寒门，九岁丧父，伯兄继亡，弟方在襁褓中。他娶了张氏后，开馆授徒，维持生计。秦凤仪在明天启元年（1621年）考中举人，仁管、才管天资聪颖，弟敬兄让，终在顺治丁亥年同登科考中进士，家中日益兴旺发达。再说耿童自休妻后，连举人都未中，终老是个秀才。原先他夜间走路，眼前一片亮堂，如有朗月照耀，自休妻后走夜路，眼前一片漆黑。当然，这些传说带有迷信色彩，但当中不乏史实。1985年南陵县文化馆编的《南陵县民间故事集成》里，有一篇《耿秀才休妻》（作者叶红生）讲的就是这个民间传说。

兄弟同榜登科，在当时引起轰动，妇孺皆知。孟庄为此修建了"文昌阁"，旧县志地图上标有"卐"记号的文昌阁仍旧赫然在目。汪文楷老人多年前说，文昌阁毁于三年困难时期。民国版《南陵县志》、秦氏家谱中有以下文字资料：

秦仁管（1613—1682年），字凯人，号塞斋，奎湖人。清顺治四年（1647年），与弟才管同登进士，并官户部主事，诚为乡里之盛事。仁管初授官户部陕西司主事，分司凤阳仓兼管镇阳榷（专卖）厘，剔除积弊，余资悉充军饷。顺治十年（1653年），以员外郎督理中南仓，以清廉升本部云南司郎中。顺治十七年（1660年）补陕西靖远道。时靖远战乱后民多逃亡，田园荒废，满目疮痍。仁管乃大力招徕流民，组织他们安家、垦荒，与民休养生息，使边荒之地很快恢复生机。康熙九年（1670年）转苍梧驿盐道，地处两广。康熙十二年（1673年），吴三桂于云南举兵反。仁管隐窥广西将军孙延龄亦有反情，预报将军宏烈请早作准备，不为所重视。次年，孙果附吴公开反叛，并迫胁仁管从叛，刑残酷几至于死。仁管不屈，寻机逃遁深山，从小道投奔清军待命。清廷降旨："秦仁管未受伪职，听令休致。"（辞官退休）遂归乡里而终。

仁管喜游山水，常偕友泛湖登山。其传世作品，文有《南陵县重修儒学碑记》《胡公王先生去思碑记》《杨幼清先生去思碑记》《李操抚马田成书序》等；诗有《奎湖》《游工山》《湖上即事》《庄浪祭九世祖本七公墓志感》等。这些文、诗记载了一些重要史实，描绘了故乡山水的秀丽，追溯了它们的历史变迁，皆为难得的史料。

秦才管（1616—1658年），字尾仙，与兄仁管同登顺治丁亥进士，并官户部主事，累升郎中。兄弟友让，奉职恪谨。司榷芜湖，省苛税，便贾舶。选最，提学陕西佥事，慎简寒峻，时惧隙越。会病，闻父母丧，号恸仆地，遂不起。藩臬诸僚哀其廉贫，敛金为赙，槥始得归。才管为人朴厚，称长者，多恤宗旧。年不中寿，一子又殇，论者佥曰：天道无知。兄仁管以子雍承其后。祀陕西名宦本祠，县祀乡贤。

前些年，王四平先生发现了秦才管的墓志铭，读来令人泪下。这是一件考据秦氏兄弟"一门双进士"难得的文物。

从「一门双进士」说起

明末学者——盛此公

1994 年版《南陵县志》之《人物志》

　　盛此公（1597—1638 年），名于斯，南陵县奎湖盛村人。青年时，家庭富有，藏书甚多，知识渊博。年长，漫游金陵与扬州结交名士。遇石屋道人，授以《白猿经》，乃细读揣摩，苦练剑击；继又读《荆轲传》，深慕荆之为人。后被人诈骗，困而归，家计益落。明代以八股文取士，不准许发挥个人见解。而此公喜用语体，时有新意，故"不中有司尺度"。屡试不中，贫病交加，诗文中多伤时愤世之言。

　　明崇祯二年（1629 年），仅一女名柔娘，年十七不幸夭折，公悲痛不已，视力渐坏。四年，在金陵与周亮工（清初文学家，官至户部右侍郎）相遇，彼此相见恨晚竟成莫逆之交。后眼疾加剧，虽近于盲者，然尚著书立说，写成《泪史》一书，并为好友梁非一书一幅云"从来只说腐司马，何曾更识盲羲之"，积极以先贤自励。六年，公病笃，自撰《墓志》。未几，稍愈，又危坐床头，听他人诵读，辄记忆不忘；偶有所作，即口授友人，代为笔录。十一年，病转危，乃口授一书，由亲友记录寄周亮工。公殁后引，无恒产，仅存破屋数间，老母寡妻，相对饮泣。

　　此公著述宏富，共有《毛诗名物考》30 卷，《休庵杂抄》10 卷，《休庵影语》2 卷，《历法》2 卷，《舆地考》10 卷，《群书考索》12 卷，《诗传》《西域行程记》《双丸记》《悲红记》《筹边书》《泪史》《宫词》《草堂别集》《白战雪诗》《子规诗》等 20 余种。此公死后 10 年，周亮工任江安粮道，解囊取金，自金陵买石，舟载至奎湖小桃源，亲书墓碑曰："盛此公埋骨处。"至其家求遗稿，则残书飘零，仅得《休庵影语》2 卷。问旧著，盛母泣曰："儿著书皆为人窃去，惟有诗若干卷，坐则悬之肘，卧则枕之，今且托之周君。"（《盛此公传》）亮工受诗稿，遂掩泣而去。此公诗文与著述，在明代以后，仍为有识者所推崇。清礼部尚书吴芳培在《过奎湖拜盛此公墓题绝句》中赞此公"平生笔冢比坟高"，"碑文六字当离骚"。近代著名学者卢冀野，读《休庵影语》喟然叹曰："此奇人，此奇文。"邑人陈友琴先生对此公著述评论说："《诗传》《毛诗名物考》可以做研究《诗经》的宝筏；《群书考索》《西域行程记》寓有汉学家考据的精神；《历法》乃是郭守敬而后罕见的专书；其他或于文学上，或于史地学上，或于政治军事学上，均应占有重要的位置。"

秦才管墓志铭

清·秦仁管

祀学宫，盖先君之德与君之孝两可不朽。

自君死，妻子贫，不能归。吾匍匐霜雪中，方抵苦茨，为设法接济掩椟，始旋里。君之志行可概观矣。然吾所独悲者，四十年形影与俱未尝刻离者之情，不能缕指。要之，前此，大少学同试有司，出入同，公车同，及成进士，历官户部，靡不同。晨夕共数饥寒困苦之节，两人一身。及君入秦，如吾失我，奈何去我而先我死也。

君德性渊深，喜怒不形于色，甚得大母欢心，奉二亲尤婉顺，非若吾侃直者。比其为文，天姿高妙，大为同人所赏。吾少钝，尝以两形而自厉。吾之成立，君有力焉。其妇王宜人，贤孝尤特，至与吾兄弟有无与共者终其身。申酉之间，毅然以义自持，及弟举于乡，非其志也。性不妒，爱其妾若娣，礼吾妾若姒，其为人如此。庚辰、丁亥举两子，先后皆八岁夭，宜人卒以哭子死。妾王氏一子硕生，丰神颖异，伟如成人，甫逾十六岁亦殇。悲夫！仁人有后，徒虚语耳。宜人两女，一字邑文学汪象琚，一字泾文孝翟尚鉝，鉝复早死。吾颢将何依？天地固多缺陷，何缺陷独葬吾弟夫妇哉！吾先命次子雍奉弟夫妇祀，雍今举博士弟子员，仍虑两犹女久之失其亲也。甲寅请辞，命长子题生以次女绖于汪女之子，第三子兑即婿于翟女，以延弟夫妇一脉于无穷，然与弟夫妇何补？

悲夫！复饮泪而铭之，铭曰：

仁人千古，谁谓无后？

今其后者，非弟莫有。

吾先高祖，继世克负；

奕叶云仍，遂大且久。

同气连枝，如左右手；

左手进黍，右手奉酒。

献于一体，馨香适口；

如是已足，于天何咎？

内外合德，生死无扭。

夺吾知己，是夫是妇；

佑厥子孙，尔父尔母。

封树及时，窀穸孔厚；

于乎悲夫！谁闻吾喁。

长兄仁管撰。

康熙五十年岁次辛卯十月十二日丁卯日辰时，卜得鸭儿窝乾山巽向兼亥巳三分扦葬。

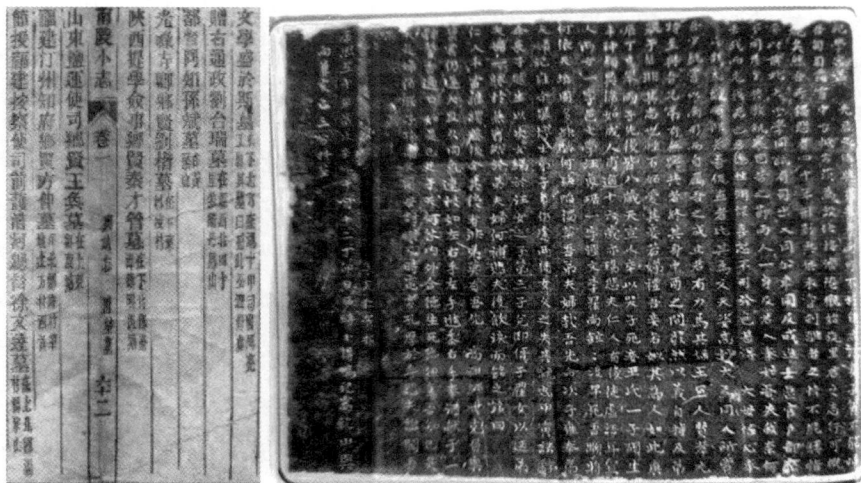

注：秦仁管逝于康熙二十一年七月。此墓志铭应为后人扦葬之时重刻，故落款为康熙五十年岁次辛卯。

光绪二十五年（1899年）《南陵小志》（宗志）及民国版《南陵县志》均载："陕西提学佥事乡贤秦才管墓：在下北乡奎潭镇鸭泥塘。"（墓址今已不存）

秦晓斌整理

秦才管墓志铭

山东同知奉训大夫高俸事略

高 飞

高俸（1469—1529年），明代正德、嘉靖年间历任山东东平州州判、山东临清州同知、山西蒲州知州。

现今在许镇龙潭村高村村民组靠近新中湖岸边，有一座高大的明代坟墓，其墓碑上额从右往左横写五个大字：任山东同知。说起墓主人，人们不知道他叫高俸，只管他叫"同知官"，因为方圆十几里知情的人历来都是按碑文这么叫的。

以前村里的老人识字的不多，只是口耳相传"同知官"读书、做官的动人故事：同知官从小天资聪慧，读起书来一目十行，过目不忘，算盘顶在头上打。他13岁就从南京国子监毕业到山东做官。那时，山东连遭旱灾，民不聊生，盗匪猖獗，强盗所到之处杀人放火。一日，一帮饥民闯入州府讨生活，知州大人即安排新到任的州判高俸接待。高俸动之以情、晓之以理加以抚慰，并以自己的薪俸安排众人就餐，饥民大受感动，遂散去。

话说一帮强盗闻听州判高俸的为人，即以请其吃饭为名想一探究竟，高俸即毫不犹豫慷慨答应前往。席间，酒多菜寡、荤多素少（可能是干旱的原因吧），大家大块吃肉，大碗喝酒。这时，有人端上一大盘"米珠"（眼珠），高俸一见举箸即食，毫无惧色，并告诉众人："我们江南有更好的'米珠'，我在家常吃，回头寄来请大家品尝。"众人大惊。高俸酒量终不敌北方人，喝得酩酊大醉，被人抬回衙门。

不久，高俸修书一封，叫家人下田沟摸田螺，将之晒干（形同"米珠"），寄往山东。北方向来干旱少水，大家从未见过田螺，不辨真假"米珠"，尝之果然味美。从此，当地百姓俱知高俸为人，对他敬畏有加。

故事归故事，那么，高俸到底是什么样的人呢？我带着这一巨大的疑问寻找答案。

民国版《南陵县志》卷二十《选举志》"贡生"条目载："高俸,明正德元年（岁贡）。"

《罗峰高氏宗谱》载："俸公:知州。天性敏捷,学问优长,以《诗经》补邑庠廪膳生,贡满授山东东平州州判。存心以正,做事不苟,惠嘉穷民,威震强梁。凡州游手、赌博、奢华、不务生理者,公则面谕精切,且严嘉戒令,敦朴勤俭,以身率之。民皆感化,相向为善,以成美俗。其待学校以厚,待同僚以和,待卿士大夫以恭。马政常例,悉皆革之。都御史考语云:'不苟于德,不扰于民。'印马御史考语云:'为人朴实,马政修举。'巡按御史考语云:'政向于宽,民安于业。'孙御史考语云:'文韬武略,盗息民安。'特有保本,三年升临清州同知。德誉昭彰,民皆倾心,向化悦诚服。公怨仕途繁冗,屡告致仕,不准。后托疾告准,将行间感疾不起。民之问疾馈药者甚众。至月余转升山西蒲州知州,领凭未任而卒。凡州士大夫、小民泣送者如丧考妣。至今二州民皆仰之,立去思之碑,政声迭著。士大夫赠以诗文不可析载。"

从上述史料中可以看出,民间关于"同知官"的故事是有真实来历的,只不过人们把高俸求学、做官的经历通过通俗易懂的白话故事表达出来罢了。

高俸系当时的"岁贡"（贡生）出身。所谓"岁贡",是指明清时期,每年或两三年一次,从各府、州、县学中选拔优秀生员（秀才）升入国子监（当时国家最高学府）就读。这些读书人统称为"贡生",意即地方贡献给皇帝的人才。

高俸从国子监一毕业即被安排到山东东平州任州判。由于他作风正派,勤政爱民,深知民众疾苦,和百姓打成一片,进而治理有方,政绩斐然,三年就升临清州同知。在临清州任上,他亦"德誉昭彰,民皆倾心,向化悦诚服",政通人和,取得很好的成绩。后来,他"怨仕途繁冗",多次要求致仕（退休）,但朝廷不准。后因病朝廷准予退休,但染病不能起床。百姓"问疾馈药者甚众",说明他和治下的民众关系极好。他生病一个多月后,朝廷不知是急于用人还是对他肯定褒奖,又起用他,让他升任山西蒲州知州。但他领到上任文书尚未到任就过世了,享年61岁。最终,他归葬故里。

　　至于高俸的墓碑上书"同知"（州主官知州的副职），而不是按家谱书"知州"，可能主要考虑他"领凭未任"，这也是实事求是的做法，抑或家人遵照他生前的遗嘱行事也未可知。

　　历史是一面镜子。从高俸从政的经历来看，他深知"水能载舟，亦能覆舟"，因而能和群众打成一片。这于当今要求干部践行全心全意为人民服务、勤政爱民、廉洁奉公，实属一个道理。

　　2022年，因建设发展需要，十八姓、高村及文村三村已整体拆迁，大家对于高俸墓这一近500年的古迹，不知如何安放。

吏科给事中陶士霖奏陈查禁鸦片非议以重刑不能挽此积习折①

（道光十八年）四月二十二日（军录）

清·陶士霖

吏科给事中臣陶士霖跪奏，为军民私食鸦片风气过炽，请旨敕下，议加重典，定限施行，以除积痼而葆民生，仰祈圣鉴事。

窃以鸦片之为物，伤人耗财，其害不可胜数，屡奉严旨敕禁，自应实力遵行。乃军民等毫不知悛，始而沿海地方，沾染此习，今则素称淳朴之奉天、山西、陕、甘等省，吞吸者在在皆然。凡各署胥吏，各营弁兵，沉溺其中十有八九。虽据年终出结详报，实皆视为具文。甚至男妇不分，乡愚亦因此废业。即就京师而论，臣奉命巡城，每于深夜出巡，偶遇犯夜可疑之人，辄从伊身搜出烟管烟锅等具。此外缘案起获惩办者，尤属纷纷，相习成风，殊堪痛恨。

臣风闻烟土来自外夷，如广东澳门各口岸，岁销烟土银约三四千万两。福建厦门、江苏上海、直隶天津各口岸，岁销烟土银约共四五千万两。向来夷船装货，多用洋钱押底，以御潮湿，近年均用烟土押船。查洋钱收买纹银，例有明禁，然犹以银易银。至洋烟装贩，直以土易银耳。现在纹银每两，已值制钱一千五六百文之多，而洋钱每块，向值纹银七钱，今且增值纹银八钱有零，此其明验矣。该洋面设有舟师，卡口设有守吏，原令严密搜拿，无奈重贿勾通，阳为巡查，实阴为包庇，立法周而逃法巧，利之所逐，非例禁之能为功也。将来年复一年，出洋之银日多，内地之银日少，市价愈增愈贵，于小民生计关系匪轻。

臣愚以为欲竭其流，必杜其源，欲疗其疾，必峻其药。查刑部例载：兴贩鸦片，发近边充军，为从杖一百徒三年，吸食者如不指出贩卖之人，

---

① 资料来源：中国第一历史档案馆编，《鸦片战争档案史料》第一册，天津古籍出版社1992年版。

照为从问拟等语。奸民避重就轻，遇有破案，每令案内无甚紧要者一人认罪问徒，众人伙助钱文，以俟年满开释而已。是以敢于怙过，了无畏心。处今之时，非议以重刑，不能挽此积重之习。但行之太骤，迫民于机不及转，又恐或失于苛。惟宽以约法之期，予以自新之路，若犹听之藐藐，终蹈前非，是其自外生成，无怨乎国宪之重也。相应请旨敕下刑部，将囤贩吸食鸦片各条例，从重议加罪名。并于加罪之后，行知各省，以奉到部文之日为始，严切晓谕约限半年，其限内犯者照旧示惩，限外犯者，即依新定重律办理。如此则惩一做百，民各凛然，食者日稀，销售之地，势必不旺，纹银出洋之患，借此渐除，既可以救民，兼可以裕国矣。再巡洋守卡各官役，如有隐纵等情，亦请于现行之例，加等议罪。庶该员弁等，不敢徇私，朝廷之禁令，益见严肃。

臣愚昧之见，是否有当，伏乞皇上圣鉴。谨奏。

道光十八年四月二十三日奉朱批：刑部妥议具奏。钦此。

秦晓斌搜集整理

张真《少湖先生文集·序》
及徐阶《奎湖屏铭》发现记

秦晓斌

　　近日，笔者在搜寻明清诗文集时发现，嘉靖丙戌科本邑进士张真为嘉靖朝名臣徐阶《少湖先生文集》作的序（作于嘉靖甲午年，即1534年）及徐阶为张真作的《奎湖屏铭》。此序历代《南陵县志》未载，《奎湖屏铭》在南陵旧志之中略有提及，但旧志未录其文，故将相关资料整理，以补阙如。

　　张真与徐阶二人同在福建延平府任职，且都是因事谪任。张真为延平府同知，徐阶为延平府推官，摄知府事。《延平府志》卷二二《职官》明确记载了明朝延平府官员的职责范围："同知一员。掌清戎政，兼摄理府事，近又兼理海防、巡缉奸盗。……推官一员。佐理刑辟，……稽核案牍及平疑狱。"

　　早在嘉靖九年（1530年），徐阶因在文庙祀典中孔子像及封号问题上与当世重臣张璁（后因避嘉靖帝讳，自请改名，帝赐名张孚敬）政见不同，被贬为延平府推官。嘉靖十年（1531年）四月，徐阶抵延平，七月，代理知府事务。嘉靖十三年（1534年）三月，徐阶由延平调任湖广，任黄州府同知，抵严陵，改任浙江按察司佥事，提督学政。是年，徐阶在延平三年秩满，颇有政声，延平士人哀其前后诸作，辑刊《少湖先生文集》并付梓。《少湖先生文集》共七卷，张真及黄焯为之作序。嘉靖三十一年（1552年），徐阶入内阁，后为内阁首辅。《少湖先生文集》有嘉靖三十六年（1557年）刻本，国家图书馆有藏，另有同年宿应麟刻本，天津图书馆有藏。

　　张真其人，嘉庆及民国版《南陵县志》均有记载。民国版《南陵县志》载："张真，字仲理，号奎湖。登嘉靖丙戌进士，刑部观政，即疏黜贪污，简循良。及任华容，多惠政，有十美十异之谣。召入，忤执政，出为延平府同知，寻转南京职方司员外，屡疏乞归。大司马王公雅重之，作序钱别。大学士徐公阶有《奎湖屏铭》。真著有《奎湖诗集》。省志、府志《宦绩》。"

张真归乡后隐居奎湖泛虚亭，杜门不出，以寿终。

叙少湖先生文集
明·张真

古今作诗文者多矣，作诗文而刊者亦多矣，而有传不传，何也？

作非难，作而根诸道为难也。作而不根诸道，譬之剪绮布绣、图水绘山，虽尽巧极妍而非其真者，徒足以眩俗目、骇童子而已耳。识者为之一笑，欲求其传，不可得也。作而根诸道，譬之真花木、真山水，不假雕饰，而其疏密、含吐、纡回、曲折皆造化自然之妙，人孰不知爱之？欲求其不传，亦不可得也。少湖子之作其根诸道者乎？

子学圣人而有得者，故其为文也。直写胸中所见，而凡一句之奇、一字之险者，亦必刊而去之。每曰："文若此，得无戾于理乎？"其为诗也，本诸性情而不入织巧、藻丽门户。每曰："诗若此，得无失其正乎？"

其训诸生也，则因病设方，随问而对，亦每曰："言以人异，得无激而过高抑而反卑乎？"故诵其文者，喜其可以明道也。咏其诗者，喜其可以验性情也。读其语录者，喜其可以反己而自攻其失也。少湖子之作其容不传乎哉？

延之士，初则人录所得，同志递相传写，病不便且不广，乃始谋诸梓焉。予览之终卷，作而叹曰："详而匪赘，深而匪凿，淡而匪近，则而匪泥。"其少湖子之作乎？其斯为根道之言乎？其斯为发圣人之蕴乎？是编也，必将与《四书》《六经》并传无疑矣。或者以汉唐以下文章家目之，岂为知子又岂足与语道哉！予言僭叙诸首，亦或因附以传云。

时嘉靖甲午岁夏四月吉日。

奎湖张真书于延之栖鹤堂。

屏　铭
为张奎湖作

明·徐阶

屏之外，坦乎亨衢①。我反而观，匪义。

曷趋屏之内？肃乎无谨②。我静而存，以思无邪。

屏之未设，直览无际。灵台洞启，孰交孰蔽？

屏之既设，有俨在前。明命顾瞻，必慎必虔。

呜呼屏乎！

朝斯夕斯③，我德是资。我学是师，岂徒以为仪。

见《少湖先生文集·卷五·铭》

附：

赠青年古籍学者秦晓斌

蒋闽平

> 阅籍无疲觅宦贤，
> 查卷夤夜少床眠。
> 秦门佼佼人中杰，
> 自古英雄出少年。

---

① 亨衢：四通八达的大道。《易》："何天之衢,亨。"

② 肃、谨：敬慎。

③ 朝斯夕斯：早晚都如此。

翰林院庶吉士陶士霖金粉画像发现记

高 飞

　　随着国家免去农业税这一历史性政策的执行，2003年10月，南陵县行政区划进行了很大的调整，目的是精简机构和精减体制内人员，原奎湖镇、黄墓镇、东塘乡及太丰乡四个乡镇合并成许镇镇。当时，年近50岁的我不再担任镇人大主席，转岗为许镇镇党委督察组组长、老年学校校长及关工委主任，从繁忙的一线转到较轻松的二线。过了几年，新政策执行了，我可以离岗去找自己喜欢的事做。于是，受一家企业的邀请，我担任了该公司顾问兼办公室主任。由于我仍负责老年学校校长工作，公司老总又对我很尊重，给了我一定的自由，因此，我在完成企业工作之余还能做点自己喜欢的文字工作，从事地方历史文化的研究及《许镇史话》《疑趣杂录》《水乡许镇》和老年学校校刊《奎潭秋韵》等的编写事宜。

　　公司老总知道我喜欢地方历史文化，一次闲谈时，他突然想起他们村里人口耳相传在清代出了一个了不起的大人物，并且有很多关于他的传说，家谱上有明确记载，但具体文字资料公司老总没看过，村里人说他叫"青之"，但具体是哪两个字不清楚，只知道他在朝中是管钱的大官，非常富有。据说他每次从朝中回来，人们都从青弋江畔水码头西河迎接，爆竹一路不停放到家，由此可见他的地位。太平天国运动期间，他受朝中委派，回地方办团练，号召力非常强，是南陵县抵抗太平军的地方武装的中坚力量，打了不少胜仗，最后积劳成疾而逝世。据说战乱时，他家的金银财宝不知去向，有人说可能沉到村边不远处深不见底的潭里了。但据相关资料分析，应是被散尽用作军事经费了。

　　我带着极大的期望，在县志中仔细查找叫"青之"的人。功夫不负有心人，终于找到了。根据县志及有关资料介绍：陶士霖（1795—1862年），原名青芝，字玉佩，号鹿崖。道光壬午恩科进士，翰林院庶吉士散馆，授礼部主事，荐升吏部给事中，出为浙江温处兵备道及贵州督粮道，补授长芦盐运使。在浙江任道台时，正值英军侵犯浙江海域闯入瓯江，他亲赴前线，带领守军英勇奋战，抗击侵略，彪炳史册。咸丰元年（1851年），洪杨起事，他奉旨督办阖邑民团，号敬胜勇，屡建奇功。七年，帮办宁郡粮台，并总理湾沚协防局，供应丫山大营饷米，积劳卒。葬本邑东门外千墩山之远塘口，迁葬当涂县大青山殿塘山前。省志《宦绩》有传。

翰林院是我国唐代开始设立的机构，在清代，它是掌管编修国史，记载皇帝言行起居，进讲经史，以及草拟有关典礼文件的官署，是储才之所。清代掌院学士为从二品，地位很高，是翰林院的最高领导。庶吉士是从考取的进士中择优产生的，他们入院学习深造、工作三年，在此期间没有官秩、俸禄。庶吉士三年毕业后，经考核，按成绩，一部分留翰林院或各部门任职，称"留馆"；一部分外放地方任职，称"散馆"，一般授七品及以上官职。

县志的记载和民间所传大体一致，这就基本确定了陶士霖就是李村三甲陶人。为了进一步确证，我就查找陶士霖的直系后裔，看看有没有什么遗物。村里人都说他家风水好，人丁兴旺且聪明、睿智，后裔有不少在外面干大事者。因陶士霖逝世距今已有160多年，遗物的事大家也说不清，人们印象最深的是乡里退休的老领导陶友湖先生的家里保存有彩色画像，每年过年时，他们都要拿出来悬挂祭拜，平时秘不示人，村里极少有人能近距离看到此画像。

一次，我到镇老年学校太丰分校开会，会后，我找到陶友湖先生，谈到其祖先陶士霖及其画像的事，并诚恳地表示想看看此画像。他也不回避，但要求不要声张，尽量少一点人去。然后，我们一行四人乘车来到他家。他从极私密处取出用很长的盒子装着的画像，画像一展开，围观的人眼前一亮，只见画像金光闪闪，色彩绚丽缤纷，人物栩栩如生。显然，这不是凡物，肯定是高手甚至是宫廷画师的作品，否则不会有这样的技艺及材料。我问陶先生："这画像经历这么多年，为什么仍鲜艳如新？"他说："这是金粉调彩画像，用的是顶级材质，加之遵循祖训很少展示，故很少和空气直接接触，被氧化得少，才保存得如此好。"我们这才恍然大悟。

2011年上半年，许镇镇党委、政府想编一本《水乡许镇》画册，目的是宣传许镇深厚的历史文化及当前的美好许镇，并从县城请来了几位摄影高手，领导请我参与策划与具体摄影安排。当然，我想到了陶友湖先生，和他电话联系，说出了编画册的目的及拍摄金粉画像的用意，他刚开始有点犹豫，经我细说拍摄的意义后，马上答应了。由于天气比较热，加之他老人家年岁已高，我马上安排专车去接他，拍摄完就餐后，又安排专车送他回家。画册印出来后，我赠送了他几本，他很是高兴，觉得为社会做出了有益的贡献。

陶友湖先生收藏的他的先祖陶士霖及三位夫人的金粉画像，中间四座牌位上的文字隐约可见，从右至左依次是：显妣徐氏神位，显考长芦盐运使司陶公士霖神位，显妣赐封诰授恭人胡氏神位，显妣赐封诰授宜人何氏神位。官服补子上的图案及朝珠非常清楚。这为专家学者研究翰林院庶吉士陶士霖这一杰出的历史人物提供了直接的证据，也是许镇镇历史上九位进士中目前我们能看到的唯一直接物证。

2022年，我从芜湖市区回许镇，听说陶友湖先生已于前年仙逝，心里很悲伤。他魁伟的身形及音容笑貌仿佛就在我的眼前。我写此文的目的，除了说明金粉画像的珍贵外，也是纪念和肯定陶友湖先生。他那样年纪的人，能摒弃传统观念，以开明、深邃的眼光展示古画，让古画焕发出青春，从而为社会服务，造福后人，这让我从内心表示敬佩！

南陵明清进士、举人科举史料选辑

秦晓斌

明清两朝，南陵县共出进士约30人，举人约150人（含由举人中进士者）。

数百年来，从刊刻始仍能流传至今的进士登科录、履历表、朱卷等第一手档案资料可谓少之又少，各种科举档案史料中涵盖的信息丰富，具有极高的文化及史料价值。以进士履历表为例，其中的题名按直隶（省）、府等列置，内容有姓名、字（或者号）、往上三代信息（曾祖、祖父、父）、经房（易、诗、书、春秋、礼记诸房）、生日、籍贯、乡试名次、会试名次、殿试名次、入仕经历等。

本文参考国家图书馆及天一阁等相关单位的收藏，对涉及南陵县域的部分进士登科录、履历便览、同年齿录、朱卷以及乡试朱卷、同年齿录、官员缙绅录等做了选辑，不足部分期后续补充。

进士（部分）

陈效 南陵县许镇东塘大村陈人。成化十七年（1481年）辛丑科王华榜。北京国子监进士题名碑碑石存（见本文附件图1）。"贯直隶宁国府南陵县，民籍，国子生，治《诗经》。字志学，行一，年三十九，八月二十七日生。曾祖善庆，祖广八，父贵，母王氏。具庆下。弟孜。娶金氏。应天府乡试第八十七名，会试第三十六名。"（见龚延明主编、方芳点校《天一阁藏明代科举录选刊·登科录·点校本·上册》，《成化十七年进士登科录》）"乡试中式举人，第八十七名，陈效，南陵县学生，诗。"（见龚延明主编《天一阁藏明代科举录选刊·乡试录二》，《成化四年应天府乡试录》）

按：陈效中举时间，雍正《南陵县志》记载为景泰戊子，景泰无戊子年，民国版《南陵县志》记载为成化丁酉，误。今从天一阁藏本记之。

张真　南陵县许镇奎湖牌楼张人。嘉靖五年（1526年）丙戌科龚用卿榜。北京国子监进士题名碑碑石存（见本文附件图2）。"应天府乡试中式举人，第十一名，张真，南陵县学生，诗。"（见本文附件图3）

何煊　何氏按族谱记载为南陵西乡何氏，始迁祖安二公，元末由江西迁南陵西乡，然北乡许镇民间"十里三峰"（许印峰、何朗峰、刘工峰）的说法广为流传。嘉靖三十二年（1553年）癸丑科陈谨榜。北京国子监进士题名碑碑石存（见本文附件图4）。"文明，号朗峰，直隶南陵人。丁丑十月廿一日生，癸卯乡试会诗四房，三甲，观吏部政，行人选兵科。"（见本文附件图5）"应天府乡试中式举人，第一百二十一名，何煊，南陵县学生，诗。"（见《嘉靖二十二年应天府乡试录》，天一阁藏）

许梦熊　南陵县许镇池湖村大村许人。北乡许镇"十里三峰"之许印峰。隆庆五年（1571年）辛未科张元忭榜。北京国子监进士题名碑碑石存（见本文附件图6）。"贯直隶宁国府南陵县，民籍。县学生。治《礼记》。字应男，行八，年三十三，八月初八日生。曾祖智；祖云，知县；父承科，县主簿；母朱氏；继母胡氏。慈侍下。兄梦桂、梦楼；弟梦龙、梦黑、梦辅、梦鹍、梦旂。娶陶氏。应天府乡试第四十九名，会试第八十四名。"（见龚延明主编、毛晓阳点校《天一阁藏明代科举录·登科录·点校本·下册》，《隆庆五年进士登科录》）"应天府乡试中式举人，第四十九名，许梦熊，南陵县学生，礼记。"（见《嘉靖四十三年应天府乡试录》，天一阁藏）

刘有源　南陵东溪刘氏，北乡许镇"十里三峰"之刘工峰。东溪刘氏属籍山曲塘刘氏分支，籍山刘氏后人现主要分布在南陵城关，弋江镇，许镇镇下属黄墓、奎湖①、东塘等地。万历三十五年（1607年）丁未科黄仕俊榜。北京国子监进士题名碑碑石存（见本文附件图7）。"贯直隶宁国府南陵县民籍，府学附学生，治《诗经》，字仲开，行六，年三十二，六月十四日生。曾祖柯；祖邦恩，监生；父维和，恩例冠带；母王氏。具庆下。兄有本、希良、希皋，遥授儒士；弟有意、希光、有望、希知。娶徐氏。应天府乡试第六十一名，会试第十四名。"（见本文附件图8）

---

① 奎湖、黄塘另有眉山刘氏经授堂、敬爱堂，始迁祖有别。

秦仁管与弟才管为南陵县许镇奎湖孟庄秦村人，秦氏一门兄弟进士。顺治四年（1647年）丁亥科吕宫榜。北京国子监进士题名碑碑石存（见本文附件图9）。

秦仁管 "岂人，诗一房，癸亥年十一月十九日生，南陵县人，己卯二十七名，会试一百九十二名，（殿试）二甲四十六名。礼部观政己丑授户部陕西司主事，辅管凤阳仓。曾祖湛，耆儒，不仕，万历（九）年诏赐冠带、粟币；祖邦钦，儒士，博孝（学），早世；父凤仪，天启辛酉经魁，丙子奉旨保举贤良。"（见本文附件图10）"整饬靖远兵粮道管屯田马政辖安会二县驻扎靖远卫副使秦仁管，岂人，江南南陵人，丁亥。"（见本文附件图11）《（顺治十年）户部四川司员外郎秦仁管差中南仓移文》见本文附件图12。

秦才管 "尾仙，诗三房，乙丑年十一月二十七日生，南陵县人，乙酉九十一名，会试二百十一名，二甲四十九名，兵部观政己丑授户部江西司主事，辅管荆州抽分。"（见本文附件图10）

潘泗水 顺治四年（1647年）丁亥科吕宫榜。北京国子监进士题名碑碑石存（见本文附件图9）。"浪仙，易一房，壬子年十二月二十三日生，南陵县人，乙酉一百四名，会试一百七十名，三甲二十三名，户部观政，戊子授黄州府推官。曾祖时节，经历；祖世佑，省祭；父鼎元，博学□儒。"（见本文附件图10）

阮鞠廷 顺治四年（1647年）丁亥科吕宫榜。"莨臣，易三房，壬戌年九月二十九日生，南陵县人，丙戌一百名，会试六十五名，三甲百六十五名，工部观政，授山东新城知县。曾祖泽；祖天□，乡饮大宾；父文□。"（见本文附件图10）

曹嘉期 顺治六年（1649年）己丑科刘子壮榜。"素菴，诗四房，甲子年五月二十四日生，南陵县人，戊子十五名，会试一百三十四名，三甲二百八十四名，大理寺观政。曾祖钦，祖文炯，父廷楼。"（见《新刊己丑进士履历便览》，国家图书馆藏）

方伸 南陵县许镇方村人。康熙十八年（1679年）己未科归允肃榜。北京国子监进士题名碑碑石存（见本文附件图13）。"石潮，《诗经》，辛卯年正月十六日生，南陵人。丁巳二十一名，会试三名，二甲二十三名，钦授翰林院书庶吉士。曾祖希明，祖初元，父正范。"（见本文附件图14，另有日本国立公文书馆藏本方伸曾祖作"莆明"）

刘楷 有源曾孙，县城东溪刘氏。康熙十八年（1679年）己未科归允肃榜。北京国子监进士题名碑碑石存（见本文附件图13）。"蘧菴，《易经》，壬辰年二月二十九日生，南陵人。癸卯十名，会试二十一名，二甲二十五名。曾祖有源，前丁未会魁，历任御史、江西廉宪，崇祀乡贤；祖兰生，贡生，懿行邑志；父台瑞，庠生。"（见本文附件图14，另有日本国立公文书馆藏本）

陶士霖 南陵县许镇李村圩三甲陶人。道光二年（1822年）壬午恩科戴兰芬榜。北京国子监进士题名碑碑石存，题名陶青芝（见本文附件图15）。"原名青芝，字玉佩，号鹿崖，一号泽卿，行二，乾隆乙卯六月初六日辰时生，江南宁国府南陵增广生，丙子举人，丁丑考取觉罗教习，会试二百六名，殿试二甲，朝考入选，钦点翰林院庶吉士，散馆改授主事，签分礼部，现官礼部候补主事。"（见本文附件图16）

何葆麟 光绪二十年（1894年）甲午恩科张謇榜。北京国子监进士题名碑碑石存。"字颂麒，一字颂圻，行二，道光己酉年七月二十二日吉时生，安徽宁国府南陵县副贡生，民籍，记名军机章京，四品衔，刑部遇缺即补，主事，前内阁中书。庚午科并补行壬戌恩科乡试中式第十八名副榜，乙酉科乡试中式第九十四名举人，会试中式第六十三名，复试一等第三十八名，殿试二甲第九十二名，朝考二等第五十三名。"（见《光绪十八年壬辰何葆麟会试硃卷》刻本，上海图书馆藏）

举人（部分）

乡试中式者称"举人"，南陵县明清时期属宁国府。明朝时，辖下士子参加应天府乡试，清朝时称"江南乡试"。应天府乡试（江南乡试），选拔南直隶（今安徽、江苏、上海）及南京国子监士子，称"南闱"，与之对应的顺天府乡试称"北闱"。

管醇 乡试中式举人，第一百五十四名，管醇，南陵县学生，礼记。（见《景泰元年庚午科应天府乡试录》，天一阁藏）

陈孜 南陵县许镇东塘圩大村陈人。乡试中式举人，第三十七名，

南陵县学生，诗。（见本文附件图17）

范冈　民国版《南陵县志》又作"范如冈，方如冈"。乡试中式举人，第六十三名，南陵县学生，诗。（见《弘治五年壬子科应天府乡试录》，国家图书馆藏）

王木　南陵县许镇黄塘村王家墩王氏先祖。乡试中式举人，第一百二十名，南陵县学生，诗。（见《正德二年丁卯科应天府乡试录》，天一阁藏）

周仪　南陵县许镇奎湖浮流咀周氏先祖。乡试中式举人，第一百三十一名，南陵县学生，诗。（见《正德五年庚子科应天府乡试录》，天一阁藏）

汪景　乡试中式举人，第九十名，南陵县学生，诗。（见《嘉靖七年戊子科应天府乡试录》，天一阁藏）

汪全　乡试中式举人，第一百二十三名，南陵县学生，春秋。（见《嘉靖十六年丁酉科应天府乡试录》，天一阁藏）

汪镒　乡试中式举人，第二十三名，南陵县学生，诗。（见《嘉靖二十五年丙午科应天府乡试录》，天一阁藏）

孙辅　与汪镒同年，名次在其后，民国版《南陵县志》将孙辅列前，误。乡试中式举人，第五十七名，南陵县学生，诗。（见《嘉靖二十五年丙午科应天府乡试录》，天一阁藏）

王都　乡试中式举人，第六十一名，南陵县学生，诗。（见《嘉靖二十八年己酉科应天府乡试录》，天一阁、国家图书馆均有收藏）

叶大鹏　与王都同年，名次在其后，民国版《南陵县志》将叶大鹏列前，误。乡试中式举人，第一百二十二名，南陵县人，监生，诗。（见《嘉靖二十八年己酉科应天府乡试录》，天一阁、国家图书馆均有收藏）

管楠　乡试中式举人，第一百三十四名，南陵县人，监生，易。（见《嘉靖三十四年乙卯科应天府乡试录》，国家图书馆藏）

汪冀立　经魁。乡试中式举人，第三名，南陵县学生，诗。（见《万历元年癸酉科应天府乡试录》，天一阁藏）

管橘　乡试中式举人，第九十九名，南陵县学生，易。（见《万历四年丙子科应天府乡试录》，天一阁藏）

秦锡蕃 南陵县许镇奎湖孟家庄秦村人。崇祯十五年（1642年）壬午科应天府乡试中式举人。（莱州府）附郭，掖县知县秦锡蕃，康侯，江南南陵人，举人。（见本文附件图18）

何绍源 乡试中式举人，第七名，南陵县学生，易。（见《乾隆甲子科江南乡试录》，国家图书馆藏）

牧敬修 乡试中式举人。字翠岑，号愿堂，行一，丙子年五月初五日生，宁国府南陵县附生，习诗经。曾祖万禧，太学生；曾祖母徐氏、王氏；祖泰阶，郡庠生；祖母张氏；父汝谐，力学早世；母徐氏，守志请旌，事载郡乘；本生父汝弼，太学生；本生母，胡氏。重严侍下，本生慈侍下。乡试第九十九名，住南陵上北乡牧冲。（见《乾隆癸卯科江南乡试同年齿录》，国家图书馆藏）

丁骧 乡试中式举人，南陵人，题名录载宁国，南陵属宁国府，中举前或为府学生员。（民国版《南陵县志》有载，见《同治甲子科补咸丰戊午科江南乡试题名录》，国家图书馆藏）

汪照 乡试中式举人，南陵人。（见《同治三年甲子科并补行戊午科江南乡试题名录》，国家图书馆藏）

何如水 乡试中式举人，第五十四名，年三十九岁，南陵县廪生。（见《同治六年丁卯科并补行辛酉科江南乡试题名录》，国家图书馆藏）

秦模 南陵县许镇奎湖漳淋港秦村人。乡试中式举人，第一百七十三名，年二十八岁，南陵县廪生。（见本文附件图19）

徐乃昌 光绪十九年（1893年）恩科江南乡试中式举人，第一百二十二名（见光绪《徐乃昌乡试硃卷》刻本）。徐氏为晚清至民国时期江南著名藏书家、刻书家，本邑名人，有关徐氏生平研究者颇多，兹不赘述。

注：以上统计不含武科。笔者仅将所见资料加以整理，此为冰山一角，其他进士、举人相关史料期后续补充。

附件：

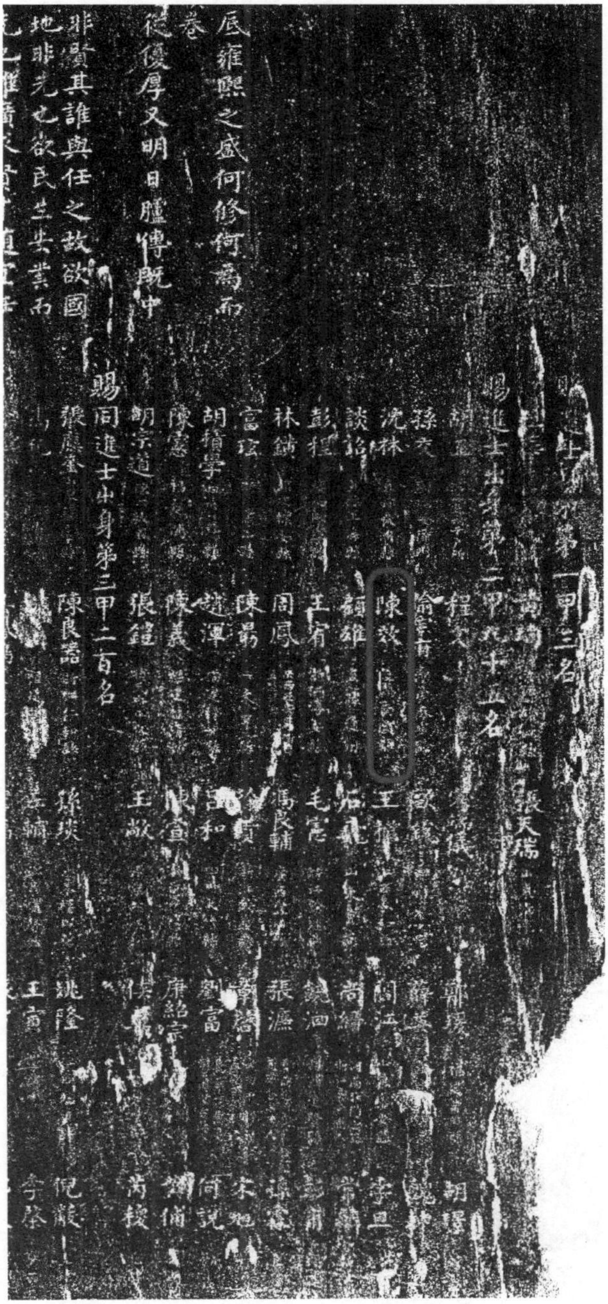

图1　北京国子监成化十七年辛丑科进士题名碑民国拓本（局部），进士陈效

· 103 ·

图2 北京国子监嘉靖五年丙戌科进士题名碑民国拓本（局部），进士张真

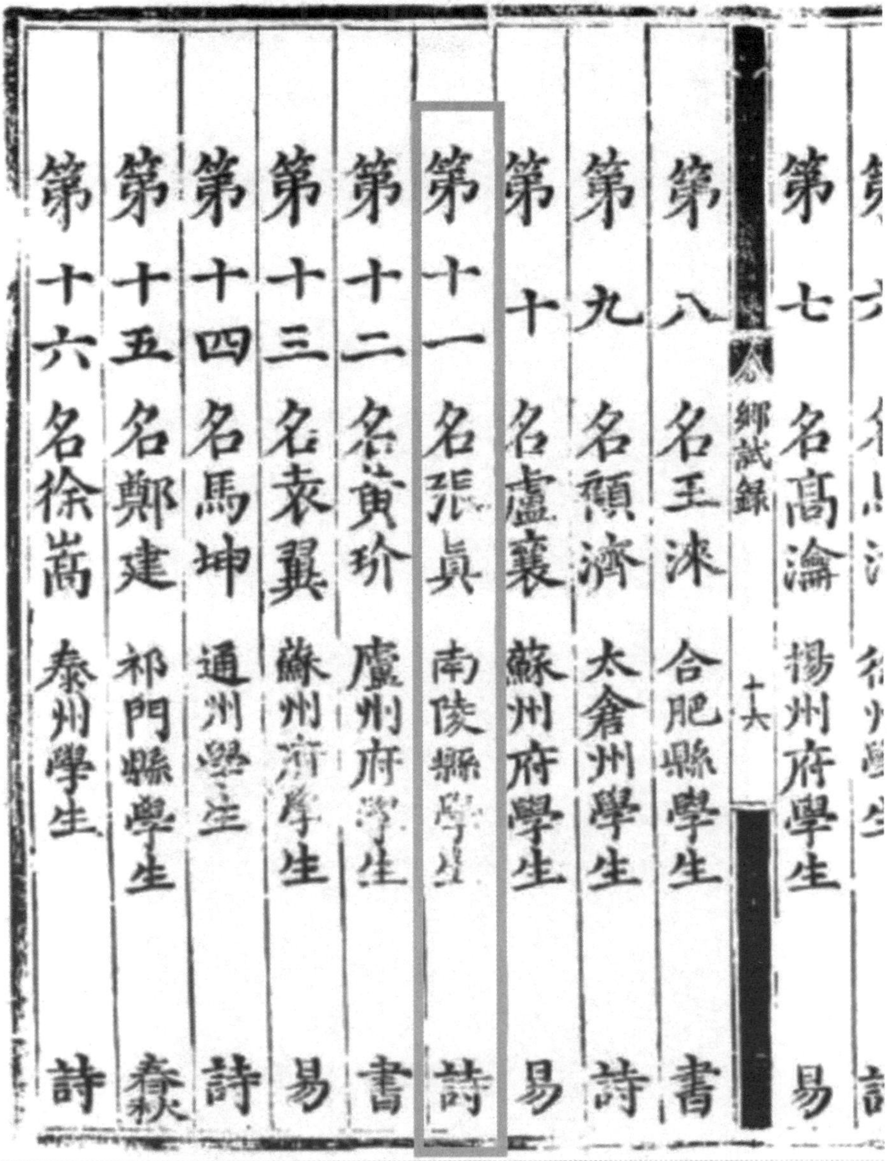

第十六名徐嵩 泰州學生 詩

第十五名鄭建 祁門縣學生 春秋

第十四名馬坤 通州學生 詩

第十三名袁翼 蘇州府學生 易

第十二名黃玠 廬州府學生 書

第十一名張真 南陵縣學生 詩

第十名盧襄 蘇州府學生 易

第九名顏濟 太倉州學生 詩

第八名王淶 合肥縣學生 書

第七名高瀹 揚州府學生 易

鄉試錄

十六

南陵明清進士、舉人科舉史料選輯

图3　正德十一年应天府乡试录（部分），天一阁藏，进士张真

图4 北京国子监嘉靖三十二年癸丑科进士题名碑民国拓本（局部），进士何煌

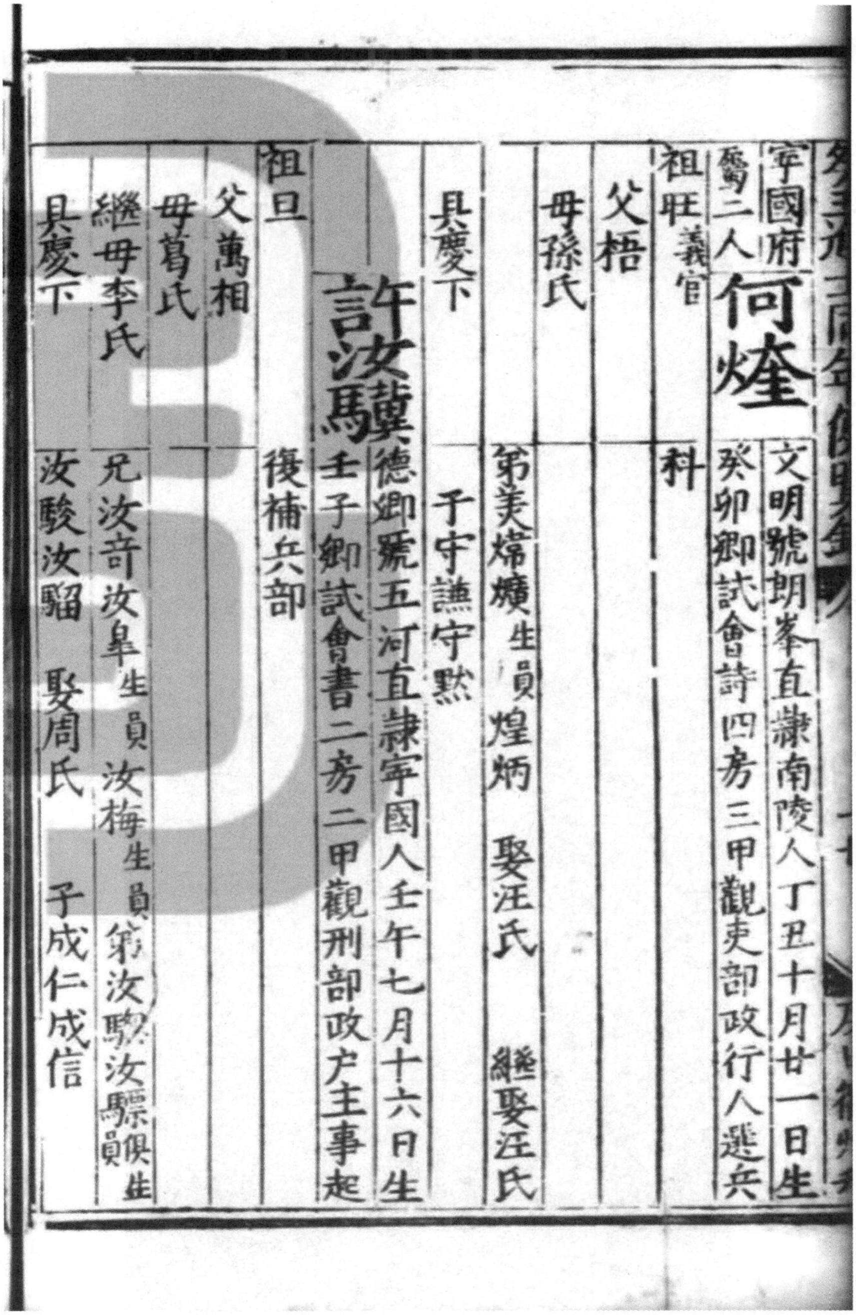

寧國府 二人

何煒

祖旺 義官
父梧
母孫氏
科
具慶下
弟美燁燦 生員 煌炳 娶汪氏 繼娶汪氏
子守譙 守黙

文明號明峯直隸南陵人丁丑十月廿一日生
癸卯鄉試會詩四房三甲觀吏部政行人選兵

許汝驥

祖旦
父萬相
母葛氏
繼母李氏
具慶下
兄汝竒汝皋生員 汝梅生員 第汝駿汝驃俱生員
汝駿汝驅 娶周氏 子成仁成信

言汝驥德卿號五河直隸寧國人壬午七月十六日生
壬子鄉試會書二房二甲觀刑部政戶主事起
後補兵部

图5　重刻嘉靖癸丑科进士同年便览录（部分），国家图书馆藏，进士何煒

南陵明清进士、举人科举史料选辑

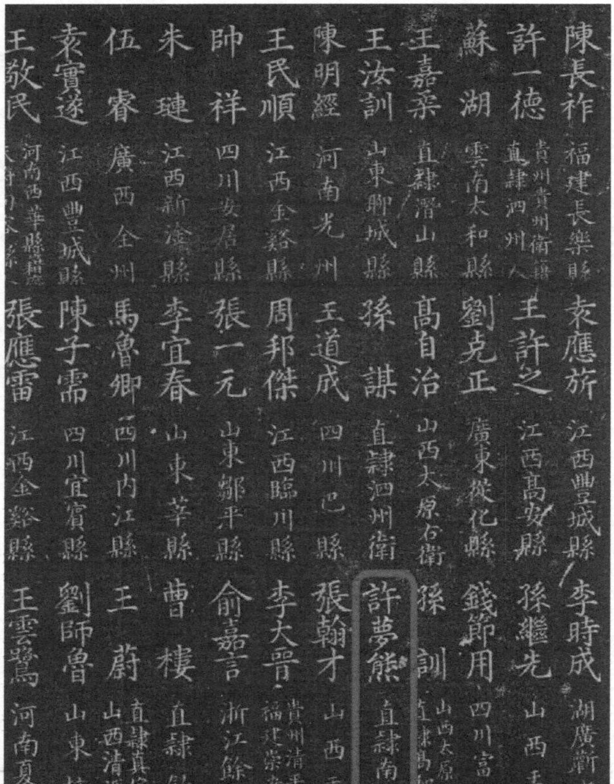

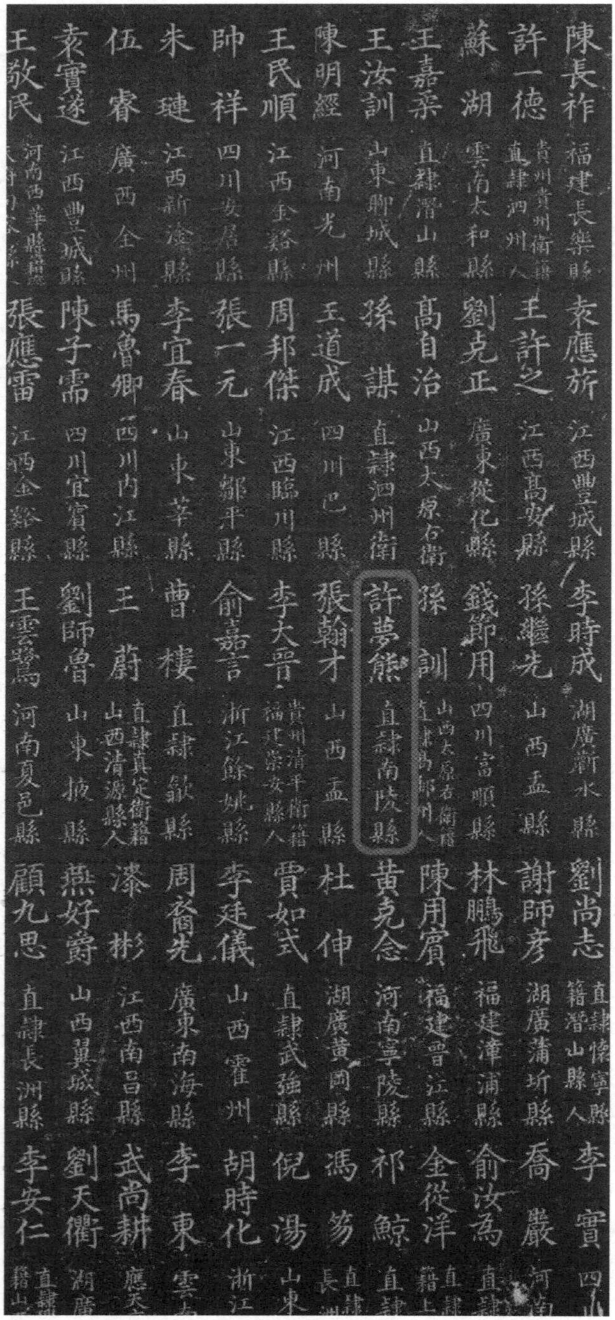

图6　北京国子监隆庆五年辛未科进士题名碑民国拓本（局部），进士许梦熊

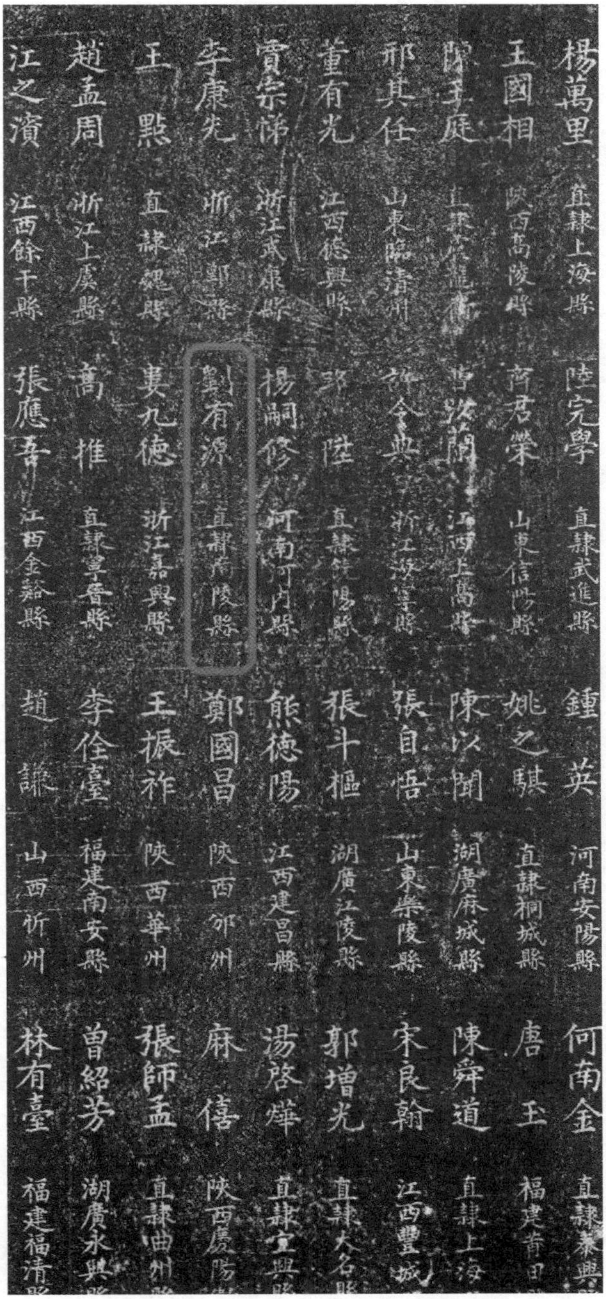

楊萬里 直隷上海縣
陸完學 直隷武進縣
鍾英 河南安陽縣
何南金 直隷兼興縣

王國相 陝西高陵縣
商君榮 山東信陽縣
姚之騏 直隷桐城縣
唐玉 福建莆田縣

陸王庭 直隷無錫縣
段汝闇 江西上高縣
陳以聞 湖廣麻城縣
陳舜道 直隷上海縣

祁其任 山東臨清州
許令典 浙江慈谿縣
張自悟 山東萊陵縣
宋良翰 江西豐城

董有光 江西德興縣
邵陛 直隷鋭陽縣
張斗樞 湖廣江陵縣
郭增光 直隷大名縣

賈宗悌 浙江武康縣
楊嗣修 河南河內縣
熊德陽 江西建昌縣
湯啓燁 直隷宣興縣

李康先 浙江鄞縣
劉有源 直隷廬陵縣
鄭國昌 陝西邠州
麻僖 陝西慶陽縣

王點 直隷砚縣
裴九德 浙江嘉興縣
王振祚 陝西華州
張師孟 直隷曲州

趙孟周 浙江上虞縣
高推 直隷輩晉縣
李佺臺 福建南安縣
曾紹芳 湖廣永興縣

江之濱 江西餘干縣
張應吾 江西金谿縣
趙謙 山西忻州
林有臺 福建福清縣

图7　北京国子监万历三十五年丁未科进士题名碑民国拓本（局部），进士刘有源

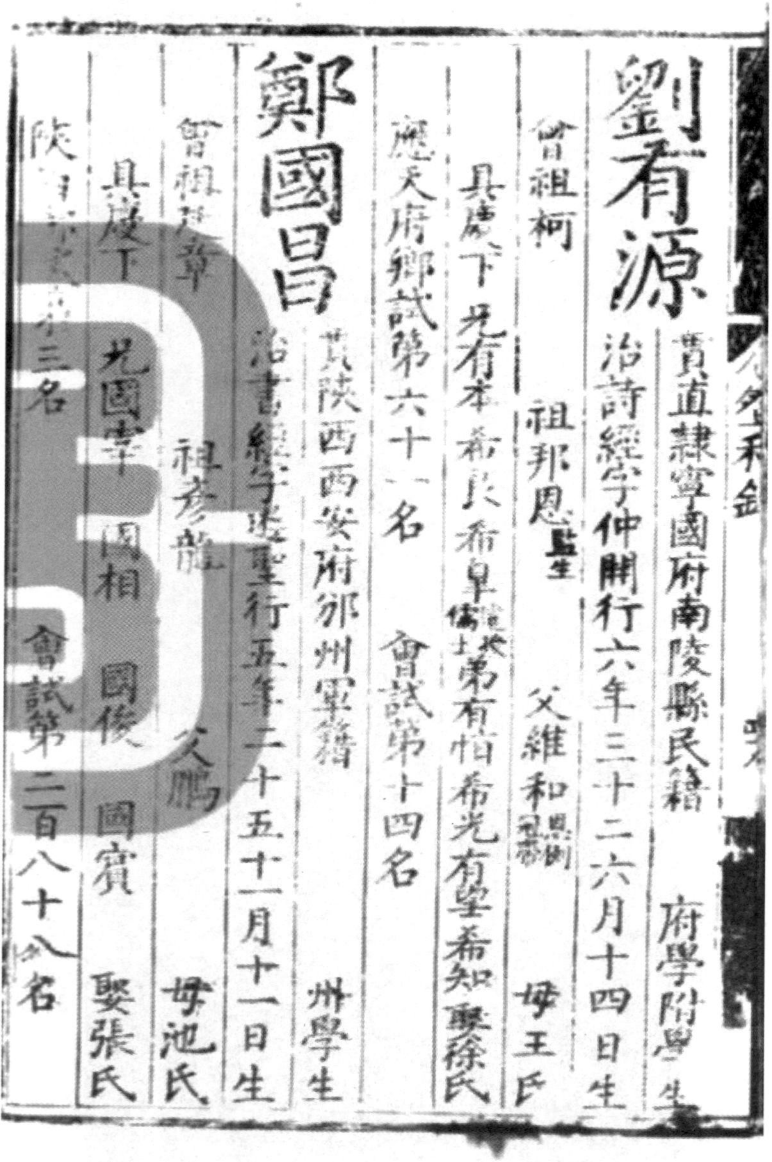

劉有源　治詩經字仲開行六年三十二六月十四日生　貫直隸寧國府南陵縣民籍　府學附學生

曾祖柯　祖邦恩監生　父維和　母王氏

應天府鄉試第六十一名　會試第十四名

具慶下　兄有本　希良　希旦　希光　有望　希知　娶徐氏　州學生

鄭國昌　治書經字逸聖行五年二十五十一月十一日生　貫陝西西安府邠州軍籍

曾祖彥章　祖彥龍　父鵬　母池氏

具慶下　光國章　國相　國俊　國寶　娶張氏

陝　第三名　會試第二百八十八名

图8　万历三十五年登科录，国家图书馆藏，进士刘有源

图 9　北京国子监顺治四年丁亥科进士题名碑民国拓本（局部），进士秦仁管、秦才管、潘泗水

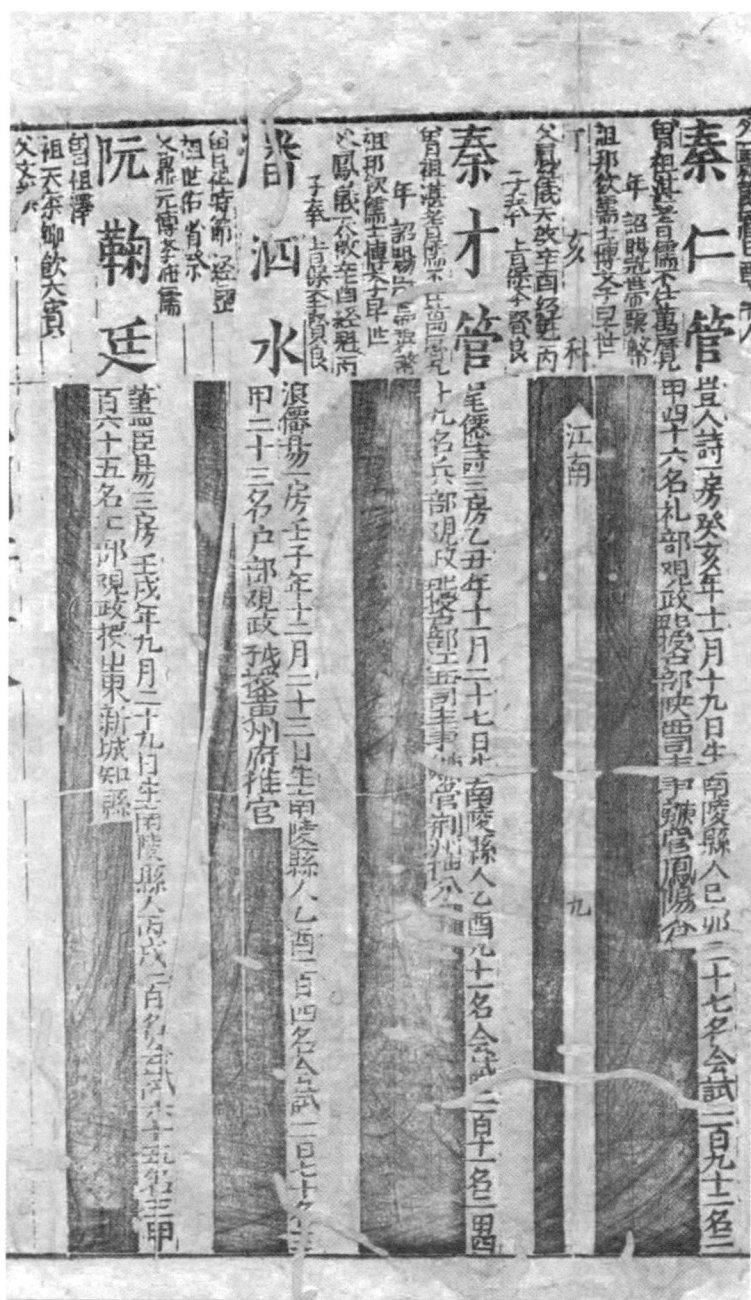

图10　顺治四年丁亥科会试三百名进士三代履历便览（部分），天一阁藏，进士秦仁管、秦才管、潘泗水、阮鞠廷

图11　顺治十八年缙绅册（部分），国家图书馆藏，进士秦仁管

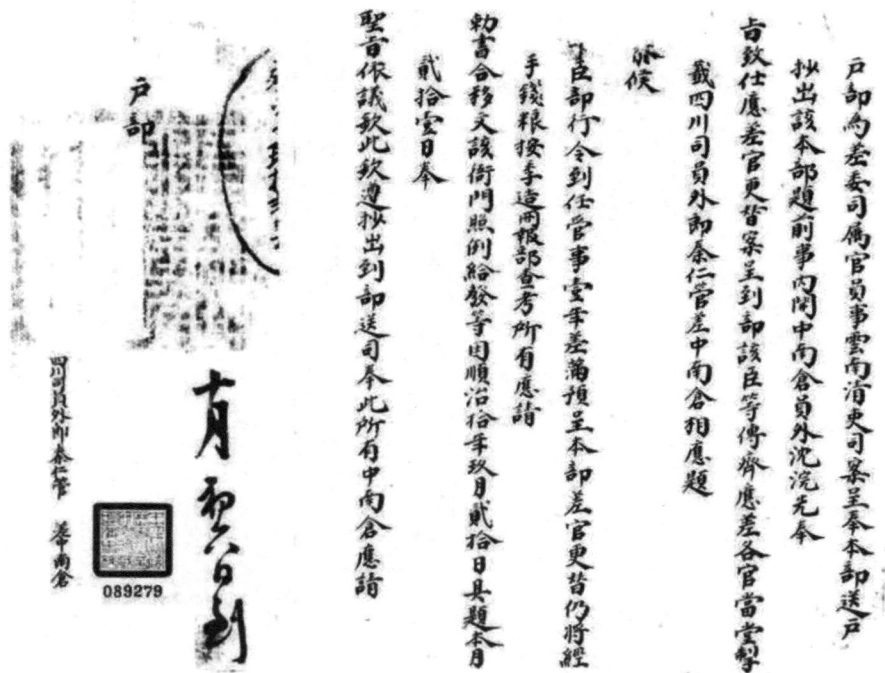

图12　原北京故宫内阁大库档案《（顺治十年）户部四川司员外郎秦仁管差中南仓移文》，"中央研究院"历史语言研究所藏

第一甲

第二甲

第一百

士曰八

李乐敩河南村丘人

归允中江南常熟人

徐　　江南宣城人

茆荐馨浙江　兴人

吴震方浙江仁和人

张廷瓒江南桐城人

秦松龄浙江无锡人

田需山东莒州人

陈掞浙江新昌人

赵执信山东益都人

曹鏻倫浙江嘉善人

李宗培河南沈丘人

马教恩江南桐城人

曹志周浙江平湖人

荆芊锡江南丹阳人

吴　　江南溧阳人

王令树江南吴县人

＊雲来江南吴县人

陈蔡芝浙江郑縣人

劉士聰河南祥符人

唐勳江南颍州人

陸烱浙江平湖人

张懷山西聞喜人

吴應廉湖廣黄安人

于紹舜山东長清人

陸　　江南寧人

成栋保江南官人

卞士弘江南歙德人

郑惟孜直隸南官人

熊開楚湖廣石首人

王承祐贵州新贵人

张玉履江南春興人

丁瑜浙江長興人

宋繁求湖廣黄梅人

滿應賓山西蒲州人

崔靖山西聞喜人

張克昌山西聞喜人

李應壽山西解州人

王頴士山东臨淄人

陸史江南宜寧人

劉鲁山西臨潼人

李孝貴河南永城人

傅京初山东高蔡人

劉懷山东高蔡人

法　懷山东高蔡人

郝士鋒順天薊州人

郁世熙江南吴江人

劉楷江南新陵人

方伸江南新陵人

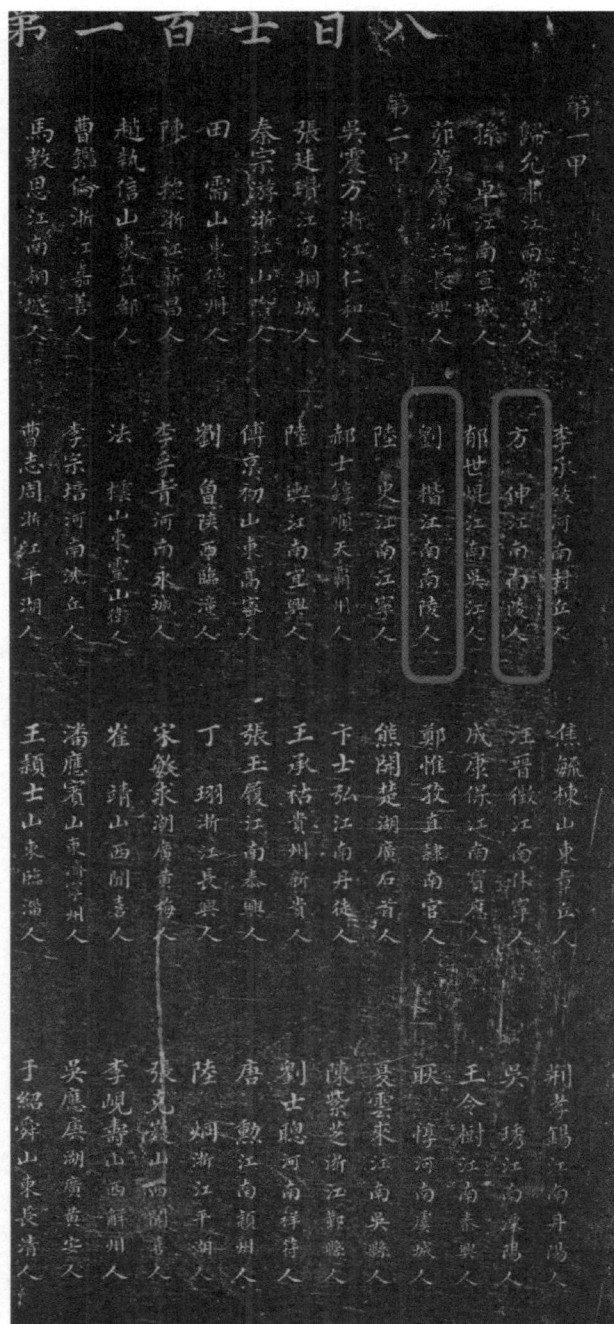

图13　北京国子监康熙十八年己未科进士题名碑民国拓本（局部），进士方伸、刘楷

南陵明清进士、举人科举史料选辑

· 115 ·

寧國府三人

孫卓

方伸

劉楷

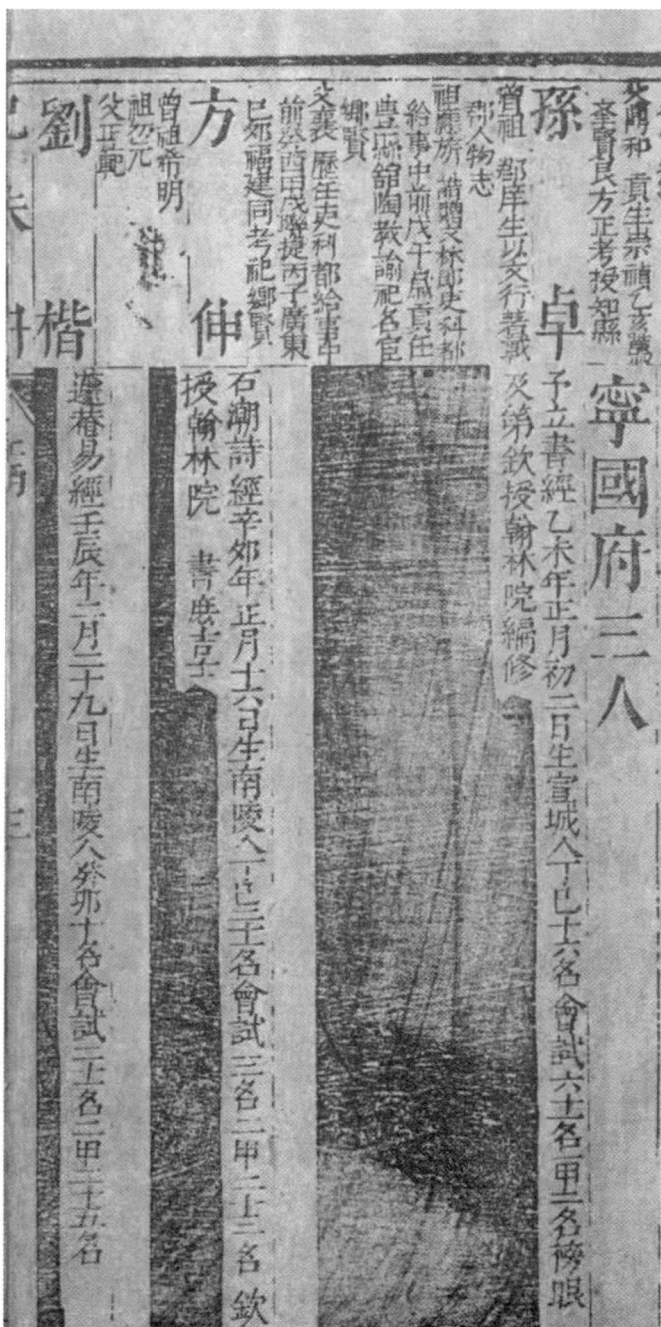

图14　康熙十八年己未科会试进士三代履历便览（部分），法国国家图书馆藏，进士方伸、刘楷

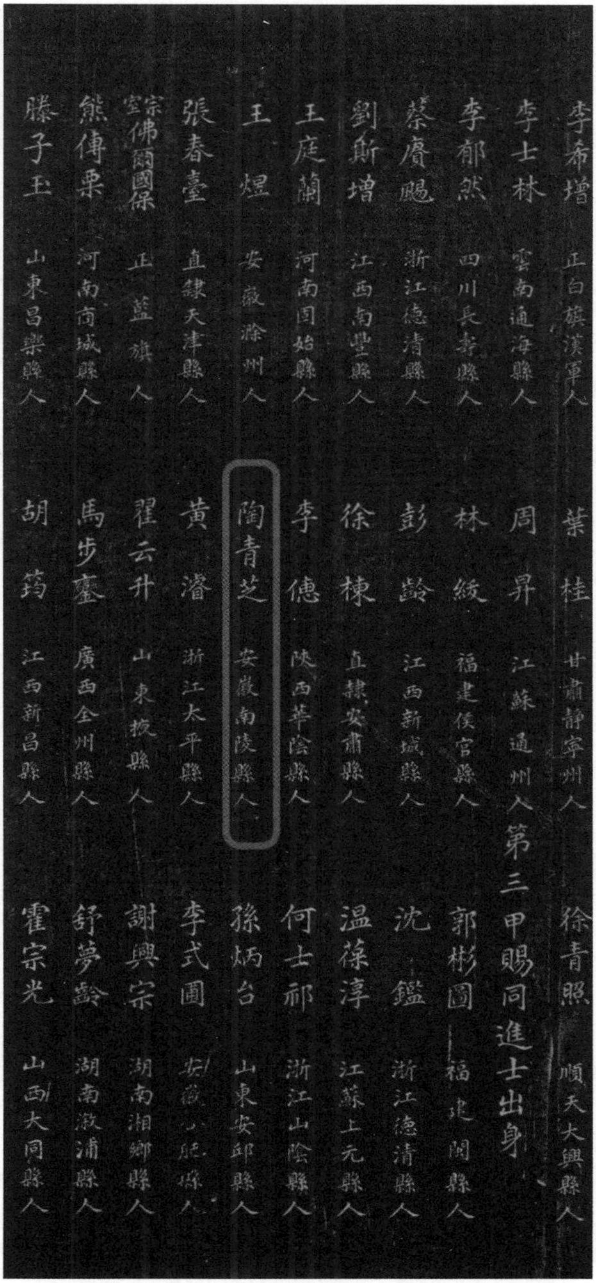

李希增 正白旗漢軍人
葉桂 廿肅靜寧州人　徐青照 順天大興縣人
李士林 雲南通海縣人
李郁然 四川長壽縣人　周昇 江蘇通州人 第三甲賜同進士出身
蔡賡颺 浙江德清縣人　林綏 福建侯官縣人　郭彬圖 福北闓縣人
劉斯增 江西南豐縣人　彭齡 江西新城縣人　沈鑑 浙江德清縣人
王庭蘭 河南固始縣人　徐棟 直隸安肅縣人　溫葆淳 江蘇上元縣人
　　　　　　　　　李德 陝西華陰縣人　何士祁 浙江山陰縣人
陶青芝 安徽南陵縣人
王煜 安徽徐州人　黃濬 浙江太平縣人　孫炳台 山東安邱縣人　李式圓 安徽太平縣人
張春臺 直隸天津縣人　翟云升 山東掖縣人　謝興宗 湖南湘鄉縣人
宗佛爾國保 正藍旗人　馬步鑾 廣西全州縣人　舒夢齡 湖南溆浦縣人
熊傳栗 河南商城縣人　霍宗光 山西大同縣人
滕子玉 山東昌樂縣人　胡筠 江西新昌縣人

图15　北京国子监道光二年壬午恩科进士题名碑民国拓本（局部），进士陶青芝（士霖）

原名青芝

陶士霖

字玉佩号鹿庄　　行　乾隆乙卯背初一日辰生江南安国

府南陵县增廪生　　　与人丁丑考取觉罗教习会试二百六

名　殿试二甲　朝考　人选

主事铨分礼部现官　节候补主事

欽点翰林院庶吉士散馆改授

曾祖名英　屡州生候

曾祖母氏俞

祖于琪　岁贡生候选训导

祖母氏朱　诰封　奉政大夫

父安楼　直大夫　诰封

母氏王　宜人　诰封

慈侍下

胞弟燮之　庠

胞叔夏楳　邑庠生

胞兄蕴　太学生　封奉直大夫

胞弟

娶胡氏

子芸鋆　步周

胞姪步磊　邑庠生

孙淦生

芸衢　步逵　步瀚

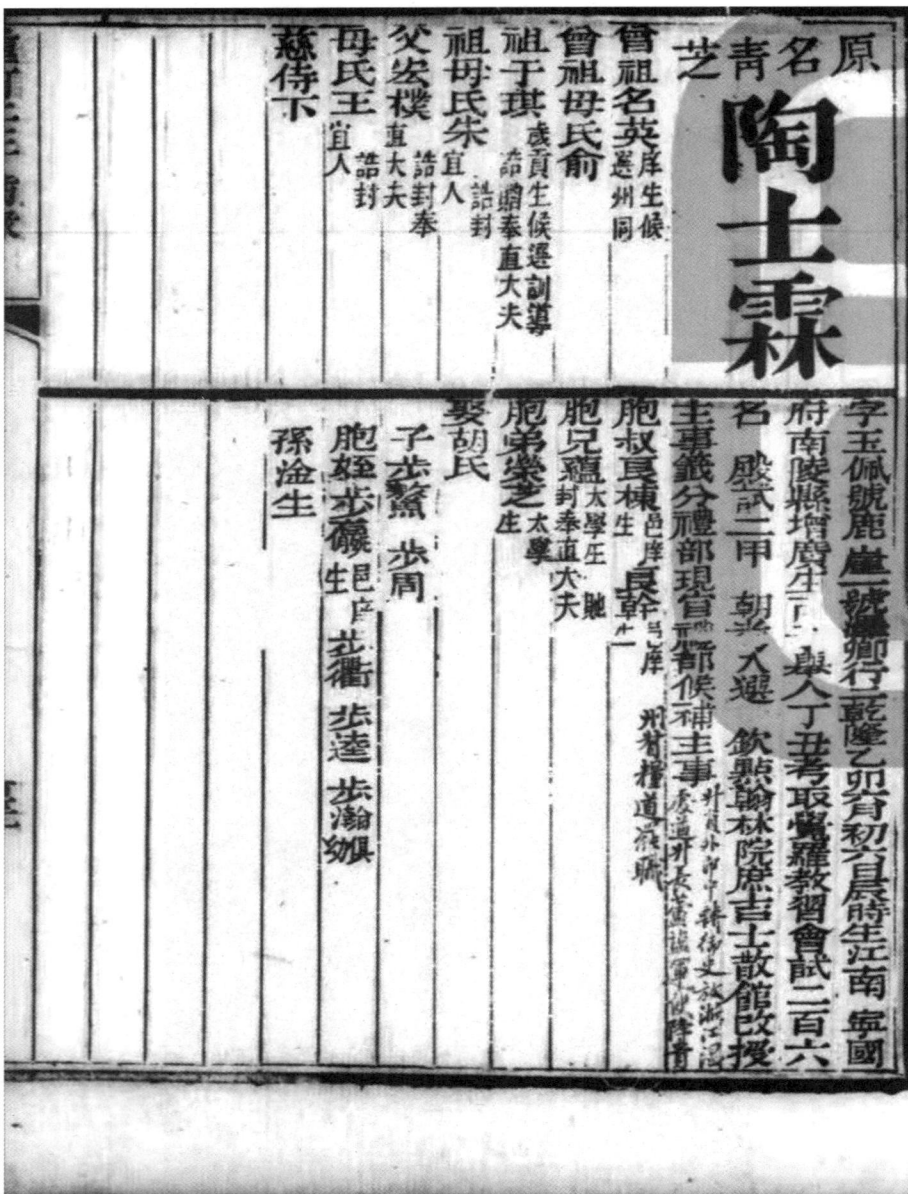

图16　重订道光二年壬午恩科同年齿录（部分），国家图书馆藏，进士陶士霖

第四十三名 辛銘 無錫縣入監生 書

第四十二名 吳龍 蘇州府學生 易

第四十一名 徐蕃 泰州學生 詩

第四十名 郭軼 長洲縣學生 書

第三十九名 曹閔 松江府學增廣生 詩

第三十八名 白金 常州府學生 易

第三十七名 陳孜 南陵縣學生 詩

第三十六名 程杲 祁門縣學增廣生 春秋

第三十五名 李衍 歙縣學生 詩

图17 弘治五年壬子科应天府乡试录（部分），国家图书馆藏，举人陈孜

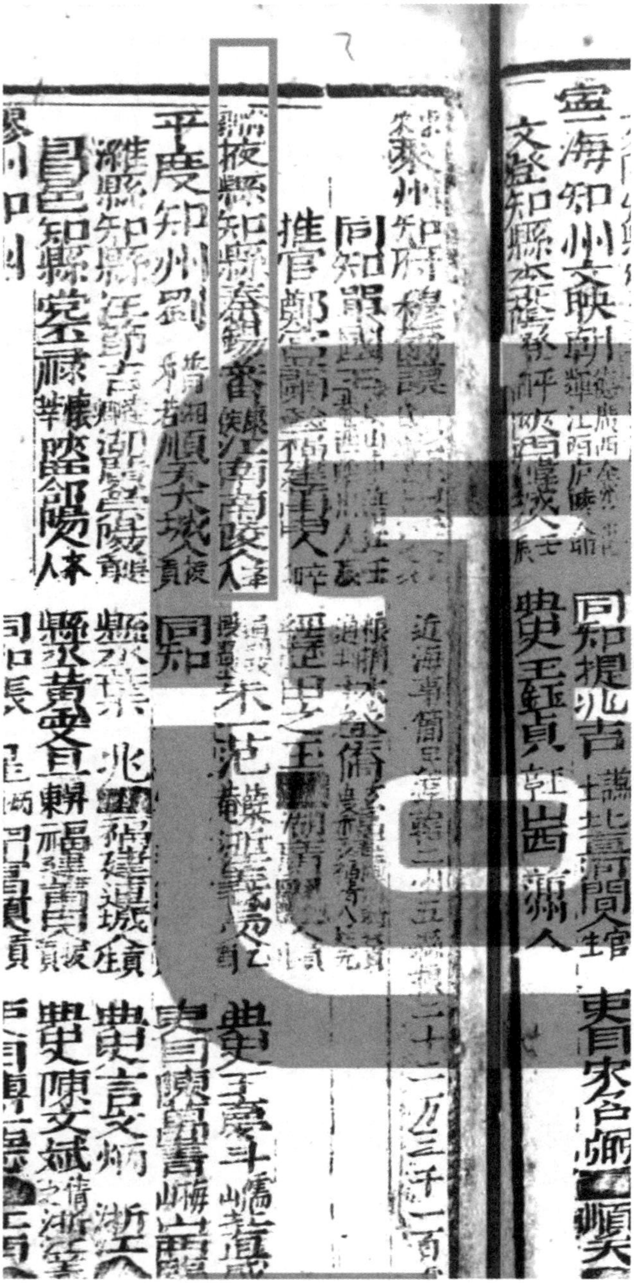

图18　顺治十八年缙绅册（部分），国家图书馆藏，举人秦锡蕃

第一百七十一名 秦际唐 年二十八岁 上元县选拔廪生

第一百七十二名 王季球 年四十六岁 宿迁县廪生

第一百七十三名 秦模 年二十八岁 南陵县廪生

第一百七十四名 黄厚本 年三十二岁 金山县副贡生

第一百七十五名 吉元 年三十八岁 山阳县附生

第一百七十六名 李国荣 年三十七岁 镇洋县附生

第一百七十七名 江恒 年二十五岁 歙县增生

第一百七十八名 陈元恒 年四十八岁 江宁府候廪生

第一百七十九名 许恩培 年三十七岁 桐城县附贡生候选教谕

第一百八十名 王国宾 年三十一岁 丹徒县附生

图19　同治六年丁卯科并补行（咸丰）辛酉科江南乡试题名录，国家图书馆藏，举人秦模

· 121 ·

第三篇　水利命脉

贤令尹林鸣盛

魏青平

　　林鸣盛，福建莆田人，进士。万历二年（1574年）至万历八年（1580年）任南陵县知县，后升任兵部主事。他在南陵任职六年间，十分重视教育和科举考试。为保证学校教育经费，他强调设立学田制并坚决贯彻执行。他为此专门撰写了《明学田碑记》和《明学田书序碑》两文。他在城区建有尊经阁，藏有经、史、子、集等各类丛书。他也非常重视全县的农田水利建设，在圩区仙坊、黄墓、奎湖、黄塘等主持兴建了著名的林都圩工程。修筑圩堤，既可以防范江河洪水，又能够保护堤埂内的农田，减少水患，使民安其业，辖区内四万多人民受益良多。圩区建有上林都总圩、中林都总圩、下林都总圩，受益农田有六万多亩，有力地保障了全县农业经济的发展。所谓"林都圩"，"都"指行政区划，"林"代指林鸣盛知县，圩坝的命名充分体现了人民对这位贤令尹的爱戴。

　　明代著名戏曲家汤显祖和林鸣盛是好友，汤显祖经过南陵时看到古春谷大地一片繁荣兴旺景象，诗兴大发，写了《寄林南陵》等诗，热情赞扬了林知县在南陵的治绩和受到人民爱戴的场景。如《南陵道中别林明府》云："春谷春光满绿畴，石竹明湖葱翠流。何如神仙令，鸣琴松桂幽。士女见林君，欢如凤出游。君不见汤生沥酒不入口，独饮林君半杯酒。"

下林都圩横埂碑记

清·龚朝伟

夫陵固山阻陬也，而亦水涯也。南望工吕诸峰，岗峦合沓，其中田土，则水为利；北顾漳淮诸流，溪流萦回，其间田土，则水为害。余于戊申春初，承乏兹土，时值丙午水后，极目萧条，百废难兴，唯曰以民之生聚为急。越岁己酉，起视四境，庐舍伊然，鸡犬相闻，而民几既庶，则富之之道宜。于是修陂堰，谨堤防，教以尽人力而悉地利，不将家给而人足欤！其如天未敉宁岁。今庚戌雨连春夏，水灾又见告矣，噫嘻！职余之咎也。天降之罚，以害善民，而民因水结讼者，胡纷纷然，则为之宰者，其可不使之无也耶。上林都圩与下林都圩，壤相接，居相邻，宜敦雍睦之风。何自前明以来，一遇水年，每以横埂相争。下车之初，奉委亲勘，情形已晰，今又构讼焉。余岂忍闻欤？太尊陈君，廉明勤慎，牒勘讯录，惩儆将来。夫讼之起也，由人心不平，平其心而讼自无，然非义理夙明，仁恕夙成者鲜能。今蒲鞭之辱既示，冰炭之怨宜消，而下林都圩之绅士耆约，果能平其心，而以勒筑垂防，赐文勒石。请观其词旨，修晰分明，先戒豫防，殆欲自尽其道，而不使人乘其隙，其不责人而自责之淳心，深可嘉。予故乐为之记。倘上林都圩之民，览余斯文，惩创其心，不特讼息于目前，而且永无于日后，何至案牍之冗云。

文林郎知南陵县事绥水龚朝伟撰文

县丞鹿峰陈永贵篆额

文林郎知南陵县事贵阳何普同立

乡进士宁乡县知县王三锡同校

监生俞瑄呈请，儒士刘瑞朗书丹

同圩士民列名于后：

邓天宿、俞琮、俞启治、刘之青、张范、邓天锡、俞其诏、邓有孚、刘之泰、陈兼美、王家琪、刘臣汉、朱信源、周志美、毛启美、陈就列、

章彩芹、邓舟先、程大来、刘法非、强廷臣、邓天行、邓梁舟、朱才臣、俞殿一、王子美、强最日、邓元如、冯位本、王伯祥

以上乡约

叶信主、钱焕文、冯夏鼎、王天士、朱伯隆、章圣一、王佩绥

以上绅士

王绍伯、俞尔奏、张必达、邓联、刘畔、邓恒如、俞谦士、邓羽公、刘汉、邓子成、邓元土、朱洪如、刘云从、张自清、邓仲超、邓维焕、俞尧彩、邓维英、钟子高、周有文、邓其俦、孙双贤、邓文义、孙亮公、李圣谟、邓辉升、俞大先、僧继昌、僧慧征、僧道也

龙飞雍正九年岁在辛亥季春月中浣吉日

摘自《郭溪俞氏宗谱》，魏青平整理

下林都圩横埂碑记（译文）

魏青平

　　南陵，虽说是在山脚下，但同时也处于河流的边上，向南可以望到工山、吕山等山峰，山峦起伏连绵，对于山地的田亩，河水往往有利于灌溉；北边看到的是漳水、淮水等河流，溪涧曲折萦绕，对于那里的田亩，河水时常成为灾害。我于雍正戊申年（1728年）初春时，担任南陵县知县，其时正逢丙午年（1726年）洪水泛滥之后，一眼望去，圩区一片萧条，废弃的农业难以振兴，我只想聚集百姓，使他们重返家园，此为当务之急。到了第二年，我再看看四面圩区，到处是排列整齐的农舍，乡村传来鸡鸣犬吠之声，情形大为改观。此时的村民已是人口众多，基于此，就应当研究让人民富裕的办法。于是修建陂堰，固守堤坝，教导百姓竭尽人力和地利，以求振兴经济，这样不就会家庭富足、五谷丰登了吗？但是谁料到上天还是不想让圩区人过上安宁的日子。今年（1730年）春夏季节淫雨绵绵，圩区又报告说发生灾情了。唉，这是我的过错啊，上天降下惩罚，却祸害了善良的百姓。而人民因水情聚集起来诉讼，何其多也！那么作为一县的治理者，难道可以不平息这些争斗诉讼吗？上林都圩与下林都圩，土地相连，居户邻近，应该督促人民倡导和谐友好的风尚。为什么从明代以来，一遇水灾之年，人们常常因为埂坝的问题相互争斗？我上任初期，就奉上司委派亲自勘察地界，情况已很清楚，可如今又兴起诉讼了，我难道能忍心坐视不管吗？太守陈君，廉洁公正，为政勤勉谨慎，下公文勘察地形并调查记录在案，以判明是非，惩戒百姓将来再犯。（我认为）诉讼的开端，是由于人心不满，平息人们不满的情绪，诉讼自然就没有了。但是如果官长不是一贯明了事理，平素讲求仁义宽恕之道的，很少能做到这一点。如今，官府已展示了刑法威严，人们应当消解往昔水火不容的怨仇，而且下林都圩的绅士和有威望的老人们，果真能做到让人们平息怨恨，要求人们建筑埂坝永远防护，并把拟定的文告写在石碑上。我阅读了石刻文章，文辞和主旨条理清晰，层次分明，首先告诫人们如何预防争斗事端，是想让人们首先自己要遵循道德法令，而不让别人乘机寻衅争斗，这种不苛求别人而首先严格约束自己的淳厚品德，我深为嘉许。所以我非常高兴地为地方人士写了这篇碑记。倘若下林都圩的人民看了我的文章之后，能从内心反省惩戒不良行为，那么不只在当前会平息诉讼争斗，而且以后也不会有类似违法现象发生，何至于让官员的案桌上堆积许多诉讼的公文呢。

（以下略）

林都圩横埂碑记

清·杨必达

都圩，马人河下四十里皆是焉。兴始万历元年，成自林邑侯鸣盛，奉林都抚明文，故名曰"林都圩"。郑家渡连年水厄，上圩之人不加修筑，利下圩为沼所，此横埂之兴，为下圩一大关键。西至章坝，东至潘塘，独工苦费繁，乃所以限南北也。首其事者，张派、邓滚思，继而邓奇祥、俞应宪等，相去八十年间，而子及孙，皆实利赖之。迄今国泰为派孙，奇祥为思侄，复告道行县，重纠而告竣工，坚高颇称通圩，诸君皆相与助成之，唯两君为乐任其艰。至若潘斗门邵氏遵案，启闭有时；黄公渡斗门，朱氏管理，泄储无误，非可一家之利害为利害也。洋河一港，又旱涝所系，淤不能顿出，潮不能骤达，故每每盗泄负事。上由邵振，下由朱正二家，责有攸归，设此处不谨，虽有长河埂，外坚而内磷矣。后之人各事其前人，确守成议，维世相承可好也。是为碑以纪成绩，以昭来叶。

署徽宁道徽州府知府蔺一元

宁国府知府秦宗尧

文林郎知南陵县事杨必达撰文

举人：俞可煌

书丹：朱赓

郡庠生：周雷

贡生：张国维

邑庠生：朱文应、刘秉谅、王之廉、俞可秀、刘文郁、朱方升、朱允中、俞往钦、邓绶、王震

兴筑圩首：张派、邓滚思、俞镒洋、张杰、张汴、刘珙、邓汶用、邓宋璧、程遵镐、朱仁敬、刘嘉祥、□钦镐、叶□□

当年督修老人：张国泰、邓奇祥、邓高有、王珏、邓时学、邓教辅、

俞大成、俞应宪、王成宁、刘栈机、毛澈教、孙邦彦、章御、邓梗厚、陈世禄、刘辅聘、戴宗镐、邓□高、□林棣、□清潮、俞大培、汪拾乡、邓柏□、刘文□、俞诏赞、邓□□、张守成、程训震、刘□□、朱辅善、孙应祥、邓瑞强、朱□□、强可瑞、章庆进、邓学祥、邓瑞琼、陈□□、邓俦□、孙芳楚、毛荣定、邓敬祥、王鲁宾、邓逢升、秦希瑜、叶应文、刘培、邓□□、邓孝祥、王之逯、朱正、章元启、邵振、邓启思、朱庠岳、张国昌、戴守相、俞畏新、邓元祥、邓选春、张信瑞、孙云登、刘文佐、章元诞

郭城寺僧边元

岁维

顺治十三年十二月朔日杏旦

注：《下林都圩横埂碑记》《林都圩横埂碑记》都摘自《郭溪俞氏宗谱》，民国版《南陵县志》未及登载。幸得俞庭凯先生发现碑文并加以保护、摘录及刊载在宗谱中才得以传承（详见本书134页《林都圩横埂碑文拾遗记》）。

摘自《郭溪俞氏宗谱》，高飞整理

林都圩横埂碑记

林都圩横埂碑记（译文）

高　飞

　　都圩，马人（马仁）河以下四十里都是的。（筑圩）兴起于（明代）万历元年（1573年），完工是由于林鸣盛县令施政有方。因为当时是奉林都抚（对官职升迁后林鸣盛的尊称）下达公文兴建的，所以圩乡人民亲切地称之为"林都圩"。郑家渡连年遭遇水灾，上圩的人不加以修筑，（凭借地势高的有利条件）把下圩当作天然的泄水湖，这是兴修横埂的原因，是下圩一大关键（水利工程）。西边到章家坝，东边到潘塘冲，（只有下圩）工程艰辛且费用繁多，凭借它可以控制（横埂）南北的水流。这件事首先领头的是张派、邓滚思，后来领头的是邓奇祥、俞应宪等，前后相距八十多年，从儿子到孙子，都依赖（这横埂）得到实实在在的好处。一直到现在，（张）国泰是（张）派的孙子，（邓）奇祥是（邓）滚思的侄子，（他们）反复具文报告州府并行文至县，重新聚集人力修筑埂堤直至竣工而大功告成。（横埂）又高又坚固，（使得上下圩）完全称得上是（水陆）交通相连的一个大圩口。各位都相互帮助共同完成这件事，（其中）只有（张派、邓滚思）两位乐于担任最艰难的任务。至于潘塘冲斗门由邵氏家族遵守规定，适时开关；黄公渡斗门由朱氏家族管理，泄洪储水从不耽误，这不是以哪一家利害而考虑的。洋河这一条小河，又关系到（沿岸）旱涝，淤塞不能顿时放水，引潮水而不能很快到达，因此常常发生偷着放水从而贻误大事的情况。上圩由邵振（负责），下圩由朱、正这两家（负责），责任有所归属。假设这里（潘塘冲、黄公渡斗门）不谨慎，即使有长长的河埂，也只能是外面坚固但圩堤内部薄弱（而导致受灾）。（倘若）后来的人都遵守他们前人的做法，切切实实遵守已达成的协议，世世代代继承下去就好了。这就是刻下碑文用它来记载成功的业绩，以此来明明白白地告诉后世人（的目的）。

　　（以下略）

　　注：括号里的字，是编者根据原文的意思添加的，目的是便于读者阅读，使文意顺达。

下林都圩中埂碑记（雍正十三年）

民国版《南陵县志》之《舆地志·圩坝》

县北门外有林都一圩，内分上、中、下三都，四面皆水，每都各有保障，水不互灌。其三都中，上都最高，中都稍低，下都更低。万历九年，邑令沈尧中设法开垦，始有田亩。中都之内有上、中、龙角三塘，建石陡门二座，旱则蓄水二塘，涝则开陡门以泄水归河。其后，武生冯依等虑水势湍急，一时不能由陡门泄水，遂掘中埂数十丈放水，以下都为壑。下都居民王巨等迭控不休。雍正十三年正月，邑令亲勘，饬圩首率业户加筑中埂，并令圩民遇有水发，只许开陡门流泛，不许侵掘八角垛、章家冲以至五所坟①等处一带中埂，有伤下林都田禾，并将全案勒石志之。

高飞整理

---

① 五所坟，即五殇坟。

林都圩横埂碑文拾遗记

俞庭凯

余幼时常咨询前辈，吾林都圩堤埂筑于何时？其命名意义何在？而下林都圩横埂又筑于何时？有何缘由？前辈均瞠目而不能答，心窃怪之。盖圩堤为地方一重大建筑物，惜无文字纪载缘起与经过情形，使后之生此间者昏昏噩噩莫知由来，此亦地方一憾事也。民国二十九年春，余在郭城寺前堤上瞥见拆毁碉堡附近有石碑卧地，碑文为泥土涂封漫漶不明，洗涤后字迹灿然可读，读毕不胜喜曰：余数十年来耿耿于心而不能释于怀者，今在无意中阅此古碑，得将数十年来之疑团焕然冰释于一旦，此正余生平一大快事也！越日，余携笔往录碑文，拟将石碑择地而保存之，不意后被圩夫将碑舁之邓祠置之门庑之下。不幸三十三年日寇在黄墓镇建筑碉堡撤毁附近祠堂庙宇以作建碉材料，邓祠门楼亦被拆毁。而此三百余年之古碑，竟同遭泯灭。惜哉！虽然碑被毁而碑文余尤保存未失，兹揭载于左①，使后人览之尤得悉我林都圩沿革概略云尔。

原注：按此碑原竖郭城寺内，洪杨乱时，寺毁碑埋藏瓦砾堆中，历八十余年。民国二十四年冬，此间奉令在郭城寺前堤上建碉一座，就近取材。于是，挖掘寺内残碑乱石建筑碉墙。至二十八年，日寇窜扰南繁，政府恐碉被寇利用，又令撤毁。因此，余得复见此碑，不意舁之邓祠，后又复被寇摧残。谚云：物之得失有数。信然！

摘自《郭溪俞氏宗谱》，高飞标点、整理

---

① 《林都圩横埂碑记》详见本书130页。

南陵泰丰圩堤①埂告成碑记

清·刘邦鼎

　　按：刘邦鼎，字石臣，通州人（民国版《南陵县志》载其为顺天通州人，误，实为南通州人），进士，于道光元年至道光六年（1821—1826年）任南陵知县，著有《遂初斋文集》。刘邦鼎在任期间尤重水利。于道光乙酉年（1825年）夏增辑邑志，且因嘉庆县志水利内容散入舆地门，故以雍正版县志《水利》一卷增辑为《南陵水利志》一卷付印。

　　《南陵泰丰圩堤埂告成碑记》（以下简称《碑记》）一文选自《遂初斋文集》卷四。泰丰圩，古名"上下散慕圩"，今名"太丰圩"，位于南陵县许镇镇。民国版《南陵县志》卷六《舆地志》载："泰丰圩，十三圩总名，古名上下散慕圩，道光二十九年改今名，属三十三都五图，三十三都六七图，金都四图，金都二图，金都一图。内分：上新圩、宝城圩、宝丰圩、七图圩、二图圩、下四图圩、东西李村圩、上四图圩、一图圩、方家坝、八罗坝、莲子坝、董家坝等。"《碑记》中对"泰丰圩"一名之由来有详细叙述，"泰"取《易经》泰卦"否极泰来"之意，"丰"即水利兴修之后，期由歉及丰之意，并明确将泰丰圩取名时间往前延伸至道光甲申年（1824年），此有别于民国版县志里提到的道光二十九年（1849年）。

　　《碑记》虽未被收录于民国版县志中，但实为南陵水利兴修及地方文化之珍贵史料。值得一提的是，县志虽未收录，但《徐乃昌日记》中有相关记载："1927年农历九月十二日（10月7日），陈乃乾购得通州刘邦鼎（字石臣，道光间任南陵知县）《遂初斋文集》板片，借阅书样，录文

----

　　①堤，原文作"隄"。"隄"为异体字，即沿河、沿湖或沿海的防水构筑物，多用土石等筑成。泰丰圩，即现今太丰圩。2006年左右，我（高飞）前往马元小学检查教学工作，曾亲眼见到校园内藏有一块上有"泰丰圩"字样的古碑。2022年我委托蒋振华先生前去寻找，因小学已停办，校内杂乱无章，未寻得此碑。

二篇，备补县志之遗，县志误顺天通州人。《南陵水利志序》《南陵泰丰圩堤埂告成碑记》。"时县志已经成书，故未能补录。

今参照《遂初斋文集》（其子刘觐森于道光年间手辑遗稿，有同光间崇川刘氏刻本存世）将《碑记》录入，加句读并作简注，以飨读者。

余治陵之三年，岁值癸未①，淫潦为灾。

夏四月，管觜②滩堤埂告溃，田没于水；五月，叶村湾堤埂复圮，而县境东北遂无完土。高原下隰尽为江湖，民人荡析离居，靡所底定，葢③百余年来所未尝有也。又兼以江港涨溢、疏泄无由，自夏及冬，经历三时，水始归壑。余亟召邑之士民，谕以修治堤埂为最亟。众皆曰诺，量功命日④，远近之民畚揭⑤并举。

次年正月，功未及半，淫雨经旬，新筑之埂为水所坏，三月又为所坏，吾民父老子弟不懈益虔⑥，互相董劝。余又取城乡所得捐输各银，拨二千两以济之，再阅月，而叶村湾、管觜滩以次报竣，邑之人喜而言曰："往者，雍正癸丑水决梭坝⑦，修治之役三年始竣；康熙戊子，水由金家阁入，鸠工缮治七载始成。今此工费之大较畴昔⑧且数倍焉，不数月而大功以集，众得以奠其室家，治其疆亩，皆侯之赐也。"

余曰："不然。方水始退，余亲为营度，非万金之费不足以集。事赖诸君子为之，倡计田出夫，日凡数千人，登登冯冯、邪许之声⑨不绝于耳。余第⑩以时往来、周历巡视而已，其何力之有？"虽然，抑⑪有说焉。

---

① 癸未：道光三年，即1823年，为刘邦鼎在任第三年。

② 觜：同嘴。

③ 葢：同盖，大概。

④ 量功命日：计算工程量，择日开工。

⑤ 畚揭：盛土和抬土的工具。

⑥ 虔：虔。

⑦ 梭坝：位于三十三都六七图。

⑧ 畴昔：从前。

⑨ 登登冯冯、邪许之声："登登冯冯"出自《诗经·绵》"筑之登登，削屡冯冯"。登登、冯冯均为拟声词。邪许，yéhǔ，亦作邪轩、邪謼，劳动时众人一齐用力所发出的呼声，即号子。此处为描述打夯平整土方时的场景。

⑩ 第：只是。

⑪ 抑：不过。

圩田卑下，中明以前无所谓堤埂也。水势建瓴而下，岁且为患，弥望沮洳，秋稼不登。万历间，嘉禾沈公①来莅斯邑，㓐②筑圩堤，而后数十里之涝田渐成沃壤。今志乘所载圩埂高广之数，皆其遗教也，诸君子备知之乎③。

众曰："唯唯不敢忘。"

余曰："今日之务在吾，名之思其难，为预图其终④也。青弋之水来自徽郡，沿洄数百里始出芜界，以达于江。盛夏雨集，山水暴涨，飞涛涌雪，奔腾汇注，去江道远难以遽洩⑤，堤不崇⑥，水辄⑦凌踞其上，不厚且坚，水即荡而去之，为害最烈。比年⑧以来，屡有水患，皆是故也。诸君子盍⑨以前事为鉴，令吾民岁益增修，毋弃成劳而得免垫隘⑩之苦乎？"

众曰："能如是，是吾民后嗣无疆之利也，其敢不敬识之。"

叶村湾之溃决也，计长二百余丈，管觜滩溃决一百丈，以至林都各圩无非巨浸，芜繁且交受其敝。新筑之埂高三寻有奇，广又倍之。经始自癸未季冬，讫甲申四月而工毕，昼夜董率皆各圩士民。其驻憩工所、为之劝相者则学博王君也。圩号：上下散募圩。今易其名，曰：泰丰。民新出于水期，其自否而泰，自歉而丰也！是岁也，邑中堤埂冲决者大小以百计，均各修葺如故常。

兹特其最钜且要者，因述其缘起及往复告语之词，而为之记。

秦晓斌校注

---

① 嘉禾沈公：嘉禾，为浙江嘉兴府别称；沈公，指南陵知县沈尧中，万历八年任。

② 㓐：创。

③ 备知之乎：人尽皆知。备，都。

④ 预图其终：事先就要充分考虑其困难，并盘算好结局。

⑤ 遽洩：遽，快速；洩，泄。

⑥ 崇：高。

⑦ 辄：辄，就。

⑧ 比年：连年。

⑨ 盍：何不。

⑩ 垫隘：羸弱困苦。

南陵县奎湖人民公社历史水旱灾情资料汇集①

南陵县奎湖人民公社办公室

1958 年 11 月 15 日②

按：一张张泛黄的纸页正是一幕幕沉痛的历史，无意间揭开了前辈们经久不愈的疮疤，让人感叹活在当下的我们是何其幸运。

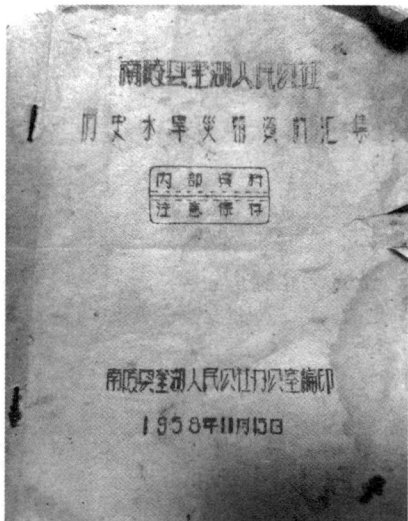

下林都圩③位于南陵北部，水系方面：东有弋江支流由竹丝港出口，

---

① 此份资料为南陵县奎湖人民公社办公室于 1958 年编印的油印本资料，市面罕见，编者于 2021 年在某古籍书店寻得。因年代久远，无从考证，为保留资料原貌，对文中旧制计量单位、数字用法等未作修改。此份资料因详细记载了 1910—1957 年南陵县奎湖地方水旱灾情而尤显珍贵。另据相关资料记载，1957 年以后南陵县灾情严重的年份还有涝灾年份：1969 年、1983 年、1998 年、1999 年、2016 年、2020 年等；旱灾年份：1966 年、1967 年、1978 年、2011 年等。

② 据《许镇史话》记载，1958 年 9 月撤销区、乡建制，南陵县 28 个乡镇、175 个农业社合并为 10 个人民公社，此次社队划分后，今许镇镇分为两大公社：许镇人民公社（包括太丰、东塘、仙坊，即太丰圩、东塘圩和上林都圩）、奎湖人民公社（包括黄墓、黄塘、奎湖，即下林都圩）。

③ 南陵林都圩（"都"，本地宣州吴语方言音"冬"）得名于南陵知县林鸣盛。林都圩现属南陵县许镇镇，旧分上林都圩、中林都圩、下林都圩，自中圩并入下圩后，分上林都圩、下林都圩。林都圩人口约 7 万人。2016 年青弋江分洪道工程完工，林都圩和镇内的太丰圩、东塘圩成功合并为许镇联圩。

西有漳河流域由三埠管出口。一到汛期，三埠管桃木墩①一带系山洪江潮汇合之处。

下林都圩在解放前分中林都、下林都两圩。中圩计田6000亩，下圩计田49000亩。1949年大水，下圩溃破，中圩丰收。是年人民政府鉴于圩堤年久失修，因之全力以赴地大力修复圩堤，始将中圩合并到下林都。全圩堤长39000公尺，圩内总面积（包括田亩、湖塘、村庄、坟墓、道路）自南至北直径有12500公尺，自东至西中径有6000公尺，合150平方市里。共有耕地面积（现有）53519亩，其中旱地7.94亩②，村庄道路坟墓占有面积2655亩，其余湖塘占大部分面积估计有77.4平方市里。全圩总户有7238户。男女总人口27509人。

圩内地势复杂，缘堤周围低洼，中间较高。高低相差有4公尺以上。为了防治涝灾，因而在低洼之处根据不同的地形建筑坝埂保障生产。高处有奎湖、浦西、池湖、西冲、上新、宋家塘等大湖、大塘，水源充足。防旱方面，在人力配备灌溉下，可能不受到什么大旱灾。但在解放前，反动派统治，不为人民着想，圩堤坝埂，年久失修，因之造成大雨大灾、小雨小灾、不雨旱灾的情况。兹特将下林都圩历年水旱灾情经过简录如下：

一、清代

宣统二年（1910年），大水，籽粒无收，耕牛死伤无数。

宣统三年（1911年），大水，下林都破的是黄稻圩，已成熟的黄稻全被淹没，是年大荒。

二、民国年代

民国六年（1917年），旱，从清明节起，约70天不雨，丰收。

民国七年（1918年），大水，下林都在土地坝溃缺，由于山洪暴发，边来边走，这次破圩，洪水仅入奎湖和三圩七坝，其他地区，未受损失。

民国十一年（1922年），大水，下林都未破，内涝严重。

---

① 墩，原文作"嘶"，为障水堤坝之意。

② 抑或794亩，油印本资料原文中7后隐约有"."。

民国十六年（1927年），夏初天气没有什么大雨，至古历六月初六日开始下雨，雨量集中，连续四天至初十傍晚，下林都在黄公渡娘娘鞋连续地溃破六个缺口[①]。大坽门冲毁，黄公渡一村全部被洪水冲光，并淹死大小26人。

这一年并无潮水，山洪特大。因之到十一日夜即开始退水。下林都高田约三万亩，都插上复棵，但水后继以虫灾，损失很是严重。

是年破圩形势：因繁昌大有圩在上部溃缺，把山洪顿时引灌到下部，上部缺口和河流形成两条大流量，向下涌灌，结果大有圩霎时灌满，洪水即由该圩堤顶漫至外河，这样一来，小淮窑是一收口地方，河道很窄，上部有两大流量，下部一条河流，因之流泄不及，以致黄公渡一带洪水陡涨5至6尺。由于发生此类情况，才遭到这次大惨劫。

民国二十年（1931年），大水，入夏雨量不多，惟潮水很大。到古历六月初六下午才开始下雨，连续下至十一日下林都在新圩澙泥渡溃一缺口，在当时奎潭湖内高处的农民发动抢救老牛巷内埂，至夜间，由于老牛巷埂质量不够，随又溃破，原有抢救的民工继又抢救过水、汪坝、锅底塘等内埂，经过十二日一天的抢救，洪水未能灌入圩内。不料至夜间鸡鸣时（即十三日早）在李家埠螺丝墩村西溃一缺口。是年水位很高，一般的庄基淹深三华尺。该年潮水为主，至古历八月才开始退水。

民国二十三年（1934年），大旱，在插秧后有三个月不下雨，但潮水位很高。下林都所有的坽门经常开放，引潮灌溉。但由于该时个体生产，人力方面，多所欠缺，结果损失严重。

民国三十一年（1942年），古历五月底山洪暴发，下林都在陈家坝溃一缺口，在溃缺时洪水已开始下降，因之抢堵缺口。这次破圩洪水仅由桃木沿低洼之处灌入洋河到黄木。计淹田12000余亩。

三、中华人民共和国年代

1949年，汛期未下什么大雨，至古历六月初一开始下雨，雨量很大，

[①] 缺口，原文作"墝口"，表示圩堤或田埂豁口之意，墝为生僻地名用字，"墝"本地方言音同"切"，意同"缺""阙"。为方便阅读，在不改变文意的情况下，本文略有调整。另，文中"老牛巷"应为"老牛埂"，"黄木"应为"黄墓"，其余繁体字、异体字、俗体字等不再逐一列举。

连续下至初七上午停止，计下雨500多公厘。强坝于前两天即破缺。下林都圩堤由于年久失修，这时四处坍塌，因之在六月初七下午在桃木墩溃一缺口，长约100公尺。当时破缺为主的尚是山洪，潮水尚不大，因之县领导带领船只运来大批粮食木桩，发动全圩民工5000多人抢堵缺口，从古历六月初八起一直抢救至十二日才将缺口全部木桩打好。由于江潮猛涨，以致所打的木桩全部漂起，无法抢堵，于十三日洪水已正式向圩内涌灌。是年中圩未破，下林都和强坝计淹田49300多亩，约损失农作物246500担。

是年结果潮水很大，至9月间才开始退水。下年堵口复堤工程，原计划土方53万公方。政府以工代赈，每一公方发稻3斤，因之计划土方稻162万多斤，结果超额完成任务，计超额完成土方7000公方，于是又补稻21000斤，合计拨来土方稻164万多斤。

1950年，夏季天旱，但外河潮水位尚高，同时下林都圩水源充足，在上级党委正确领导下发动群众，集中力量，突击灌溉，并有准备。有领导有专人负责地开放圩门，从而扭转旱象获得丰收。

是年冬春兴修工程，圩堤整修，计完成原土方25万公方。

1951年，汛期在5月，下旬发了一次洪水，下林都堤埂即塌了几处，特别是戴家坝险段内外坍塌。到了6月10日又开始下雨。至12日山洪暴发，这次防汛特别紧张，强坝在16日破缺，下林都计出险处有56处（包括圩门出险4处）。这次雨量很大，计下雨500多公厘。由于政府大量支持口粮和器材，全面发动，大力抢救，保障了圩堤安全。唯内涝严重，计涝田13000亩，损失产量平均每亩300斤，约计损失产量39000担。

是年水利工程，新建三角嘴大堤一条，长700公尺，完成原土方110000公方，并在该埂上新建乙级涵闸一座。另外又新建圩门一个，整修圩门一个，新建大堤和整修圩堤计完成原土方43万多公方。

1952年，入夏雨期不长，汛期中未有正式上堤防汛，下林都圩由于水源足，也未发生若何旱象，结果全面丰收。

是年水利工程，新建圩门三个，整修圩门四个，圩堤冬春整修土方计完成28万公方。

1953年6月间雨量集中，计降雨量约300公厘，全圩计受涝田将近

1万亩。由于小型排救,尚未受到多大的损失,接着到秋初天又不雨,单晚田通过大力灌溉,基本获得丰收。

是年水利工程,整修斗门一个,圩堤整修工程计完成原土方24万多公方。

1954年雨期特早,在5月18日即开始下雨,于20日即上堤防汛,至26日转晴,以后在6月上旬又开始下雨,一直到7月底雨量大集中,在这两个月中间雨天多,晴天少,即或晴也不过一天的时间,从5月18日起至7月底,计降雨量1150公厘。该年潮水特大,7月底的潮水位已达13.89公尺。繁昌保大圩江堤于7月12日溃破,下林都的邻圩如芜湖县善瑞、埭南,繁昌县的大有、门楼埠等圩,都早已溃破。下林都在上级党委正确领导和人们全力以赴抢救下一直撑至7月31日下午在人力不可抗拒的形势下终于在东胜庵、包坝湾两处溃破两条缺口,计长度440公尺。该年由于潮水大,下林都在下一段的堤埂特别险要,如三埠管至包坝湾一带堤埂长度将近1万公尺,潮水已漫上堤顶,一般的漫到0.11公尺,严重的漫至0.4公尺。在防汛中已将这一带堤埂加好子埝,如三埠管一带堤埂,因圩内积水无处取土,还用船只在繁昌小淮山运土加子埝。在溃破后,计冲毁房屋15000多间。幸政府早作了准备,组织船只抢救灾民。在两天内即将全圩农民群众安全运到了山区开荒工地,未遭损伤。在防汛中计使用了木料5300多枝,毛竹25万多斤,煤油2800多斤,铅丝3000斤,竹缅1200丈,摊垫2000多床,口粮(大米)2万多斤,其他器材不计其数。

是年堵口复堤工程,政府投资以工代赈,计拨下人民币15万多元,按每一原土方发人民币0.45元计算,冬春堵口复堤工程计完成原土方34万多公方。同时响应了上级"百年大计质量第一"的号召,特别添置了大石碾50个,土方工程都是层土层碾,基本符合上级要求。

1955年雨量缓和,仅在6月底发了一次洪水,还打下20多根木桩。是年没有潮水,山洪边发边退,未出大险。

是年冬春兴修工程,计完成原土方20万公方。政府投资补助土方款,按每一公方补助人民币0.15元计补助人民币3万多元。

1956年雨量集中在5、6月间,光5月份即降雨300多公厘,下林都受涝田亩计12000余亩，在党委领导下组织群众大力排救，部分低田约1万亩虽遭损失，然尚未发现破坝的情况。

是年冬春兴修工程，整堤计完成原土方8万公方，治涝计完成原土方166550公方。

1957年入夏雨量不大，到7月上旬下一次大雨，于7月3日即上堤防汛，强坝4日溃破，到9日防汛即告结束。这次洪水很大，下林都堤埂，最低处冯家湾水位平圩堤，最高处林潭俞祠水位距堤顶0.6公尺。

是年冬春兴修工程是黄木、奎湖、黄塘三个乡分段兴修的，奎湖乡整堤完成土方85929公方，治涝完成土方288300公方。黄塘乡整堤完成土方81000公方，治涝完成土方250000公方。

秦晓斌整理

许镇各圩口历次溃堤（破圩）水灾实录

高 飞

林都圩溃堤实录

溃堤堤段	溃堤时间	相隔年数	受灾范围占比
仙坊竹丝塔	1910 年 6 月 18 日	—	95%
大坝角	1911 年 6 月 12 日	1	60%
仙坊张公渡	1914 年 6 月 2 日	2	15%
北埂	1918 年 5 月 28 日	3	55%
1.黄公渡 2.娘娘鞋	1927 年 6 月 11 日	8	95%
1.圩旁蔡 2.螺丝墩	1931 年 6 月 12 日	3	90%
陈家坝	1942 年 5 月 7 日	10	60%
桃木埭	1949 年 6 月 6 日	6	95%
1.茅草庵 2.包坝湾	1954 年 7 月 31 日	4	下林都100%， 上林都内涝90%

注：林都上坝1951年、1957年、1970年溃破。1954年上林都未破圩。1983年上林都仙女坝溃破，因及时抢救低矮的隔埂而保全了整个林都圩。

太丰圩、东塘圩破圩实录（新中国成立后）

圩	太丰圩		东塘圩	
破圩处	马元九甲坝里	马元谷村	龙潭渡东八亩坝（官坝）	民合八尺口、民一许村同时溃破
破圩时间	1954年7月31日	1989年7月9日	1956年6月17日	1996年7月3日

    注：已建成的青安江在太丰圩入口处，即九甲坝里1954年溃堤决口处，这真是历史的巧合。

    东塘圩1954年未破圩（因其地势高），但内涝达90%多；1956年退水破圩，破圩后追究责任，逮捕一人。

林都圩堤管体制的历史沿革及突出的水利纠纷

高 飞

新中国成立前后，林都圩圩务管理可归纳为三种体制和两次相应的沿革。具体来讲，开始是从民国初年的圩首负责制，改变为堤工委员会负责制；新中国成立后，又改变为堤管、行政双轨负责制；林都圩水管会成立前及20世纪末拆分后实行的都是政府负责制（一轨制）。

林都圩原来分为上、中、下林都圩，1949年中林都、下林都合并，因而形成上林都圩、下林都圩。以中间（黄墓渡—许村埠）隔埂为界，圩务各自负责，管理机构分别称上、下林都圩圩堤管理委员会。1992年3月撤区并乡时，成立了统一的林都圩水利管理委员会（简称"水管会"），它是一个和镇级平行的正科级单位，负责圩堤、排涝站的管理。水管会于1998年10月解体，人员、任务分解到黄墓镇、奎湖镇，其相关职能由各镇政府下属的水利站负责。

自民国初年至民国十八年（1929年），下林都圩大体规划了六个防段，东西埂各推大圩首一人，下设小圩首三人，负责管理所在防段。圩费各段自筹，修圩各村上工。当时没有专设的圩务机构，没有统筹的防汛器材，没有统一的民工组织，各项圩务较散漫，带有很大的自发性。

民国二十二年（1933年），郭城俞廷凯、奎湖张镜如两位士绅为首筹划，成立下林都堤工委员会（简称"堤工会"），设专职委员长一人、副委员长一人，以下有委员若干人（委员均不脱产），另雇佣圩丁四人，从事各项圩务。首任委员长是张镜如先生，其人公正干练。全圩共划分为郭城、东胜、桃木、殷嘴、阮渡、清溪等六个防区，每个防区均分派委员一名负责防务。圩费由堤工会统一征收，防汛器材按需要由各防区自行购置，之后向堤工会报账核销。兴修和防汛由各防区负责发动民工，原则上是各修各区，各防各区。对于重大圩务，经堤工会开会议决。这种体制，克服了前期圩首负责制松散、无序等弊端，使圩管机制逐步趋向正轨。

民国三十七年（1948年），奎湖乡伪乡长强某认为堤工会有油水可捞，硬要越俎代庖，插手兼管。不到半年时间，其竟独吞圩费稻谷一百多担。1950年，强某被县政府依法处决，以平民愤。

新中国成立后，取消堤工委员会负责制，实行堤管、行政双轨负责制，由行政任命堤管会主任。堤工会本身侧重于业务工作，如负责规划设计，技术测量，保管、发放器材，管理经费，验收土方，提供统计资料等。凡防汛修圩、征收圩费、各项水利建设投工等，都由村、乡基层行政单位去宣传动员、组织发动。在圩防投工投劳或抢险工作中，基层行政干部都能"身先士卒，挥戈上阵"。

自清代以来，下林都圩和上林都圩以中间横埂为界，防务各自为政。其间，曾连续发生过告官结讼的水利纠纷。据结案的勒石记载，在清代的纠纷就有三次：顺治十三年（1656年）一次，有《林都圩横埂碑记》实录，知县杨必达撰文；雍正九年（1731年）一次，有《下林都圩横埂碑记》实录，知县龚朝伟撰文；雍正十三年（1735年）一次，有《下林都圩中埂碑记》实录。每次大的水利纠纷中，都会发生人员伤亡和重大经济损失，如"以上圩武生冯依等为首，掘中埂数十丈放水，以下都为壑，下都居民王巨等屡控不休"。结案都以两利调解为主旨，规定横埂潘塘冲斗门由上圩邵振负责开放，洋河黄公渡斗门由下圩朱正负责开放，使"责有攸归""启闭有时"，并规定上圩一遇有水发，只许开斗门流泛，不准侵掘中埂，伤害下圩田禾。据《仙坊乡志》记载，1954年大水，为潘塘冲斗门放水问题，下林都洋河两岸二十四坝，邓、刘、王、张、强等十姓三十余村庄，聚集千人，带着鱼叉、镖枪、挖锹等到潘塘冲闹事。县、乡两级干部也制止不了。他们将村主任王某（潘塘冲人）捆到斗门头上示众……一部分人将斗门锤碎堵死，另一部分人到潘塘冲附近几村打毁二十多户的农具、家具……事后，区政府派人作了调查，逮捕了三人，才告结束。

下林都圩内坦田（即高田）约占百分之六十，坝田（即低洼田）约占百分之四十。当地习称龙角塘、西冲湖、自家湖、浦西湖、黄塘等沿岸地带为圩内"五大坦片"。当时，关于兴修的工费如何摊派，导致坦田与坝田的利益矛盾难以调解，以致多次发生"窝里斗"。清末民初，仅由坝田出工出费，坦田免工免费。后来，经过坝田圩首的多次诉讼斗争，县政府明文规定"坦田可负担半工半费"，但坝田圩首仍然不服。民国二十四年（1935年），坝田代表俞廷凯（原告）、坦田代表朱可荣（被告），因圩田负担争执再次形成诉讼。官司一直打到省府（驻安庆），省府最终裁定："圩田不分高下，一律全工全费负担。"据说原告诉状是俞廷凯先生请土讼师方振东代写的，其中有几句讼词确实是惊人之言："坝田无山，一圩难分两利；坦田无海，千顷何处分流？理应并灶合炊、饥饱与共、同舟共济、福祸齐当。"该精辟辩词在当时广为传诵。

根据下林都堤工会资料记载，本圩在1910年至1954年间共破圩九次，平均约每五年一次，可谓灾难频仍（详见本书138页《南陵县奎湖人民公社历史水旱灾情资料汇集》）。前三次是上圩先破，下圩后破；后六次是下圩先破。1949年6月奎湖桃木埭溃破，下林都顿成泽国。当时下圩群众胸怀宿怨，不约而同地要向上圩"反攻倒算"，一时纠集一千多人，计划掘开潘塘冲横埂向上圩放水；上圩农民亦集众防御，双方如临大敌。县长王发接到下面告急电话，立即赶到纠纷现场，制止了双方械斗。上圩农民凭借横埂，未受水灾。

新中国成立后，对堤管的工费负担，彻底革除历史积弊，本圩分上、下林都圩，始终坚持统筹兼顾、全面负担的正确原则，加之实行堤管、行政双轨负责制，因而全圩人民思想统一、负担统一，人心齐、干劲大。"岁修"效果逐年提高。尤其是从1987年起，在县委惠国胜书记的组织、指挥、策划下，下林都三个乡镇（黄墓、黄塘、奎湖）掀起了会战高潮，直至1991年。1992—2002年，合并后的黄墓镇（含仙坊）、奎湖镇（含黄塘）分两处会战，成效显著。2003年区划调整后的许镇镇（林都圩、东塘圩和太丰圩合并），常年安排机械化作业，通过除险加固、填塘固基、堤身达标等不懈努力，使大堤质量有了可靠保障。随着本圩68.7公里（上林都38.4公里，下林都30.3公里）外堤的加固，上、下林都圩的隔埂（黄墓渡至许村埠长十几华里）自2000年起，也因建设取土的需要，大部分被挖复耕。本圩自1954年特大洪水破圩至今，中间经历了1983年、1998年、1999年、2010年等年份的高水位考验而无恙。

2012年2月，国家发改委批复了安徽省发改委"关于青弋江分洪道工程初步设计方案"。这是"三江"流域（水阳江、青弋江、漳河）防洪治理总布局中的重要骨干工程。该工程于2013年3月12日正式开工，2016年汛前基本完工、通水，被命名为"青安江"。自此，许镇镇境内的金阁河、许镇河即变成不再行洪的内河，许镇联圩由此形成，即林都圩、东塘圩、太丰圩联合为一个大圩口。全镇防洪堤长由133.3公里降为75.28公里。这不仅大大节省了防汛抗洪的投资，而且防洪标准由10年一遇提高到20～40年一遇。

　　由于各级政府对水利工程投入巨大，防汛抗洪及排涝等基础设施得到极大的提升和完善。原来的冬修及夏季防汛费用从由农民承担逐步转化为以政府投入为主，这就大大减轻了农民负担，使他们有了时间和精力专门从事经济发展。但后来的人不应该忘记几千年来我们圩区人民与水博弈的艰辛历史，仍然要用拼搏的精神，建设好我们繁荣昌盛的祖国。

根据章光斗先生存稿整理

林都圩堤管体制的历史沿革及突出的水利纠纷

第四篇　富美奎湖

奎湖赋

清·强　立

　　春谷城北数十里，有一湖焉，其名为奎。

　　乘舟览景，放棹清溪；九曲缭绕，万转纷迷；垂杨一带，芳草围堤；水明金镜，波澈琉璃；浅深云映，上下天齐；风牵藻动，岸拂花低。鱼游鳞于桥北，鸥戏翼于莲西；雨霁风微，十里之芰荷馥馥；湖平秋老，三篙则菰叶萋萋。点染风光，隐逸休夸太白；绘图烟景，游优不让范蠡。

　　于是，客造奎湖主人而陈曰：非怪名流并集，怎奈美景堪稽。主人莞尔而笑曰：何其所览者小，所见之迂？六墕苍茫，也算山川之胜地；七墩罗列，宛同星斗之联珠。市镇则夜语寒生，寺院之钟声迢递。乡里则晨传菱唱，渔家之烟火模糊。况前则有崒崒巍峨，浮山拥翠，崇岗峻岭，洞口栖乌。于后则有屋宇辉煌，上下之楼台远映，楠楣华丽，东西之门巷回纡。此处如琅嬛福地，笠泽名区。何不招渔父，约钓徒，兴歌蓑笠，寓意莼鲈。若遇细雨斜风之候，愿作浮家泛宅^①之夫。由是北望具区，不过三山之玉；倘使南巡江夏，差堪五丈之湖。

　　客闻之遂答而歌曰：高山流水无心遇，悦性怡情得真趣；滔滔不息如斯夫，江上飞云来北固；迷离四面如烟雾，只见汀前一白鹭；回环振翅下羡鱼，此幅画图凭谁注；夕阳返照水边树，系得扁舟游子住；和烹饮酒最安舒，绘出奎湖挥毫赋。

摘自《强氏宗谱》，程志生标点、分段

---

　　① 《强氏宗谱》之《奎湖赋》中作"浮家放宅"，疑为"浮家泛宅"的笔误，为一成语。泛：浮行；宅：住所。浮家泛宅：漂浮在水面上的家宅，形容以船为家或长期漂泊不定的生活。根据文意，此处采用"浮家泛宅"。

附件：《奎湖赋》——《强氏宗谱》摄影件

奎湖赋

立齋氏

春穀城北數十里有一湖得其名為奎乘舟暨景放棹沿溪

九曲縈繞萬頃粉迷乘楊一帶芳草圍隄水明金鏡波澂瑤

璃後深雲映上下天青風牽漾動岸拂花低魚遊鱗於柳北

鷗戲鳧於蘆西兩鄉風屬微十里之菱荷馥馥湖平秋老三篙

則振葉羨荄照染染鳳光隱逸休謂煙景游優不謝

范蠡於是容造奎湖主人面陳曰非怪名流並集惹奈美景

甚稽主人嗤衛而笑曰何其所鹽者小所見之迂六騎着茫

也算由川之勝地七巖嶺列宛阿昆斗之鄉珠市鎮則夜諳

寒生寺院之鐘聲迢遞鄉里則晨傳菱唱漁家之煙火樸樹

況前則有茅華巍教浮山擁翠崇岡裘巆洞口棲烏於後則

有塁字輝煌上下之樓臺遠映栖栩華麗東西之門巷鳥回紆

此處如耶煥扁地笠澤各區何不招漁父釣徒興歌籬笠

寓意尊羶若遲細雨斜風之候願作浮家放宅之夫由是北

望具區不過三山之玉笥使南弼江夏差堪五丈之湖客間

之遂督而歌日高山流水無心遇悅性怡情得真趣滔滔不

息如斯夫江上飛雲棄北岡迷離四面如煙霧誰註夕陽返照見汀前一

白鷺趁瓊振翅下爽負此幅畫圖悲誰註夕陽返照見水邊樹

繫得扁舟遊子住相烹飲酒最安舒繪出奎湖揮毫賦

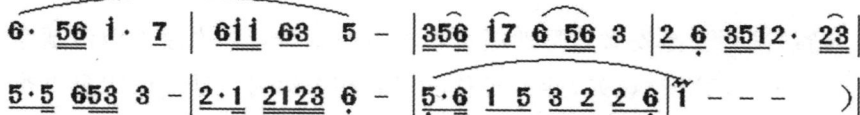

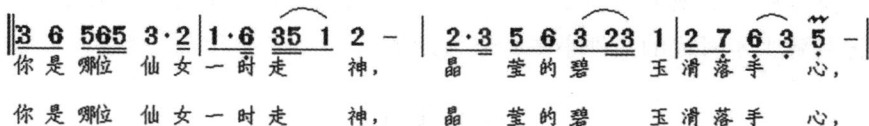

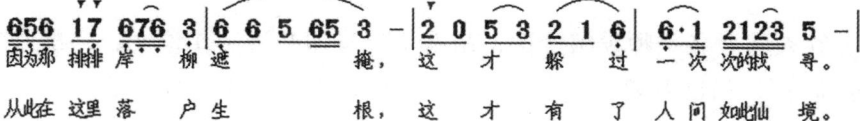

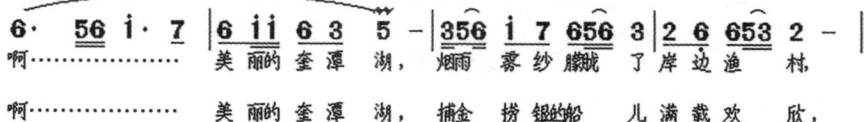

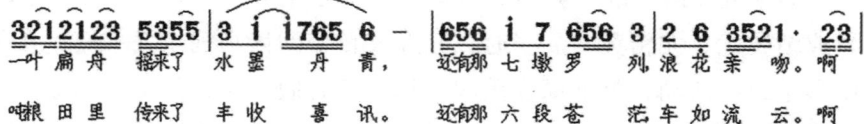

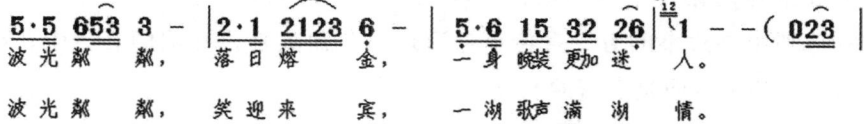

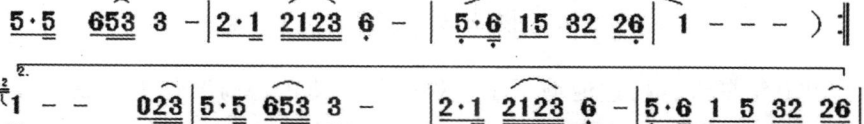

美丽的奎潭湖

作词：盛茂安　作曲：郭光辉　黎　晴

俞昌准烈士逸事琐记

戴雪峰

俞昌准烈士是安徽省早期颇具影响力的革命者，南陵许镇池湖谢家坝人，民国十六年（1927年）迁往三里店相吾馆村定居。其出身书香门第，父业儒医，兄弟三人，昌准行三。其革命生涯已有专文介绍，本文补记其青少年时代的几件小事，以飨读者。

少有其名

族人聘著名塾师设馆授读，昌准十余岁即开讲。作论文，一次题为"尊师说"，昌准开篇第一句即写："尊师之说，师先自尊，然后人必尊之……"略略数语，塾师阅后竟暗自汗颜，是年末，自动向馆东请辞。

初识革命

昌准十五岁时，随二兄昌时就读于安庆学堂（高中），国文、英文、数学成绩皆优，尤精英文。当时二兄在校秘密阅读马列主义书籍，参加革命学生组织活动，昌准深受熏陶。每逢寒暑假回家，昌准都与家中长工、放牛娃们相处十分亲切，冬季在一起生火取暖，夏天在一起纳凉。他每每利用讲故事的方式宣传革命道理。久而久之，在他们心目中，昌准已非三公子，而是亲密的朋友了。

授人以"鱼"

1920年夏天，村边池塘干了，村民争相逮鱼。俞家长工、放牛娃也下塘捉鱼。昌准从家中拿一竹篮，也加入其中。傍晚，长工和放牛娃将鱼送至主人家里，而此时的昌准却将自己捉的鱼送给住在邻村的放牛娃家中。有人将此事向昌准父亲告密，昌准理直气壮地说："小放牛娃为我家捕鱼出力，我为什么不能捕些鱼给他呢？有鱼大家一起尝鲜嘛！"乡人闻之，尽表赞赏！

恻隐之心

旧社会，人民生活困苦，偷盗、叉鸡①、收晒等时有发生。有一次，昌准从塾馆回家，走至后门口，一个衣衫褴褛的人突然向他下跪，双手将一包衣物呈上，颤声道："请少爷饶恕，我下次再也不收晒了。"此时，如果昌准大声斥责，惊动众人，这个小偷必然会被打得皮开肉绽。昌准捺住性子，正色但低声对小偷说："你生活困苦，我很同情，但应该用自己的劳动去挣得财产，绝不能靠偷窃扒拿，捞取不义之财！我不喊人，你快走吧！"那人叩头离去，以后这一带再未见过此人。

动员抗灾

民国十几年的时候，当地遭大旱，圩区塘干坝涸，高田龟裂，禾苗枯黄。农民焦急万分，他们沿用迷信惯例搭台唱戏请神，祈求天降甘霖。昌准征得族长、台长同意，在戏前登台演讲。他说："诸位父老兄弟，久旱不雨，禾苗干枯，收成定减。谁不急啊！但是我们不能等天降雨，大家应该努力抗灾，动手打井、筑坝，从大河盘水，千方百计找水源，每户多灌一亩田，就能多收几百斤稻谷。大家看完戏就动手干！"台下群众认为昌准讲得对，一致拥护，看完戏就投入抗旱盘水之中，使当年旱情大大减轻。

从事工运

昌准在安庆学堂毕业后，又随二兄昌时到上海就读。他经常在图书馆钻研马列主义经典著作，还加入上海革命学生组织。由于他学习成绩好，工作能力强，为恽代英同志所器重，他让昌准去担任工运工作。昌准年纪轻，似孩子般，工人不易识别，于是，他在脖颈子上系条红巾，工人一看就能识别。

---

① 叉鸡，地方俗称，意即光天化日下偷鸡。

俞昌准烈士逸事琐记

周济穷人

每逢寒暑假期满，昌准从家里去上海时，他就衣着讲究，以适应上海交际场合的需要。一回到家里，他的衣着就十分随便。他大嫂弄不明白，问他为什么像换了个人似的。昌准说："我这样做，自有我的道理。大嫂，现在世界上穷苦人多着呢，以我家的财产来周济穷人，连本村的穷人都周济不了。"大嫂似懂非懂地点点头。昌准在家，好学吆喝："磨剪子，锵菜刀……打箍哟！"引来走乡串户民间手工艺者进村来。看到衣衫不整、脸色憔悴者，他就央求大嫂将之唤进家，住上两三天，临走时送若干银圆，名曰"工钱"！

坚守地下

1927年，蒋介石叛变革命，在上海大肆屠杀共产党人，党组织由城市转入农村。昌准被派回芜湖地区，他回来后，先在白沙圩等农村建立党支部。他先后担任过中共安徽芜湖特支书记、共青团芜湖特委宣传部部长兼秘书长、长江局军委委员。此后，党组织又决定选派他赴苏学习。昌准认为，白色恐怖严重，新同志对情况不熟悉，不如自己留下，对革命工作有利。他向中央力陈上述理由，经党中央同意，改派王稼祥同志赴苏学习。

英勇就义

1928年11月某天晚上，昌准偕女友在安庆大戏院看戏，被叛徒刘怡亭（南陵县人）发觉告密，被捕下狱。昌准的父亲千方百计设法疏通，安庆警察局表示，开庭时，只要他否认自己是共产党员，即可获释。法庭上，法官有意给他递话说："谅你这小小年纪，还敢当共产党吗？"岂料昌准毫不畏惧，厉声回答："共产党人从来不隐瞒自己的观点，我就是中国共产党党员！"不久，蒋介石巡视到安庆，审查名单后，手谕"格杀勿论"。12月16日，俞昌准同志在安庆小东门外英勇就义，时年20岁。

注：俞昌准烈士系中央电视台《永远的丰碑》专栏宣传人物，是南陵县第一位革命烈士。他光辉的一生可参阅《青春洒热血，更映党旗红》专辑。

王永治供稿，资料来源于《南陵县文史资料》第七辑（1988年），文中小标题系编者添加。

奎湖史略

高 飞

奎湖位于南陵县境北部、下林都圩西北部，是芜湖市江南地区最大的湖泊，面积有 7000 多亩，丰水期号称万亩。林都圩始兴于明万历元年（1573年），成于林鸣盛任南陵县令时期。自那以后，奎湖即成为封闭的湖。该地区地面高程 6~8 米，漳河沿西，上潮河蜿蜒北沿。境内湖汉密布，水面占总面积近 20%。以三连星的奎湖、池家湖及浦西湖为代表的众多湖塘地下，深埋着大量的可燃泥炭及炭化的粗树干。可以想见，若干万年前，这里曾经是一片原始森林，可能是一次剧烈的地质活动造成的地陷形成了沧海桑田的巨变。明代初期的古地图显示，那时，奎湖是"北碛湖"南部的一部分，朝北浩浩荡荡直达长江。同时期的"南碛（漪）湖"在郎溪县一带。

历史上，行政区划多以名山大川命名，原奎湖乡亦不例外。清属新美乡，宣统二年（1910年）后属下北乡。民国二十八年（1939年）置奎湖乡，属黄墓区。新中国成立初期，乡名沿旧，建奎镇、浮流、文阁、公商、东村、建福行政村，属黄墓区。1950年2月废乡，改建奎湖、文阁、浮流、工山、东胜、建福行政村，属第九区。1952年7月，建奎湖、东山、建福、桃木四乡（小乡）。1956年1月4日，四乡合并为奎湖乡（大乡），均属黄墓区。1957年2月，属许镇区。1958年9月，撤销区、乡建制，全县设10个人民公社，现许镇镇境内设许镇人民公社和奎湖人民公社。许镇人民公社含原太丰乡、东塘乡和仙坊乡（上林都圩）；奎湖人民公社含原黄墓乡、黄塘乡及奎湖乡（下林都圩）。1961年9月，社境缩小，仍名奎湖人民公社，属黄墓区。1984年3月，改公社为乡，仍以奎湖命名。

1992年3月，撤区并乡，原奎湖乡、黄塘乡合并，仍名奎湖乡。1996年，奎湖乡更名为奎湖镇。2003年10月，因区划调整，奎湖镇、黄墓镇、东塘乡、太丰乡4个乡镇合并为现今的许镇镇，"奎湖"作为乡镇级行政区划名称随之消失，但仍保存有奎湖街道、奎湖村这两个村（居）级名称。

奎湖地区为"江南四大米市"之首的"芜湖米市"的粮仓，水稻种植历史悠久，农作物以双季稻为主，小麦、大豆、油菜等次之；渔业闻名省内外，盛产鱼、虾、蟹等，境内原有国有奎潭湖渔场；菱、藕、茭白、芡实等水生生物丰富。土特产有奎湖糯。奎湖泥煤储量大。北沿三埠管（又称"三不管"）自古为水陆交通要隘，清同治年间设厘局，至民国二十年（1931年）废除。

奎湖沿岸古文化遗址及不可移动文物丰富。

浮城寺遗址，位于池湖村，商周时期遗存，面积1万平方米，文化层厚3~5米，高出地面4~5米，保存完好。采集标本有夹砂陶鼎足、鬲足、印纹陶片等。

建福春秋遗址，位于建福村陶村，新石器时期遗存，由东、西两个土墩组成。采集标本有印纹软陶、夹砂陶、泥质黑陶残片及石斧、石锛等。

此外，还有戴村城墩商周古城址、北宋大文学家石曼卿墓（东胜村阮家墩）、秦村楼宋墓、明末文学家盛此公墓等。

作为近代文物的俞昌准烈士故居（池湖谢家坝俞村）保存完好。其为3间平房，面积60平方米，木构屋架，砖砌斗子墙，现为俞昌准烈士同姓本家居住。

历史车轮滚滚向前。目前，奎湖已建成省级湿地公园。奎湖龙舟会自古至今是一项优秀的传统文化活动，尤其是2019年（首届）、2023年（第二届）成功举办的"龙腾奎湖 凤舞水乡"端午民俗文化节活动，吸引了几万人前来观看，提升了人民的幸福指数，多家国家级新闻单位前来现场直播，打造成南陵县乃至芜湖市的一张名片。人杰地灵的奎湖必将以全新的面貌展现给世人。

根据《南陵县志》《许镇史话》等整理

波光潋滟说奎湖

蒋闽平

奎湖，又名奎潭湖，坐落在南陵县许镇镇林都圩，西边是南陵县的母亲河漳河，东边是青弋江支流上潮河。两河交汇于此，浩浩荡荡，一路向北，经澛港通江达海。此处是南陵县最北端，由于地势低洼，被人们形象地称呼为"笼子底"。古代奎湖湖面广阔，既是商贾的黄金水道，泾县、旌德、太平到芜湖、南京、上海的必经之地，又是庞大的天然港湾（漳陵港）。湖的北面紧邻芜湖市弋江区，距市中心约17公里，是芜湖市江南地区第一大自然湖泊，现为省级湿地公园。

一、历史的变迁

据考证，早在4000多年前，奎湖周边就有先民居住、生产、生活。莼墩曾出土数量众多的新石器时代的鬲足和陶片。1800多年前的三国时期，吴国的周瑜、黄盖在南陵任春谷长时，就在此屯驻水军，建造战舰，操练水师，为赤壁之战作军事准备，进而取得大捷。

明代宣德年间，奎湖已经形成原始沼泽湖泊。而真正成为一个集灌溉、排涝于一体，与人民生产、生活休戚与共的大湖，则得益于南陵历史上的两位县令：林鸣盛、沈尧中，他俩厥功至伟。奎湖地势低洼，土地肥沃，盛产稻谷，但苦于水患，民众不得安生。明代万历年间，县令林鸣盛集广大圩民的智慧和力量，发起水利建设，历时6年，因成效卓著而晋升。他的继任者沈尧中继续他的事业，又连续干了6年，终于建成林都圩及其境内奎湖七墩六塅别具风格的巨大水利工程，从而使广大民众有了旱涝保收的大粮仓。后人为了纪念他们，"奉林都抚明文"曰"林都圩"。自那以后，奎湖即成了内湖。1987—1991年，在南陵县委书记惠国胜和区长许嘉旺同志的重视及指挥下，当地组织发动了历时5年的万人水利兴修大会战，筑牢了大堤。后来，经历年的修筑，林都圩终成牢不可破的"铁圩"。

二、美丽神奇的传说

所谓传说，是指民间长期流传下来的对过去事迹的记述和评价。关于奎湖的传说有三十多则，它们无不透露出圩区人民聪颖机敏、灵动睿智的水文化特质，详见本书"典故传说"部分。

三、七墩六埧及八景说

民国版《南陵县志》载："奎潭，今名奎湖，……共九十九汊，三关三锁，中有七墩，状若奎星，故名。"

奎湖自古就有自然形成的状若小岛的七个大小土墩，"七墩罗列，宛同星斗之联珠"。这七墩是：荷花墩（情雁墩）、莲姑墩（莼墩）、起火墩、梧渚墩、芰荷墩、鹤顶墩及龟嘴墩。这些墩，几乎个个有传说。经千百年风浪侵蚀，有的墩已沉入水底。

经历代民众与水奋力博弈，辛勤修筑，整个湖系形成六大水利工程，即六埧（三关三锁）：圣旨塘埧、隶塘埧、城埧埧（三关，蓄水作用）；过水埧、后埧、一字埧（三锁）。三关既能蓄水，又能防止低田被淹没；三锁有斗门通向外河，以利吞吐湖水，抗旱泄洪。

明代进士张真留下《奎湖十景》诗，清代秦标总结概括为八景：奎湖泛月、浮山醉春、芦林藏娇、菱香勾魂、荷园听雨、莼墩鸣涛、虚亭清泛、野渡横舟。

奎湖水面广阔，水汊众多，沿湖村庄密布，良田万顷，一年四季景色绚丽，风光旖旎。春天，岸边柳绿，草青花红；夏日，莲荷田田，花香诱人；秋天，汀沙落鸯，稻花披锦；冬日，野禽成群，渔楫唱晚。斯地物华天宝，人杰地灵，民风淳朴，文脉昌盛。

奎湖水质好，特色鳙鱼，头胖肉鲜，"奎湖漂鱼"成了芜湖人餐桌上的名菜；而鳜鱼，经挑夫肩担步行，走到黄山鱼已发臭，造就了一道特色名菜"黄山臭鳜鱼"。奎湖糯（九月红），又名"魁米"，粒大，色白，质软，黏性大，曾出口到东南亚国家缅甸等。洋河藕，九孔十三节，清乾隆年间被列为贡品，御赐名"玉精"。

四、人文荟萃，才俊辈出

明清时期，奎湖沿岸建有三座古建筑，都与教育有关，使人看到无不顿生崇敬之心，这就是文昌阁（主文运，在孟庄秦）、敬字塔（敬重文字，在牌楼张）和泛虚亭（敬文化，在六甲王，张真命名）。明嘉靖进士张真，五岁失父，其母携儿乞讨。母聪慧贤良，在乞讨中凡见有字纸片，如拾珍宝，带回家中，让儿求教识字。识过后，祷告孔夫子，再焚纸入湖。时隔两年，小张真识字几千。族绅见状，大喜过望，将其接入家中供读。后来，张真22岁考中进士，入朝做官。张真为了纪念母亲，敬重文字，建此五角三层敬字塔。从这可以看出乡人对教育的高度重视。

湖边，秦、张、王、梁、强等都是大姓氏族，都各自办有宗族私塾，有的大户人家还请来住家先生专门教授后辈，耕读蔚然成风，才俊辈出。明清两代奎湖共出进士九人，史学界称之为"进士之乡"。九进士为何朗峰、许印峰、刘工峰、秦仁管、秦才管、张真、陈效、方伸、陶士霖。"十里三峰"（何朗峰、许印峰、刘工峰）、"一门双进士"（秦仁管、秦才管兄弟）的典故家喻户晓，名传千里。除了"南三峰"（"十里三峰"），还有"北三公"，即盛此公、梁一公、周亮工。其中，盛此公（十甲盛村人）最为出名，县志中有重点记载。其著作等身，书法、诗歌、散文无所不能，著有《毛诗名物考》（30卷）、《休庵杂抄》（10卷）、《历法》（2卷）、《舆地考》（10卷）、《诗传》、《西域行程记》等20多种著作。清礼部尚书吴芳培对其的评价是"平身笔冢比坟高""碑文六字当离骚"。"笔冢"意指其宏富作品，"六字"指清户部侍郎周亮工为其墓碑所题"盛此公埋骨处"六字。清末乡贤廪生强立所作的412字文章《奎湖赋》，专家论为"岳阳楼记之风骨，滕王阁序之文采"，"惜墨如金而光烛万丈，心细如发而气宇恢宏"，该赋极尽描绘了奎湖风光。

北宋大文学家、欧阳修的好友石曼卿，生前就钟情于奎湖的灵秀之水，死后墓葬于东胜阮家墩，原有庙宇供奉他的灵位，附近的几个村即以其墓于此而得名（如上石门、下石门）。

此地红色文化浓重深厚。1927年，俞昌准组织发动了安徽省第一次

波光潋滟说奎湖

农民武装暴动，后担任"南芜边区苏维埃政府主席"，20岁壮烈牺牲。中央电视台在《永远的丰碑》中对他作了专门介绍。抗战时期，奎湖街曾被日军占领，建有碉堡，但纵深几十里的湖汊令日军无可奈何。这里成了新四军陈作霖、金厚初、强日增、秦干卿等工作的重点地区，秦村楼、前叶村、后叶村、强村王、戴村等地都是他们活动的重要据点。

此地现代名人辈出。例如，中国作家协会会员四人为朱希和、许福芦、孙凤山、董金义（荆毅）；古有"一门双进士"，今有"一门双博士"（秦金根、秦跟基），另有物理博士秦晓英、通信工程博士何先灯、文学博士吴东海、车辆工程博士高新华等。这些高精尖人才都在各自的领域发光发热。据统计，奎湖籍副处级以上行政人员有20多人。985、211学校在校生及已毕业的学子不胜枚举。地方文化名人有章光斗、汪文楷、朱海川等。

五、全国体育之乡

20世纪70年代，奎湖的体育运动全国闻名，前来奎湖参观考察的各省市代表团络绎不绝。新华社、人民日报、中央新闻纪录电影制片厂、新体育杂志社、中国体育报、安徽日报等多家媒体前来采访报道。1975年，奎湖人民公社党委书记应邀去北京参加第三届全国运动会开幕式，奎湖被评为"全国群众体育先进单位"。这里曾举办的重大活动有：全国农村体育工作会（1972年，在奎湖之滨的芜湖市召开，与会人员前来奎湖现场观摩各项体育活动），芜湖地区女子篮球赛（1978年），安徽省农民乒乓球赛（1985年），芜湖市农民篮球赛（1991年），京皖名人垂钓赛（2001年），省十运会水上项目赛（2002年）等。县镇组织的龙舟赛等活动年年开展。

六、省级湿地公园开创奎湖新历史

湿地公园以湿地的自然复兴、恢复湿地的特征为指导思想，以形成开敞的自然空间，有效推进城乡统筹发展，改善投资环境，促进经济繁荣和社会稳定。奎湖悠久的历史文化与湿地生态环境相得益彰，营造出了人与自然和谐共生的优美环境。

奎湖湿地公园建设的基本方针是"全面保护、科学修复、合理利用、持续发展"。公园分为五大功能区：湿地保育区、恢复重建区、宣教展示区、服务管理区和合理利用区。目前已建成的湿地环湖路，是集道路、桥梁、沿途绿化亮化以及沿途配套工程建设于一体的市政环湖绿道，全长12千米，包含三条道路、六座桥梁和一座780米长的栈桥，有视频监控168个，电力配套8台变压器，沿途有排水系统工程等。基础工程竣工后，又进行了地形梳理、绿化补植、还湿等。新植乔木、绿植计8万平方米，完成湿地沿岸千亩生态景观的修复和水质的提升工作，运用隔离沟、步道、景观石等设施，引导人流远离核心生态区域，保护湿地环境，努力实现湿地生态系统的良性循环。

目前，奎湖湿地公园水质达到甚至超过了地表三类标准，成为各类水鸟的栖息天堂。湖里现有各种鸟禽227种，其中常住鸟禽26种，成为皖南地区雁鸭类的主要越冬地之一，国家一级保护动物小天鹅也连续数年赶来聚会。

2020年，奎湖湿地公园环湖路荣获"安徽省最美乡村公路"殊荣。

2022年4月27日，野生动物保护志愿者盛学锋当选生态环境部、中央文明办联合推选的年度全国百名"美丽中国，我是行动者"先进典型。

七、富美湖乡 人文许镇

以王存余为领头人的奎湖诗词爱好者，成立"奎湖诗苑"，以传承中华传统诗词为己任，写诗，吟诗，出版诗集，乐此不疲。由24块碑刻组成的碑林，印证了他们的文化自信。他们在唐诗宋词的汪洋里遨游，感悟人生，讴歌时代。他们按照民间"修桥铺路，民间集资"的传统方式，募捐资金，树立巨碑，上刻《奎湖赋》，矗立奎潭湖畔，给游客带来凝重的历史感和赋文内容与形式高度统一的韵律和谐感，成了一道靓丽的风景。

许镇自建镇以来，在文化建设上积极作为，甘作伯乐，耕耘栽培，成果丰硕。1992年拆区并乡，新黄墓镇（仙坊乡并入）成立，高飞同志坚定文化信念，不花政府一分钱，自筹资金，印制圩乡唯一一部乡志《仙坊乡志》。2003年，许镇镇成立，高飞同志任老年党总支书记、

波光潋滟说奎湖

许镇镇老年学校校长。他将老年学校校刊定名为《奎潭秋韵》，出刊 3 期，计 2800 册。其间，他牵头出版史志类专著及诗文专集 10 余部。其中，《许镇史话》（安徽人民出版社 2012 年版，高飞主编）、《一抹乡愁黄墓渡》（黄山书社 2018 年版，邓绪源主编）、《奎湖泛月》（安徽人民出版社 2020 年版，蒋闽平、梁明生主编）这三部书共计 130 多万字，是正式出版物。许镇镇党委、政府自觉把文化建设上升到文化自信的高度，在党代会上提出"富美湖乡 人文许镇"的奋斗口号。

一

人文许镇硕果丰，富美湖乡景色浓。

豪迈敞开新步伐，圩乡绽放万丛红。

二

如数家珍细诉陈，琳琅满目耀光明。

人文许镇人文厚，富美湖乡富美新。

许镇镇正沿着这一奋斗目标奋勇前进！

奎湖文脉传承赋

程志生

　　煌煌盛世，郁郁诗文。振中华而跃国步，兴诗赋而播芬芳。中国鼎盛，诗人兴会；神州感奋，臻心富强。上有庙堂之珍，笃定万年不变；下有民俗之厚，珍藏九域之光。齐放于百花之圃，争鸣于百家之墙。

　　江东胜境，文脉悠长。三国黄盖，与瑾演绎壮别；主宰春谷，英名就地留香。唐代李白，诗题南陵告别；太白酒坊，后人酬答昭彰。诗人曼卿，坟葬地名石墓；欧阳公修，留存纪念文章。盛老此公，书有盲羲之誉；休庵影语，洞察此公心房。秦公仁管，奎湖尽情赞颂；诗人张真，盛赞泛虚亭廊。

　　江东秀誉无双景，县北雄称第一湖。百年文赋，出自《强氏宗谱》；作者强立，光耀万亩奎湖。名师庄严，到会高席赞赏；高士光涛，关心文赋研磨。《大江晚报》，正衡参考发布；弘扬国粹，刊载释赋文多。诠释是赋，不乏弄潮高手；毋忘好友，西霖肩并希和。

　　秦君海全，目注《光明日报》；百城佳赋，键盘正载传播。董君必友，具备雄才大略；公园创建，亭台廊树环湖。蒋君闽平，专注文化领域；功高特显，三稀更上高坡。智者高飞，主编《许镇史话》；《奎潭秋韵》，广登众友诗歌。梁君明生，歌颂城乡巨变；用辞典雅，诗源不竭成河。亡者春生，诗书追随高手；已故红生，倾情大浦放歌。何君先金，堪称文坛老将；笔到文成，报载杰作真多。俞君新生，诗作端庄厚重；后生可畏，诗词用律严苛。

　　汪翁文楷，诗书百岁峥嵘；朱老海川，书法诗词冠绝。章老光斗，诗词绝妙堪珍；文史钩沉，直教同侪叹服。吕君能俊，小说两部长篇；陈君绍连，诗词独树一帜。汪君庚鑫，诗书俊秀超群；张君祯祥，诗作脱胎换骨。王君存余，组建诗词学会；韵海遨游，《迎春》一部报捷；石刻文赋，忙碌超人一等；辗转奔波，设计施工完毕。县书国胜，率先解囊助刻；众志成城，赋碑端立湖侧。邀请名流，胡公教授光临；妙语连珠，阒阒新词卓越。朱君庆生，诗词盆景双优；心灵手巧，奇石根雕显赫。王君永治，诗词意切情深。十翁唱晚，堪誉光风霁月。孙老国光，诗词稳称上品；不幸西归，灵魂寄于松柏。秦氏金根，师欧阳中石诸君；后起之秀，安徽书画专职。周君振华，主宰文史学会；文风严谨，慷慨馈赠随笔。魏君青平，考证著书勤奋；邑中名士，席上嘉言膺服。瓜田种瓜，只挑若干俊赏；纸短情长，容吾就此作结。

星空璀璨，天宇辉煌；诗词昌盛，声韵铿锵。兴绝起衰，乃吾辈之职责；承前启后，实诗友之担当。吾地虽小，堪称南陵一角；吾众虽微，时有俊彦横枪。

忆往昔，十里曾有三峰，一门两位进士；看今朝，著书已超十部，三人一级作家。共谋以国家之强盛，同求以精神之无瑕。齐瞩目于民生福祉，庆首创于幸福中华。

七律·奎湖八景①（一景一韵）

夕阳（鲁国元）

其一　奎湖泛月

谁将碧水铸琉璃，宇宙清辉乍泄时。
渡口移舟卿去远，湖心泛月我来迟。
波浮玉镜王维画，柳挂银钩李贺诗。
夜半鸳鸯情未了，芙蓉并蒂最相宜。

其二　莼墩鸣涛

风转三圈水势高，太妃亲手洗龙袍。
春云泼墨谁能蘸，碧浪流弦莫敢操。
万户悠悠闲听雨，七墩沸沸急鸣涛。
遥闻远有声相和，一鹤徘徊在九皋。

---

① 明嘉靖进士张真，字仲理，号奎湖，曾作《奎湖十景》诗(魏青平先生在《奎湖张氏宗谱》上发现，载入《奎湖泛月》)。后来，清代秦氏先人秦标撷取奎湖不同方位秀丽景色，精心锤炼，曾作《奎湖八景》诗，但此八景诗现仅存诗题，具体诗文已无处可查。当代作家何先金在《奎湖八景》文章中，详尽描述了八景。当代诗人鲁国元在阅读该文并游览奎湖后，诗情迸发，创作了奎湖八景诗，现予载入。

其三　荷园听雨

忽见云将午日吞，浮山带雨过秦村。
风牵玉藻萍犹乱，叶跳珍珠鹜更喧。
渔父疑吟强立赋，钓徒叹是盛公魂。
当年都督船头立，自谛荷音却不言。

其四　菱香勾魂

仲夏炎炎昼更长，村姑向晚下横塘。
留声燕子何其疾，照影鱼儿为甚忙。
白藕藏于泥底处，红芙立在水中央。
邻家饭后烰菱角，一起炊烟到处香。

其五　虚亭清泛

文章宰运孰能轻，故降璇玑接溷屏。
真有佳人参璧月，岂无士子览奎星。
风波自纵红蕖艳，雨水常教翠盖青。
最爱湖东清泛处，时来鱼影破虚亭。

其六　浮山醉春

宦客还乡犬吠频，湖堤阔别数年尘。
峰衔落日云归月，水映浮山鹭醉春。
苏轼犹知三境妙，郭熙尚欠一分真。
怜君此去难得意，好泛扁舟向九滨。

其七　芦林藏娇

湖波漾漾泛春潮，向晚寻亲踏木桥。
埂畔船闲青草覆，村头塔破绿藤飘。
早知仕路皆虚幻，不觉天心亦寂寥。
忽见芦丛移玉影，直疑龙子久藏娇。

其八　野渡横舟

张真到此作何求，莫是湖边赏晚秋。
一片云光归塞雁，千重水韵属沙鸥。
浮山画后当封笔，响水歌时莫放喉。
正值农忙闲客少，村南野渡自横舟。

公元二〇二一年七月五日（农历辛丑年五月二十六日）于江苏苏州

七律·奎湖八景（一景一韵）

· 171 ·

奎潭湖畔天之骄子秦晓英

高　飞

在老黄墓区（许镇镇前身），提到老革命秦干卿，年龄大一点的人几乎无人不知无人不晓。他是新四军地下游击队指导员，其出生入死闹革命、宋塘牛屋脱险的故事至今人们记忆犹新。新中国成立后，秦干卿是黄墓区首任区长。他有三个儿子，即秦红旗、秦群和秦晓英。三兄弟在革命家庭的熏陶与教育下，都茁壮成长，出类拔萃。这里说的是三兄弟中的老小秦晓英。

秦晓英，博士，1960年1月生，奎潭湖畔小屋基人，中国科学院合肥物质科学研究院二级研究员，中国科学技术大学博士生导师，2002年被中国科学院研究生院聘为教授。

秦晓英从小聪慧勤奋，一直是有名的学霸。1982年，毕业于安徽大学物理系固体物理专业并获理学学士学位，1987年在中国科学院固体物理研究所获理学硕士学位（固体物理专业），1997年在中国科学院固体物理研究所获理学博士学位（凝聚态物理专业)。1982—1984年，在中国科学院沈阳金属研究所从事TiS_2的合成及Li、碳酸丙二醇脂与TiS_2的夹层研究。1984—1987年，在中国科学院固体物理研究所从事金属玻璃FeBSiC脆性及延脆转变研究。1988—1991年，参与大尺寸定向金属双晶和三晶的研制及晶界脆性研究。1991—1992年，参与研制成功国内首台超高真空惰性气体凝聚及原位加压纳米材料制备装置。1992—1998年，从事纳米金属（Al、Ag、Cu、Pd）微结构、电输运、热膨胀、热扩散和电子结构的研究及金属间化合物NiAl的磁性能研究等。1996年，获安徽省政府特殊津贴；1998年2月—1999年7月，在韩国汉阳大学作为博士后从事纳米Fe-Ni合金结构与磁性研究。1999年7月—1999年9月，在德国不莱梅歌德学院进修德语。1999年9月—2000年10月，作为洪堡学者在德国Muenster大学从事纳米Fe-Ni的力学性能研究。2000年10月，入选中国科学院"百人计划"并一直在中国科学院固体物理研究所工作。2000—2003年，开展Mg_2Si金属间化合物的制备与力学性能研究、$NiFe/Al_2O_3$纳米复合材料的力学与磁性能研究。2004年以来，主要从事热电材料及热电物理的研究。

20世纪80年代初以来，秦晓英一直工作在科研第一线，曾参加研制成功大尺寸定向金属双晶和三晶，并作为主要完成者获中国科学院科技进步奖三等奖。90年代初，参与研制国内首台超高真空原位加压纳米材料制备装置，成功攻克了超高真空原位加压单元总体设计、真空高压模具导向与对中真空下样品的退模与收集，以及连续加料和连续制样等关键技术，为该装置的成功研制发挥了关键作用，从而作为主要完成者获中国科学院科技进步奖二等奖。在探索纳米材料的性能方面，首次在纳米Ni-Al合金及纯金属纳米固体Ag中发现负电阻温度系数的现象，并在理论上给出了合理的解释，获安徽省自然科学奖二等奖。此外，还在热电材料领域作了较多的工作。他在国际及国内重要期刊发表研究论文240余篇，其中在 *Advanced Materials*、*ACS Nano*、*Nano Energy* 以及 *Journal of Materials Chemistry A* 等国际著名期刊（主要作为通讯作者）发表SCI论文200余篇，获得国家专利25项，其中发明专利21项。

秦晓英从莘莘学子中的一员成长为拥有丰硕成果的科学家，一路走来，付出的辛勤劳动非常人可比，而且他还正在攀登的路上，行百里半九十。他靠的是什么？靠的是坚忍不拔和不断追求新目标的精神。我们能从中悟出什么？悟出学习不是一朝一夕的事，贵在坚持，学无止境，辛勤付出必有回报！

愿所有学子发奋努力，取得好成绩！

奎潭湖畔天之骄子秦晓英

奎湖黄枪会始末

方　卓

南陵县奎湖镇距县城六十里，离繁昌县（现为繁昌区）五华山二十余里。民国初期，五华山土匪匪首大头胡等聚集几十名土匪，经常在小淮窑至奎湖一带绑票、送票，并进村或至奎湖镇抢劫。民国十四年（1925年）冬，这帮土匪到奎湖镇不仅抢了几家商店的物资与金钱，还打死了几个团丁（保卫团团丁，是商会办的地方武装）。从那时起，镇上的人不管是白天还是黑夜，只要看见由繁昌到奎湖镇的路上人影众多，就说土匪来了，街上群众闻讯便四散奔逃。民国十七年（1928年）的一天傍晚，土匪又到奎湖镇抢劫。当土匪从朱家桥快到西街时，被镇上保卫团班长王某发觉，他从西街到东街，边跑边喊："土匪来了，大家快跑呀！"土匪们跟踪追击，王班长吓得一病不起，数日后丧命。

民国十九年（1930年）春季，从外地来了一个自称是黄枪会点传师的人，扬言黄枪会刀枪不入，可以维持地方治安。镇上人听说后，认为这是能自卫防匪盗的好方法，于是在镇联保主任张庭栋与士绅秦斗南、叶庭芳以及商会会长凤运星等人的支持下，全镇召集商店老板和富绅商议，决定举办黄枪会，并推选联保主任张庭栋兼任会长，一切费用由商会根据各商店营业状况摊派，财务由商会文书凤彩华负责，会坛设在镇东街凤信成煤油栈大屋里。商妥后，他们一面发动全镇青年参加，一面请点传师布置会坛。坛里设一佛堂，上供玉皇大帝、西天大佛、张天师、十八罗汉、齐天大圣等十二位；佛堂两旁对联是"心诚神住，刀枪不入；去祸驱灾，老幼平安"，中有一横额曰"佛光普照"。供桌上插一面黄旗，放一碗佛水，摆几碟果品，点一盏长明灯。入会人员互称道友，每天集中在佛堂内练功。每人身穿黄衣，头裹黄巾，两袖共钉十八粒白扣子，代表十八罗汉，裤脚用绑带系紧，各人手执一杆黄枪（用黄布裹的），肃立在供桌两旁。点传师烧香敬神后，用手指在佛水碗上画符，口念"昆

· 174 ·

仑山，传恩旨，师爷赐我金刚体，都练齐，见了钢铁壮筋力，能避枪炮与剑戟，枪炮子弹不入体，吾奉太上老君急急如律令"。咒语念完，他令道徒每人喝一口佛水，半小时后喊"一、二、三，请附体"。刹那间，道徒持枪练习武术，约一小时后又以肉体与尖刀相碰，或在刀口上轮流走一遍，这样就算练完功了。如某道徒失脚落地或身体受伤，点传师就说这个道徒心不诚，应受某神惩罚，并令他立在神位前祷祝、忏悔，再来一遍，如果还不行，又勒令他留宿佛堂，在神位前忏悔，点传师还装模作样地祈祷。道徒们思想麻木，谁也不敢违拗。

数月后，点传师即向坛主说，道徒功已练好，可以作战。坛主和士绅为了谨慎从事，决定先用道徒穿的黄衣做实弹射击试验。

这年农历七月初一上午，点传师带领众道徒高举一件道徒穿的黄衣，来到后街野猫山广场。当时，前往观看的人人山人海，大家都怀着好奇心，目不转睛地盯着架上的黄衣。片刻，点传师在黄衣前烧香请神，画符念咒，又喊一道徒手执羽扇向枪口扇动，约二十分钟后，命一保卫团团丁端枪瞄准黄衣，连放三枪。接着道徒取下黄衣，送给坛主和士绅查看，他们看过，脸上就现出愁容。几个青年莽撞地抢过黄衣一下抖开，看见三个大洞。真是"弹穿黄衣，个个孔明"。霎时间，笑声震野，谑语喧嚷，还有人大声喊叫着："快点把点传师找来，他把人命当儿戏，以他试射。"可是，点传师早已远走高飞了。这时众道徒如梦初醒，方知受骗，险些丧了性命。士绅们花了很多钱，被弄得哭笑不得。从此黄枪会一事，在奎湖成为人们茶余饭后闲谈的笑料。

奎湖漂鱼

何先金

　　奎湖漂鱼、籍山老鸭汤、弋江羊肉、城关特色牛肉，素有南陵四大特色菜之美誉，闻名遐迩。特别是奎湖漂鱼，以其肉质细腻、味道独特、汤汁鲜美且四季宜食而备受人们青睐，最负盛名。外地人到奎湖，莫不以一尝奎湖漂鱼而倍感惬意与自豪。

　　地处圩乡的许镇，境内沃野万顷，湖塘沟汊星罗棋布，尤其是面积广阔的清浦塘、浦西湖、池家湖与泱泱万亩的奎潭湖，湖水澄澈，水草丰茂，无污染，盛产鳙鱼、螃蟹、甲鱼、鲫鱼等。这些水产品属无公害绿色产品，故畅销大江南北。而用奎潭湖甜甜的湖水烧成的奎湖漂鱼，更是风味独具，食之有开胃健脑之功效，成为人们餐桌上一道色香味俱佳、百吃不厌的佳肴。

　　奎湖漂鱼好吃，其实它的烧法并不繁杂，一般烧法是：将一条3斤以上的鳙鱼（因它头大，俗称胖头鱼），刮掉鱼鳞，摘除鱼鳃，再剖肚拿掉内脏等物，将鱼血沥尽濯净；而后将鱼切成半寸厚的小块，鱼头一分为二，佐以适量生粉、精盐、酱油和少量水磨辣椒拌之。十多分钟后，等上述作料慢慢渗入鱼肉，再将其放入烧开的沸水中，旺火烧十五分钟后即可食用。具体烧的火候要根据漂鱼的多寡而定，鱼多，时间要烧长一点，但不能过长，否则鱼肉会烧老了。烧熟后，起锅前再放一点猪油、味精、芫荽菜和经猪油略炒过的细碎生姜、大蒜子。此时，烧熟的漂鱼没了腥味，香辣味浓郁，肉质细嫩。值得一提的是，烧漂鱼最好是用奎湖的水，这样鱼味才地道、正宗。此所谓"湖水烧湖鱼"是也。

　　奎湖漂鱼也有烧清汤鱼的，烧法与上面类似，只不过不放辣椒罢了。这种鱼汤味道清淡、爽口，食之口中生津，使人顿生一种悠然绵长的感觉。眼下，奎湖境内的漂鱼馆不少，且生意火爆，打响了品牌。这一方面是因为众多游客来此领略奎湖旖旎的风光，但另一方面，可以肯定地说，他们何尝不是借此而来一饱奎湖漂鱼之口福呢？而今，更有头脑活络的奎湖人，瞄准了市场，把漂鱼馆开到了城里，引得食客盈门，也鼓了自己的腰包。

一年四季，追求食不厌精的人们，邀亲朋好友来奎湖聚餐，惬意举箸食漂鱼，饮美酒，其乐融融，何其快哉！

舌尖上的奎湖

何先金

温润的奎湖，不仅风光秀美，还有诸如香椿头、南瓜花、地踏子、菱瓜、菱角菜等绿色食物，以及当地人们自制的风味佳肴，品类可谓不胜枚举。我这里仅小记三道美味，以飨诸君。

酒糟 奎湖擅长持家的妇女常将品质优良、色泽洁白的糯米浸透，煮一锅糯米饭，待糯米饭冷却后，把捣碎的酒曲掺在糯米饭中，用一瓦钵把它盛起来，在钵子上盖上草焐子或棉衣，再把瓦钵埋进秕糠或稻谷中。不出几天，糯米饭受热发酵，满屋都会弥漫着扑鼻的浓郁酒香。提起瓦钵，挤出糯米饭中白似琼浆的甜酒汁，留下的饭渣，就是色泽嫩黄的酒糟了。

酒糟单独炖着吃是不错的，可味道单调。最理想的吃法是把咸鸡、咸鸭、咸鹅或咸猪肉等切成片，放进酒糟里，摆在饭锅内蒸。等饭煮熟了，酒糟也随之蒸熟。这时的酒糟与咸货味道互相渗透，咸货中有酒香，酒糟中有肉味，其色泽鲜艳，味道独特，快人味蕾。用它啖饭，滚滚下腹。

现在，城市里很多大酒店生意红火，食客接踵，但不知有酒糟一菜否？倘如没有，追求口福的食客，可到我的家乡奎湖的农家酒肆碰碰运气，运气好时，亦可一尝。

马兰头 一场霏霏春雨歇后，奎湖的田埂地头、沟渠两边、河湖两岸，野菜马兰头就会这儿一簇，那儿一丛地在煦风中恣意生长。它那鲜嫩绿茵的模样常常勾起人们不小的食欲。于是，家乡的妇女们三三两两结伴，带上竹篮、锯镰刀或小铲子，沿着田埂、沟渠、河湖，寻寻觅觅，说说笑笑，挑马兰头回家。

青嫩的马兰头躺在竹篮里，惹人喜爱。择去它的根，剔除杂质，只留下鲜嫩的叶儿。在清水里濯净，倒进沸水里焯瘪，捞起挤出水分，放上细盐，淋上少许小磨麻油，用瓷碟子盛着端上来，一股清香沁人心脾，不单好吃，看着就很舒服。讲究的人家还会把臭干子切丝放入其中，吃起来就更具风味了。要是盛上一碗白米粥，佐以臭干子拌马兰头，那唇齿间流淌的岂止是春天的气息？

家乡人仍觉不过瘾，一些人家还在田野里挖一些马兰头回来，栽在自家的庭院或房前屋后的泥地上，不仅在家门口营造了一片蓬勃绿色，点缀了居处，而且可以随时弄着吃，委实延伸着"舌尖上的美味"。

螺蛳　对食不厌精、脍不厌细的家乡人而言，螺蛳是他们喜爱的食物。乡亲们就地取材，用推扒网（一种渔具）在家门口的湖里、塘里、沟渠内推捞，既能捞到活蹦乱跳的小鱼、小虾、泥鳅、黄鳝等，还能收获很多螺蛳。这家伙不像田螺，别看它个小，肉烧出来却是至味。

春天里，桃杏开放，阳光煦暖。经过冬眠，这时的螺蛳泥腥味少。把它捞上来放在桶里用清水浸着，再在其中滴几滴菜油，让螺蛳吐出肚中秽物。几天后取出螺蛳，洗去泥沙，放在开水中烫一下，用针挑出螺蛳肉，掐去肠尾，淘洗干净，即可烧食。

家乡人鲜有烧五香螺蛳的习惯，除了用螺肉爆炒春韭外，主要是红烧。烧时倒一点黄酒去腥，放适量盐、水磨辣椒、姜片、酱油，出锅时加一勺猪油，撒点切碎的香葱叶。一碗摆上八仙桌，叫人食欲陡增。唛饭下酒，端的是惬意五内。家乡人讲交情，倘若邻居暂无这道鲜货菜，就会添一小碗送过去。因此，邻居不仅尝到了螺蛳肉的腴美滋味，更多的是吃出了一份浓浓的淳朴乡情。

少时奎湖

秦金根

芜湖南二十里许，有湖万亩，其形似胯，名曰奎。奎宿为西方白虎七宿第一宿，主文运、文章，故乡贤以奎名之，亦有深寄矣。

湖中七墩，相距数里，天然无饰，仿若珍珠。虽无亭台楼郭之胜，而云蒸雾绕之际，亦似有蓬莱之境矣。而奎湖之美不在于此境，在于天然田园之景，无雕无琢，四时相异，日日不同。

清明时节，日暖沙软，水汽氤氲；村妇浣衣，野凫戏水；欸乃声声，渔歌相闻。湖边青草茵茵，与水相接；夹岸杨柳依依，轻拂水面。岸上田野，目之所及，皆为菜花，金黄铺地，香远益清。其间黑瓦白墙之村落，与农人耕作之身影，共为湖光水色，田园春景也。

黄梅熟时，湖广水深，荷菱田田，藻荇交织，鱼戏其间，泳者共乐。天气晦明变化，或朝雨而夕晴。云来雨至，电闪雷鸣，风高浪急，水天相连，村落似与湖面相沉浮。雨歇云散，水碧天高，湖面如镜，远山似黛，戏水童子与采菱之女同绘夏之盛景也。

金秋之际，云淡水静，菱红藕白，蟹黄鱼肥。桨动而鱼惊，网起而鱼现，渔人乐于心而形于色也。湖岸之上，稻浪连绵，随风起伏，机声隆隆，农人收获，其笑亦同谷物，金黄灿烂。值此之时，滨湖小镇，水煮虾蟹，香辣漂鱼，觥筹相欢，乃宾客与农人共乐秋收也。

腊月隆冬，气凝水冻，荷残柳败，津渡依稀，满目萧瑟。风冷霜寒，田野平芜，草垛枯黄，农机藏而农人歇也。偶逢大雪，水岸不辨，举目皆白，星点水凫与近岸孤舟，使人不免有独钓之想。而霜清之夜，登楼而眺，月光如水，则顿起幽思怀古之情也。

故乡三章

秦晓斌

奎湖，笔者生于斯长于斯。自记事起，便有心留意故乡的一草一木、一花一鸟，而后外出求学，对故乡的思念之情愈深。对故土的吟咏无需更多的溢美之词，只需倾注最真挚的情感。

鹁鸪

江南的春季，不只有百花竞艳，更有婉转的歌喉。这天籁之音非来自妙龄少女，而是那存于天地的精灵。喜鹊、乌鸫、池鹭、董鸡、苦啊鸟、布谷鸟……在田间广阔的舞台你方唱罢我登场，好不热闹！而我，独钟情于鹁鸪。

鹁鸪，俗称"斑鸠"，以珠颈斑鸠较为常见，形似鸽，老家的方言称"鹁鸪"①，常在春季将雨或初晴之时发出"咕咕"的叫声，"鹁鸪声歇风雨急"即是言此。宋诗开山鼻祖梅尧臣在《送江阴签判晁太祝》一诗中写道："江田插秧鹁姑雨，丝网得鱼云母鳞。"南宋诗人陆游亦有多首描写鹁鸪的诗文，如《小园》"村南村北鹁鸪声，水刺新秧漫漫平"，又如《感物》"日出鹁鸪还唤雨，夏初蟋蟀已吟秋"。以上诗词无一例外，所传递的是耕作之时春和景明之象。

常有朋友将古诗中的"鹧鸪"与"鹁鸪"相混淆，殊不知二者之诗文意象有别。唐诗"楚客天南行渐远，山山树里鹧鸪啼"（张籍《玉仙馆》）抒发的是客居异乡的悲苦之心，与"鹁鸪"意象所要表达的情境可谓相去甚远，二者一写羁旅、离别，一言春日之美景；一则心境凄婉落寞，一则盎然勃发。二者从叫声上亦可辨别，虽都有类似"咕咕"的声音，但鹧鸪的叫声尖利，鹁鸪的叫声则有三个音节，圆润且带有一丝

① 鹁，《玉篇》："班鸠也。""班"后多用"斑"。东晋郭璞《尔雅注》："似山雀而小，短尾，青黑色，多声，今江东亦呼为鹁鸪。"鸪，《广韵》："户骨切。"

浑厚。如果将二者的声音配以乐器，我想鹧鸪与鹁鸪也应有区别。山东崂山有模仿鹧鸪鸣叫的带有拖腔的鹧鸪戏，配以独制的鹧鸪胡及打击乐器，而鹁鸪我想配之以陶笛，田园之景，正合其音圆润婉转之意。惜未精乐理，不然非得亲身实践一番。

老家的水井旁曾有一株金银花，今日它若在，得有四十年的岁龄了（可惜毁于十多年前），听祖母说，它是我姑母少时手植的。记忆中的金银花枝蔓缠绕，一树芳香，夏夜东风拂过，可谓沁人心脾。金银花的根部正好为宽瓦所拦，而蔷薇早已见缝插针，方寸之地布满荆棘。时光流转，我仍隐约记得其中的细节，在金银花枝蔓离地约三米的地方，有几株小树的树冠如蚕茧一般被包裹成船形，阳光透过间隙，叠影重重，不时会有鸟儿穿梭，密林的深处传出几声鸣叫，而其中自然少不了鹁鸪的身影。

那时我还不知它的名字，我问祖母，祖母说，那叫"鹎鸪"，好奇的我便翻开《汉语词典》，可词典中怎么也找不到"鹎鸪"一词。年少的孩子总有一颗好奇心，未曾见过成鸟筑巢的身影，却在此时听到幼鸟的齐鸣，枝头的不远处，目光所及，捕食归来的成鸟神形镇定，仿佛与我对视，我故意眼神一瞥，目光落在窗台的镜面上，尽可能地以轻盈的步伐离开现有的区域。在我回到厨房转头的刹那，我清晰地听到一阵翅膀振动的声音，看到风一般矫健的身影以精准无比的角度钻进了密林。我隔着玻璃窗见到了鸟儿争相进食的场景。为了不惊动鸟儿，我常在厨房的窗边窥视，这是我与鹁鸪的约定。

后来，我升入县城的高中，课业繁重，春季时节也无暇回乡，但我仍惦记着曾经的鹁鸪，恨不能解绦立去。出羽的鸟儿，你可曾飞往他乡，你可曾像你的祖辈一样来此筑巢？

而今，故乡的金银花早已在记忆里封存，原址申请改建的农家新居经过父亲的精心打造也将在年中完工，故土的旧貌早已换新颜。我还未和父亲说好，竣工之时不能忘手植一株金银花。嘘！这是个小秘密。不善言语的我只能在文章中吐露。

在我异乡的家，窗台仍备好了的鹁鸪巢穴成品，等待了一个春季，却未见到你栖息的身影。我仍记得你与我对视的眼神，坚毅而果敢。"山有木兮木有枝，心悦君兮君不知。"凤凰非梧桐不栖，来年的植树节我将在异乡的家种上一棵青桐。

桐叶与寮，意伞伴群山、沅芷澧兰。

夏日的蜻蜓

"……小荷才露尖尖角，早有蜻蜓立上头。"南宋诗人杨万里的这首诗可谓脍炙人口。然而，今日我要说的不是荷叶却是蜻蜓。

蜻蜓，家乡方言称"叶蛉子""叶蝶"。深层讨论蜻蜓的飞行技能、复眼构造似乎是生物学家和仿生学家的事，对于曾经的懵懂少年而言，我关注更多的则是如同法布尔《昆虫记》里的蜻蜓，那里有我的童年记忆。如今，在城市里蜻蜓已然少见，无意中翻开家中一岁儿童的画本，那栩栩如生的形象勾起我美好的回忆。

同样是夏季，正是蜻蜓出没的季节。和今日一样的燥热、烦闷，不同的是，那是蒲扇流行的岁月，还没有空调外机的轰鸣，更没有电子产品的渗透。农村的孩童已习惯与昆虫和田野打交道，抓知了、蝗虫、蝴蝶（当然还有蜻蜓）的同时，顺便可以闻一闻早稻的清香和泥土的芬芳。

蜻蜓的飞行速度极快，难以捕获，其被称为"闪电飞行员"，真是名副其实，故而捕蜻蜓的准备工作得做充分。早间，寻一根两三米长的细竹竿，然后将一段铁丝箍成直径约十厘米的圆形和竿头连接并绑牢。接下来，需要寻找天然的黏合剂——蜘蛛网，经验丰富的小伙伴自然知道何处可以寻得蜘蛛网。将蜘蛛网在铁丝上绕上一圈、两圈……，然后用手轻轻一触，感觉一下黏度，如若可以，便将手指瞬间脱离以免粘连。准备工作做好后，捕蜻蜓的队伍就可以出发了。我们结伴而行，村里的小池塘边都留下了我们的足迹。大的水域我们自然不敢轻易前去，因为大人们说那里有"水猴子"，这应该是水乡最神秘的物种了，达到可以令"神兽们"都闻之色变的级别。

蜻蜓的个头有大有小，颜色也有别。最受小伙伴青睐的，当属蓝色或黑色的大体形蜻蜓，它有一个专属名词——"雕蜩"，中等体形的是黄色蜻蜓和一种少见的红色蜻蜓，还有一种小体形的蜻蜓自然是入不了我们的法眼的，其身躯已小到难以辨别颜色了。它遇人不必闪躲，可以肆意地飞翔，这是它的幸运。

夏季的傍晚是蜻蜓出没频率高的时点，运气好的时候，晚餐过后，走在乡间的小路上，可见大片的蜻蜓飞舞，篱笆墙边的木槿树（家乡称"水荆条"）上也驻满了黄色的蜻蜓，暮色降临，不知它们是迷失了路途抑或是倦乏了，此时根本用不到蜘蛛网，徒手便可抓到几只。小伙伴们见状，赶忙回到家中拿来塑料瓶（瓶盖已扎好透气孔），一起捉蜻蜓，大人们告知蜻蜓会捕蚊，不得抓太多，于是，我们还未满载便归了。

回到家中，蚊帐早已挂起，将捉来的蜻蜓悉数放在蚊帐里。时间一分一秒地流逝。此时，早已忘却了夏夜的烦躁，可以安然入梦了。梦里，还惦记着第二天早晨将蜻蜓放生。

《诗经》里的风物

《诗经》是中国诗歌和中国文学的源头。《风》《雅》《颂》构成了《诗经》三部曲。作为先秦的诗歌总集，其主题更是涵盖了各个方面，有描写田间劳作场景的，也有关于男女恋爱和婚姻叙事的，还有关于祭祀宴饮的诗篇，更有咏物伤怀之诗……

作为文化原典，其情感发轫于古朴。今人不似古人皓首穷经，自然缺少了研读古典文化的决心和造诣。除却上学时零星学过几首，我真正研读《诗经》是在而立之时了，有了学习、生活和工作的积累，当我重新读到曾经熟悉的诗歌时，我理解了何为"温故而知新"。我坚信，返璞归真更有利于塑造学人的学风和修养，因此我特别留意《诗经》中有关自然风物、花鸟鱼虫的描写。识花辨物，对于农家子弟而言再熟悉不过了。

如《卷耳》"采采卷耳，不盈顷筐"，"卷耳"即苍耳，古人采苍耳，一是取其嫩叶食用，二是苍耳子亦可食药两用，从下文"嗟我怀人，置彼周行"可以了解到，这首诗实际上是写女子借采卷耳之时登高望远、思念远人。好的文学作品可以让不同年龄层次、不同水平的人共读之，并从中获得不同角度的理解和认同。故而，少年读之，只知苍耳；中年读之，方知情怀。

又如《甘棠》"蔽芾甘棠"，写的正是枝小而茂密的棠梨树，棠梨树我再熟悉不过了，一树白花，果实表皮似梨却小而酸涩，然木质坚韧，旧时若得棠梨树常让木匠打造柜橱、书箱。"甘棠"需与"常棣"区分。《小雅·常棣》："常棣之华，鄂不韡韡。""常"，借为"棠"；"鄂"，即花萼。"棠棣"为今郁李。《常棣》一诗写的是兄弟情感，兄弟齐心，其利断金。"脊令在原，兄弟急难。""脊令"即"鹡鸰"，鹡鸰鸟在落单之时依靠鸣叫呼唤同类，故写鹡鸰，寓指兄弟。

尤喜读《国风·周南》里的《芣苢》："采采芣苢，薄言采之；采采芣苢，薄言有之。采采芣苢，薄言掇之，采采芣苢，薄言捋之。采采芣苢，薄言袺之，采采芣苢，薄言襭之。"这是一首劳作之歌，"芣苢"即车前草，常生长于牛马迹中，又得名牛舌草、牛遗。又因虾蟆喜居其叶下，所以郭璞《尔雅注》有言："江东呼为虾蟆衣。"我地正处古之江东，今之宣州吴语方言呼为"含抛叶"，"含抛"即青蛙，可见"方言是文化的活化石"此言不虚。忆少时与玩伴在夏季雨后的田地里寻一种体形较小的土蛙，因其灰色的皮肤与土壤颜色接近，很难寻找，我和小伙伴赤脚静卧田地，全然不顾水滴已沾湿了衣裳，双眼紧盯着不远处的草丛，一遇动静便用网兜朝风吹草动之处一兜，偶有收获。抓来的土蛙可算作"宠物"，有时一天过去，土蛙奄奄一息，我和小伙伴终生怜悯之心，打算将其放生，却半天不见其跳跃或挪动。遂寻求大人的帮助，大人们告知"含抛叶"或可救活土蛙。死马当活马医，我和小伙伴赶紧在地头找来两片"含抛叶"，将土蛙包裹其内，果不其然，奇迹出现，土蛙在呵护下苏醒了，慢慢地挪动着身体，跳跃，消失在目光所及处，也消逝在记忆里。

今读《芣苢》，勾起了曾经的回忆。全诗短短数语，重章叠句之后连用了"采""掇""捋""袺""襭"等多个动词，从一开始的一两片到用衣襟兜物，诗中女子所采芣苢之数量也在逐步增加，诗中并未灌注偏倚的情感，但其描绘的采车前草的劳作之景却如连环画般跃然纸上。此刻不免想起后世那首脍炙人口的汉乐府诗——《江南》，在"鱼戏莲叶间"之后连用"东""西""南""北"四字，其文法可谓如出一辙。

子曰："质胜文则野，文胜质则史。"《诗经》里有关风物的描写，褪去了粗鄙与华丽，正是对质与文恰到好处的拿捏。故又曰："思无邪。"

故乡三章

乡风民俗略述

朱庆生

乡风民俗是一方水土千百年来的历史文化积淀和血脉传承。随着时代的变迁和社会的进步，其中许多形式和内涵逐渐被后人删繁、淡忘或遗弃。作为今人，我们回味过去，抑或从历史的影子中看到些什么而有所借鉴。为了唤醒忘却的记忆，让我们拂去尘封，搜寻那渐行渐远即将消逝的背影，去体会那淳厚、浓烈而亲切的乡土气息吧！

一、婚嫁

旧时，男婚女嫁皆须听从父母之命、媒妁之言；同姓不婚，表姊妹兄弟可婚。礼俗繁琐复杂，其主要程序如下：

议婚、相亲　通婚的家庭根据门当户对的旧习，先由男方父母央请媒人到女家说合议婚。女家如果同意，则将女方的生辰八字用红纸写成庚帖，请媒人带回男家，由男家请算命先生推算双方的生辰八字，俗称"配八字"。如不犯"冲"、不相"克"，男家则备办彩礼、酒菜送往女家，通过媒人商谈迎娶具体事宜，俗称"订婚"。如犯"冲"相"克"，男家遂将女家庚帖退回作罢。男方与媒人前往相亲时，富有人家女子坐在闺房内，以珠帘相隔，隐约看其相貌；一般人家女子则在房间内，房门略开，远看其貌。如同意则留男方吃饭，不同意则谢绝招待。

送日子　婚期之前，男家先选定吉日，写上大红帖子并备办彩礼送往女家，告知完婚日期，俗称"送日子"。女家如无异议，则开出所需酒席、衣物等礼单，同时备办嫁奁，俗称"陪嫁妆"。嫁妆多寡视女方家境贫富而定。富裕女家有陪"一条龙"嫁妆的，另做男女新布鞋各一双，将女鞋置于男鞋中，寓意同偕到老；一般女家陪木衣箱、盆、桶、鞋、帽等物品，余由男家备办。

过礼、迎娶 婚期前夕（婚期一般选农历二、四、六、八双日），男家按女家提出的衣服、首饰、烟、酒、糖果及各种"水礼"（鱼、肉等）要求悉数备办送往女家，旧习称"过礼"。婚期当天，男家雇用花轿随同亲友、媒人到女家接娶新娘，俗称"过门"。花轿至女家时，女家闭门以待，以索放鞭炮为开门条件。女家喜好热闹的亲友或青少年则向迎娶新人的男方索取"开门礼""梳妆礼""上轿礼""厨房礼"等（常折为烟、粮、鞭炮的代金）。男方也可以"讨价还价"。在双方协商同意后，女家放鞭炮开门，设宴招待，把欢乐的气氛推向高潮。宴后，由女方兄或弟将新娘背上花轿，俗称"发嫁"。"发嫁"时间多安排在下午或傍晚前。花轿到男家门前，用两只布袋轮换铺于地面（意为"代代相传"），新娘由伴娘搀扶从袋上步入堂屋与新郎行拜堂礼。礼毕，仍用两只布袋轮换铺至洞房，男方搀扶新娘双双从袋上步入洞房。同时，主婚人唱送房歌"上代传下代，一代传十代，十代传百代……"，祝颂他们婚后幸福，子孙繁衍，兴旺昌盛。

哭嫁 旧时有"哭嫁"习俗，有所谓"哭发"之说。花轿进门，母亲要"哭嫁"。其"哭嫁"内容多为抚慰、劝告和吉祥话语。如"嫁出去要孝顺公婆，尊敬丈夫和长辈，和睦姑嫂和叔伯及邻舍"等。哭后还要向抬花轿的轿夫行跪拜大礼，请他们路上遇有上坡、下坡和跨越缺口时多照顾新人，减少颠簸。无母亲的女家可请人代哭，后改为请吹鼓手以喇叭乐替代。

此外还有几种特殊婚俗，如招亲、转亲、换亲等。

招亲 男子到女家落户成婿，成为女方家庭成员，俗称"倒插门"。

转亲 旧时有兄亡故，孀嫂转嫁其弟（小叔子），即"转亲"或"叔嫂亲"，谓"出房门，不出大门"。

换亲 贫苦人家衣食不周，子女长大成人后，因无力备办婚姻彩礼，由父母出面，央人相商，以各家的女儿"换亲"成婚。女儿不从者，强迫为之。"换亲"因双方无婚姻基础常常导致悲剧的结果。

旧时还有童养媳恶习。贫苦人家生女儿无力抚养，将其自幼许配夫家收养，待长大后，由公婆家择吉日完婚。完婚时女方虽有不情愿的，却无力反抗，只能任由安排，她们往往抱恨终生。

乡风民俗略述

二、生育

妇女生育头胎婴儿，分娩前，娘家需备办婴儿衣裤、鞋帽、尿布、小卧被、红糖、老母鸡、鸡蛋、米面、阴米等物送至女儿家，俗称"催生"。旧时富有人家生育头胎婴儿，不论生男生女都向娘家、亲友报喜。报喜时要随送红蛋（外壳染红的鸡蛋）、猪肉、喜饼等。特别是生男孩的人家，满月时要大办酒席，宴请亲友。贫困人家生男孩报喜，生女孩一般不报喜。亲友送"月子礼"（妇女产后于暗房内，头扎红布，卧床休息一个月，谓"坐月子"），所送礼物为小孩衣帽等用品和老母鸡、鸡蛋、红糖等滋补食品。满月之日，设宴庆贺并答谢亲友。婴儿周岁时，外祖父、外祖母为其"抓周"，即将购买的玩具、算盘、笔墨、糖果等物置于婴儿面前，任其抓取，并以最先抓取的物品来预测孩子今后的志趣和前程。如抓了学习用品，则称赞其长大后前程远大。孩子周岁日不办酒，俗称"瞒周过"，过周岁日后补办。旧时产妇分娩满一个月后，才能到别人家串门，否则别人会认为"晦气"。

三、做寿

俗年50岁始可做寿，之前皆为"过生日"（又以逢十为大生日）。寿以每十岁往上数，50岁谓知命，60岁谓花甲，70岁谓古稀，80—90岁谓耄耋，90岁谓鲐背，100岁谓期颐。这时，子女、亲友都要为其做寿庆贺。做寿分为男做九，女做十，即男49岁做五十大寿，女50岁做五十大寿。其大生日又有男不做三（30岁），女不做四（40岁）习俗。小孩10岁生日比其他年龄生日隆重，长亲做新鞋、送衣料、鸡蛋、挂面、老母鸡、方片糕，还有红纸包（红包）。子女为父母做寿时，亲朋好友都来祝贺，馈赠的礼品有寿联、寿匾、寿幛、寿桃、寿面、鸡蛋、衣料等。旧时富有人家做寿，堂上张灯结彩，红烛高照，高挂寿联、寿幛、寿星图。寿辰前一天晚上，儿孙等晚辈备办酒菜为老人祝贺，俗称"暖寿"。寿辰当日早上吃寿面（为当地挂面，长三尺许，寓意长寿）；中午、晚上设宴，请寿翁（媪）上座。开席时，平辈亲友行拱手礼祝寿，晚辈行跪拜礼，俗称"拜寿"。宴毕，寿翁（媪）给晚辈散发寿糕并给亲友回赠寿碗。贫困人家老人寿辰，子女即使无力为其做寿，也要下一碗长寿面，煮几个鸡蛋以示庆贺。新中国成立后，当地做寿习俗仍存在，只是礼仪较旧时简单，但内容更丰富多样。

四、丧葬

新中国成立前，丧葬程序繁杂，迷信色彩浓厚。新中国成立后，殡葬改革，程序简化。1998年后木葬基本上改为火化。主要丧葬旧俗如下。

移床 父母临终，子女守护在身边，听取遗嘱，并赶做寿衣（俗称"老衣"）冲喜。寿衣一般为3~5件，名为"三腰五领"，布料颜色忌黑色。老人断气时，须立即拆其床帐，俗称"推帐"，并立马将一枚事先准备好的铜钱放于老人口内，俗称"含口钱"。另外，要在死者双手中各放一枚铜钱，以便其到阴间后贿赂小鬼，少受磨难。此时儿孙聚跪于床前，焚化香纸，举哀，俗称"送终"。晚辈均穿孝服，俗称"破孝"。丧家一面向亲属报丧（送丧者手持雨伞，伞柄朝前），一面为死者擦澡，梳洗，穿老衣、老鞋、老帽。换毕即移床（将死者移于堂前一侧的停尸板上），死者面盖草纸，仰向屋脊，身盖"千金被"（由出嫁的女儿置办）。移床后，儿孙眷属环跪周围烧纸、哭丧。新中国成立后，"破孝"一俗多改为臂戴黑袖章，胸佩白纸花。

入殓 俗称"进材"。移床后丧家搭孝堂。入殓时，棺材安放于灵堂正中，头冲大门。棺内铺垫石灰包，上铺大表纸及死者衣被。将尸体移入棺内仰卧，周围塞进石灰包，丧家行祭，向死者遗体作最后告别后，即用铁钉封棺（俗称"抿金口"）并放鞭炮、烧纸、焚香祀奠、哭哀。棺下点一盏菜油灯，称"引魂灯"，灯上倒扣一竹篮，篮底放死者生前所穿布鞋一双，表示引行。棺前供桌上安放死者牌位或遗像。孝子守候灵前，当吊唁者前来吊唁时，孝子行跪拜大礼，女眷于孝堂幔内哭哀。丧家办理丧事期间，请民间艺人吹打锣鼓、喇叭等吹打乐器，富者还请和尚、道士做法事超度亡魂。

出殡、发葬 "停丧"（死者停柩于灵堂内）一般3~7日，多者达七七四十九天，一般单日出殡。出殡前，孝子先向"抬重者"（抬棺木者）行跪拜大礼。"抬重者"一般为8人；富者为16人，8抬8换以显荣耀。

乡风民俗略述

棺上盖一红色床单，棺上站一雄鸡，俗称"站棺鸡"。出殡时，鸣锣开道，沿途燃放鞭炮、撒纸钱。孝子捧"粮罐""哭丧棒"（由孝子中的长子捧）及死者灵牌、遗像在棺前引路，女眷扶棺或随棺哭泣哀号。遇有路祭者，则停棺，孝子跪谢答祭。途经村庄、桥梁皆停棺并放鞭炮。棺至墓地，抬2～3圈，俗称"回龙"，然后由孝子掘土三锄、破土"开井"（即挖墓穴）。棺入墓穴后，孝子先铲三锹土掩棺，亲属等用衣服兜土三次，从棺边行，将土倒在棺上，然后帮忙送葬的人挑土做坟。

烧七、回煞 新丧人家，从死者亡日起，四十九天内，每隔七日要烧化纸钱，奠祀一次，俗称"烧七"。到"六七"祀期，女婿须备办酒菜抬往坟地祭奠，俗称"送六七饭"。祭奠后的酒菜用以招待"抬重者"与妻家族人，并让其评论酒菜是否丰盛。有多个女婿的丧家，每当"送六七饭"之际，女婿唯恐被人笑其吝啬，不惜花费重金，竞相攀比，以博好评。丧家请道士依据死者的生卒年月，用干支推算亡魂返家日，俗称"回煞"。是日如为逢七的日子（初七、十七、二十七）又适值七七忌日，则称"犯七"，俗称"犯末七为差"。新中国成立后，丧葬旧俗渐被遗弃，悼念死者一般改为送花圈、送孝幛（毛毯、被面等）、开追悼会，亲友戴黑袖章，胸佩白纸花送葬。

五、美食

炒米 又称阴米、铁子米，因干燥、颗粒坚硬之故而名。冬闲至春节前，农家将上好的糯米淘净，蒸煮熟透后，置于室内通风处晾干，然后揉搓开，让米粒颗颗分离，再放到太阳下暴晒数日，至干燥无水分后即可贮藏备用。食用前采用砂烫法，即在铁锅内先置入干净的大颗粒河砂，炙以旺火再将米加入炒之，待米粒胀大变白后放筛内筛去河砂即可，谓之炒米。炒米干食酥脆喷香，还可以开水泡食，产妇多用水煮荷包蛋再加入炒米、红糖泡而食之，有补虚强身之效。春节前家家户户做炒米糖，即用炒米拌饴糖（俗称"糖稀"）、芝麻等制成。具有喜庆色彩的"欢团"就是用炒米加糖稀搓制而成的。

米面 为我乡传统食品，每年冬至到春节前，以优质籼米搭配糯米浸泡数日，磨成米浆，浇入特制米面盘内蒸熟，成长方体形，再切成面条状晾干即成。食用时以开水氽之，佐以调料，软滑爽口。旧时，农村产妇多以此为食，可补虚理气。来客人时加荷包蛋同食，既方便又可口。

甜酒　亦为我乡民喜食小吃点心，所用原料为优质糯米（团籼糯、三粒寸等）。把糯米蒸熟冷却后，拌入甜酒曲发酵酿制而成。甜酒下汤圆、水子（豌豆状糯米粉粒）或溏心蛋为风味小吃之佳品。

霉干菜　冬初小雪节气后，选扁梗大白菜晒至叶软梗疲，清洗后沥水晾干，分层放至缸内，放一层菜，撒一层盐（每一百斤菜撒四斤盐），脚穿草鞋或赤脚踩踏使之柔软后再放下一层，如此腌制完毕。第二年，梅雨季节前后，从缸内取出置锅内烧煮（以不烂为度），然后挂在竹竿或绳上晾晒干即成。霉干菜风味独特，众人喜食，夏季用霉干菜烧肉还有不易馊的特点。

香菜　冬初小雪节气后，选扁梗大白菜晒1～2天，剥下外层，取嫩菜叶梗洗净，切成斜丝，再晾晒2～3天，每一百斤菜放一斤半盐，并拌以胡椒粉、五香粉、蒜泥等腌制后装坛，以蒜泥封口。食用时加入麻油。因其辣、香、脆、嫩、鲜而风味独特，食用方便，历为本地乡民传统家庭小菜之一。

萝卜响　冬初小雪节气后，取鲜嫩白萝卜若干，洗净后切成条状，置于阳光下晾晒数日，至外表干缩，掺入适量盐、辣椒粉、五香粉等，揉搓柔软后装坛贮存，十数日后取出，浇以少许麻油即可食用。食时脆而响，故名"萝卜响"。

糖醋萝卜　冬初小雪节气后，取长约一寸的椭圆形白萝卜，以小刀从中间切成两半后，用线串起来，挂在通风朝阳处晾晒数日，然后置于容器中，再放入白砂糖、醋等腌制而成。食用时酸甜味美，常和香菜、萝卜响一起作为佐茶佳品。

开秧门、秧粑粑　农历三月，布谷声声，农人又开始一年的农业生产了。万事开头难，所以"开秧门"对于农民来说是一种很重要的仪式。插秧的第一天一定要选择吉日良时开秧门。开秧门祭神时，要放置三个装了鸡、鸭、鹅（只用取下的头、脚，谓之"三牲"）的碗于田头，燃三炷香，放一挂鞭炮，一家之主要作揖祈祷，祈求土地神灵保佑秧苗粗壮，风调雨顺，无病无灾，丰收定夺。祈祷完毕，主人陪着前来帮忙插秧的人饮开秧酒，吃秧粑粑。所谓秧粑粑，主要是用"胜稻"（作稻种用的芽稻）晒干后再掺和少量籼米、糯米磨成米粉制作而成的。为什么要选发芽的"胜稻"呢？主要是为了取吉祥之意，意思是年景一年更比一年盛。

六、时令节气习俗

春节　俗称"过年"。旧时，农历腊月十七即拉开了过年的序幕，民间为掸尘佳日，家家以竹枝扎成长帚，扫除屋内灰尘。谚云："七掸金，八掸银，九十掸尘。"腊月二十三、二十四为"送灶神"日（有官三、民四之习），家家在灶台前摆设供品，烧香、焚化"疏文"（旧时和尚、道士送的有迷信色彩文字的木刻或纸张）"送灶神"，并贴对联，上书"上天奏好事，下界保平安"或"灶乃一家主，神为五祀尊"等，横额"敬如在"。同时，撒以茶叶米，以示敬神，祈祷平安。

腊月下旬，家家忙着备办过年食物。农家忙着熬糖、做糖（以炒米、花生、芝麻和熬制的饴糖为原料做成炒米糖、花生糖、芝麻糖等）、蒸年糕、蒸团子、杀过年猪、做豆腐、做新衣、上街"打年货"，节日气氛渐浓。腊月的最后一天为除日，远在千里之外的亲人都要赶在这一天前返回故里，和亲人团聚。除日的下午，家家贴年画、对联。除日晚上为除夕，俗称"三十晚上"。吃年饭前，旧俗为先祭祖先，后聚餐。年饭菜肴丰富，全家欢聚，其乐融融。菜肴中，家家有一碗红烧整鲢鱼，但不能吃，必须小年以后才能吃，取谐音谓"连年有余"。饭后，长辈给晚辈包压岁钱。入夜，家主先"接灶神"，堂前、房内皆灯火通明，通宵达旦，尽情欢乐守岁，等待新年到来。

半夜十二点一过，家家开始接新年，开财门迎财神，鞭炮声不绝于耳。初一早上，拜年活动开始，亲友之间、邻居之间互祝吉祥，让座奉茶，长辈给晚辈包"百岁钱"，吃挂面、五香蛋等食物。拜年活动一直持续到元宵节。

春节旧俗很多，如忌讳说不吉利的话、做不吉利的事，到河边挑水、到菜园摘菜等要先放一小挂鞭炮向神明示意，年后三天不往外倒垃圾，妇女过了正月初七才能动针线等。民间还相传正月初一到初十的天气可以预测来年人畜是否兴旺以及年成的好坏。天晴则吉利，阴雨为晦，晴日主兆的顺序是：一鸡、二犬、三猪、四羊、五牛、六马、七人、八谷、九种、十收。从除夕到正月十五，每家主人都要到村里土地庙焚香、放鞭炮敬神。

有句俗话说，正月玩灯，二月唱戏。玩灯是我们圩区年成好时欢度春节的主要娱乐方式，主要是玩马灯、龙灯、罗汉灯等。由于堆罗汉是力量和技巧相结合的竞技活动，而且需要经过一段时间的训练，现在年轻人大多在外工作，回来的时间有限，也吃不了那样出力气的苦，所以现在玩罗汉灯的大多只是走走形式，堆"黄金花""黑金花"的很少。

正月初四，玩灯开始，谓"起灯"，上门玩灯谓"送灯"。正月初七谓"上七"，商户一般过了"上七"即开门营业，远道回家探亲者，多于"上七"后返程。春节至农历二月初二（"龙抬头"日），民间流行吃"春酒"，亲戚、邻居、同事皆互相礼请，热闹非凡。

元宵节　农历正月十五为元宵节，民间俗称"小年"。民谚云："正月十五大似年，婆婆要拜媳妇年。"意指旧时的儿媳终年忙碌家务，此日可休息一天，上街看灯。举办灯会的乡村称此日为"灯节"，十六日为"圆灯节"。灯节这一天，龙灯、马灯、狮子灯、罗汉灯等各种花灯全部串乡入镇玩耍，圆灯节收灯。如遇年成好，大丰收，灯会会一直延续到二月初二。当地人们在这些天接亲友来家看灯，并以糯米粉制作内有芝麻糖馅的元宵（即汤圆）招待。

清明节　清明时，清晨折柳枝插于门头，谓之除晦避灾。清晨家家前往先人墓地扫墓，烧纸、"标钱"，没有立碑的也利用清明立碑，亦有备办酒菜祭品在坟前祭祀的。如果坟头上未见"标钱"，往往被视为无后代。农村建有宗祠的，由族长带领族人到供奉祖宗的神龛前进行公祭，祭后聚议宗族有关事务，俗称"做清明"。

端午节　农历五月初五为端午节，节前几天各家皆采集艾、菖蒲栽于盆中，置于大门旁，留待节日午时砍掉。砍掉后的艾、菖蒲晒干后贮藏备用。民间相传其干燥秆叶加水煮沸后，用水熏洗身体，可祛风寒湿气，有杀菌止痒功效。另外，屋内张贴天师符，悬挂钟馗画像，驱邪避妖。节日早晨吃粽子、绿豆糕、长饼等，中午饭菜丰盛。饭前摘艾叶数片蘸雄黄酒洒遍房内各个角落（祛除毒虫），并在小孩额头上书一"王"

字。小孩分吃灶膛内烧熟的大蒜子，怀揣一个熟咸鸭蛋捂肚子（以求以后肚子不痛）。午饭有吃"三黄"（饮雄黄酒，吃黄鳝、黄瓜）、咸鸭蛋和苋菜等时令新鲜蔬菜的习俗。儿童、妇女节日穿的绣花新鞋的图案以"五毒"（老虎、蜈蚣、壁虎、四脚蛇、三脚蟾）为主题。

六月六 民谚云："六月六，晒龙袍。"农历六月初六若为晴天，家家户户皆倾箱倒柜将衣被置于太阳下暴晒，谓"晒霉"。同时，农村稻子的早熟品种已成熟，家家都在这一天吃新米饭，谓"六月六吃新"。六月六前后也是划龙舟的时节，圩乡年年都可看到赛龙舟。

中元节 农历七月十五，古名中元节，民间俗称"七月半"或"鬼节"，旧时各家在此日以新米煮饭祭祖，或到坟地烧纸，挑土培坟。需移坟、葬柩、捡筋（捡拾遗骨）易地安葬者，多在此日进行。新中国成立后，以上事情多改在冬至进行。

中秋节 农历八月十五，民间历有中秋赏月习俗。亲朋好友相互馈赠月饼、菱、藕、梨、板栗、石榴、仔公鸡等礼物，庆祝佳节。外出者也多在节日前赶回家团聚。节日正餐中，板栗烧仔公鸡、冷盘蜜饯藕为传统菜肴。黄昏后，家家门前设有香案或供桌，上陈月饼、梨、菱、藕、石榴等供品。月上时刻，皆点香烛、放鞭炮，祭祀月神。祭后家人欢聚品尝月饼，聊天赏月。在此月夜，农村常有喜爱热闹的青少年，三五一伙趁月色潜入果园瓜地偷摘瓜果，谓"摸秋"。

冬至 农历十一月的冬至历为祭祀祖先的日子。大姓宗族，由族长带领族人到宗祠团祭；每家各户皆各自前往先人墓地挑土培坟、立碑、祭祀。有厝棺待葬、移坟并墓、捡筋（捡拾遗骨）易地安葬者，也于此日进行。

上述为当地主要传统节日的习俗，其他诸如农历二月初二"土地庙会"、二月十九"观音会"、三月初三"晏公会"、七月初七"七巧日"、七月三十"华山会"（九华山地藏王菩萨诞辰）、十月初十"十月朝"等，因涉及面窄就不赘述了。

另外，诸如看相、算命、卜卦、看风水等迷信陋俗在新中国成立前盛行，新中国成立后虽有残存，但大多被当作消极文化待之。

历史的进程日新月异，随着社会的发展，移风易俗成为必然，很多旧俗早已变革一新，替之以适应当代社会快节奏的新风尚。

千古传奇仙酒坊

高 飞

李白（701—762年），字太白，号青莲居士，我国唐代伟大的浪漫主义诗人，被后人誉为"诗仙"，与杜甫并称为"李杜"。他曾游历祖国各地，三次来南陵居住（寨山、谢家池等地）。据南陵地域文化研究专家魏青平先生考证，李白对南陵情有独钟，描写南陵的诗篇共有26首，其中《南陵别儿童入京》最为著名。"仰天大笑出门去，我辈岂是蓬蒿人"这一名句，最为人们所津津乐道。尽管如此，因年代久远，现在南陵很少能找到与李白有关的蛛丝马迹，而仙酒坊却有。

民国版《南陵县志》载："仙酒坊庵，县北三十五里。按，唐李白曾饮酒于此。明末，郡庠生夏清浦、乡饮大宾夏贞甫，增建罗汉神庙，清咸丰年间毁。同治末重建，更名为古刹。西有仙酒古井，香灯田十一亩，四周余地二亩零。"新中国成立初期，古刹仍在，后损毁。20世纪末，地方有识之士对古刹作了简单恢复。至今，古井保存完好。

一、李白诗咏仙酒坊

哭善酿纪叟

李白

纪叟黄泉下，还应酿老春。
夜台无李白，沽酒与何人？

上元二年（761年），李白专程去仙酒坊（今许镇仙坊村）看望一位姓纪的酿酒老人。这位老人酿的一手叫"老春"的好酒，李白过去经常到他那儿买酒，两人因而结下了深厚的友谊。但这次李白去造访他时，老人却与世长辞了。李白十分悲伤，椎心泣血地写下了这首诗。因南陵在唐代属宣州管辖，故有的版本作《哭宣城善酿纪叟》。

二、历代名人诗咏仙酒坊（目前发现九首）

秋晚过太白新酒坊

（邑人刺史）许云

望月仙人此旧游，遐踪谁复继前修。

锦袍句纪林间胜，白酒香从瓮外浮。

红叶路长乡思远，黄花径寂雨声幽。

名垂采石今千古，争似工山望自优。

过新酒坊

（明朝进士）陈效

策马经过新酒坊，几家茅屋树苍苍。

篱边啄黍黄鸡嫩，道上风飘白酒香。

古庙尚存唐事迹，残碑犹载宋文章。

无由得会谪仙子，共向花间醉一觞。

过太白酒坊

（明朝进士）许梦熊

谪仙过日酒初熟，此日犹传新酒坊。

风度不随茅屋在，山川时作锦衣香。

千秋客到千留珮，一岁花开一举觞。

莫向斜阳嗟往事，人生不朽是文章。

过太白酒坊

（清朝名士）刘熺

不是高阳市，青莲旧有坊。

仙踪羁倏忽，亘古望苍茫。

鸟弄歌声缓，花留酒兴长。
千年明月在，犹似见飞觞。

酒坊怀李白

（清朝知县）宗能征

酒家谁自盛唐传，底事难忘李谪仙。
古刹空遗明月影，豪情犹忆醉吟篇。
天教诗境深于海，地为才名流故墟。
到此几经悲过客，金樽倾处已无边。

过仙酒坊吊古

（清朝名士）陈就列

酒泉一勺绕仙坊，自昔仙人此一觞。
拂揆仆碑征古迹，低回残井忆余香。
林间旅舍长年在，柳外招帘镇日扬。
只为江头贪捉月，令人把盏问斜阳。

仙酒坊怀李白

（清朝名士）陈於扬

偶过仙酒坊，感旧怀李白。
遗迹今昔同，谁是清狂客。
文章冠当时，称名号诗伯。
园林自春夏，芳草徒成碧。
古木定新巢，颓垣留故宅。
对酒不能饮，想思竟永夕。

消夏杂诗之一

（清朝名士）刘开兆

麴生入坐好流连，清浊须分浊与贤。

底事谪仙仙迹去，酒坊闲冷一千年。

仙酒坊怀古

（晚清诗人）张大烈

青莲当日过斯坊，仙迹曾留万古芳。

谷口路迥人已远，淮河水动涨偏长。

空闻古刹钟声彻，莫睹温泉井酿香。

试看含杯豪饮处，满堤衰草送凄凉。

"一门双进士"秦仁管、秦才管的父亲秦凤仪（举人）参与编修《南陵县志》，他在顺治版县志序文中说："太白一留饮，而仙坊斯著；宣圣一息游，而吕山以传。所谓山以仙名，水以龙灵也。"

三、仙酒坊古村落情景回放

借助历代先贤关于仙酒坊的诗歌描述及现存的古刹、古井的位置，穿过历史的时空隧道，我们来还原一下古代仙酒坊的大致面貌。

官道旁人家不多的一处小村落，几间茅舍错落有致，绿树掩映。村落虽不显眼，但村中的酒坊却享有盛誉。尤其是大诗人李白数次来此饮酒之后，酒坊更是名声日噪。走近村落，便传来阵阵沁人心脾的酒香。酒坊外悬挂的酒旗在柳树丛中随风飘扬，格外引人注目。酒店还可以住宿，你尽可一醉方休，正好体验一下诗仙当年醉卧的境界。正所谓"林间旅舍长年在，柳外招帘镇日扬"。

仙酒坊的酒之所以如此醇香诱人，是因为村中有一处可供酿酒的清冽泉水，村民们在潺潺流淌的泉眼处修建了一口井，井水终年取之不尽。水井的东边，是一座寺庙，名"仙酒坊庵"，此庙李白来时即有，当建于江南佛教兴盛的南北朝时代，和距仙酒坊不远的浮城寺、黄塘庵、郭城寺当属同一时期。史料记载，清同治末年（1874年），仙酒坊庵重建，人们为了显示此庵年代久远，具有深厚历史文化底蕴，将其更名为"古刹"。古刹坐西朝东，门楼的墙壁上嵌着一块光滑的青石，上面镂刻着一尺见方并涂着绿漆的两个正楷字——古刹。古刹的门黑漆漆的，红堂子上书写一副对联：仙酒香千古，佛恩滋万年。进门越过丈余宽的天井就是拜坛。坛前立着一尊高约二尺、直径一尺五寸、用生铁铸成的大香炉。坛的两侧，一端木架上横架着一面大鼓，另一端悬挂着一只巨钟。坛中央砌有神龛，龛上盘坐着一尊巨大的多手观世音和一尊全身金装的笑和尚。两壁端坐着各式各样石刻的十八尊罗汉（石身泥首，因其头在咸丰年间遭兵燹损毁，重建时安上泥首）。另有关公、晏公菩萨等。有一位叫杨斋公的老人常年在此朝钟暮鼓，诵经，打扫佛地，烧香换水。

陈效诗云："古庙尚存唐事迹，残碑犹载宋文章。"这是说，寺庙中立有一块碑记，宋代人在上面刻了此庵的兴盛史及李白多次来此豪饮的佳话。"拂拭仆碑征古迹"，此时只有擦拭掉石碑上的尘土，细细察看上面的文字，才知诗仙李白来此喝酒的史实。

说到仙酒坊，人们无疑会想到李白在此豪饮及有名的新酒坊。同时，人们也会想到仙酒坊庵及酒坊所在的古井。无论是由来已久的传说还是诸多古代名人歌咏仙酒坊的诗篇，都与庵及古井紧密地联系在一起，因为它们见证并记载了1200多年前，李白多次来此豪饮的真实历史。尤其是那口保存完好的古井，亦是不朽的诗魂。

四、仙酒坊名称的历史变迁

从诸多我们当地名士的诗句中可以看出，这同一个酒坊，不同历史时期出现了三个不同的称谓：新酒坊、太白酒坊、仙酒坊。盛唐李白来此饮酒时，叫"新酒坊"，明代陈效诗中"策马经过新酒坊"，说明唐代至陈效时都称"新酒坊"。明代许梦熊和清代刘燨的诗题都为"过太白酒坊"，是因为李白字太白，因此命名时把李白和酒坊紧密地结合起来，令人印象深刻。清代中后期，人们将李白的"诗仙""酒仙"名号和古井出仙酒与酒坊有机地结合起来，称"仙酒坊"。无疑，这一名称较之前的称谓，有了精神文化及意境上的升华。同时，乡人为语言上方便，简称为

"仙坊"，省略一"酒"字，也许当时酒坊已不存在。新中国成立后，以之命名的"仙坊人民公社""仙坊乡人民政府"，驻地就在仙酒坊。1992年，仙坊乡和黄墓镇合并为新的黄墓镇。现在仍以仙坊命名的是"仙坊村民委员会"，为一村级单位，是村委会所在地。

五、仙酒坊的传说

先民口耳相传的李白大醉仙酒坊及杨斋公的传说，有多种版本，大致内容如下。

（一）李白大醉仙酒坊

李白生性好酒，酒到酣畅处才思泉涌，挥笔之处皆是锦绣文章，这就是"酒后诗百篇"。一日，李白受到当地名流的宴请，来到仙酒坊，喝的就是本地新酒坊酿造的"老春"酒。席间，李白畅怀豪饮，喝了一壶又一壶，主人怕李白喝多了，谎称没酒了。李白说："你们这里是新开的酒坊，怎么会没酒呢？"主人说："新酒坊的酒也被我们喝干了。"李白无奈，突然想起来说："我来时，看到你们村里有一口井，闻到井里飘出阵阵酒香，快去打来喝！"主人马上打来酒香扑鼻的井水，李白乘兴带头喝了起来，大声称赞"好酒，好酒"！众人也附和"好酒，好酒"！于是，井里出仙酒的消息一下传开了。有人说，就在李白来此喝酒的头一天，八仙之一的铁拐李路过此地，从井里弯腰取水喝时，一不小心背上的葫芦盖子开了，里面的仙丹掉入井中，井水遂成仙酒。

李白走后，四周的村民争抢井里的仙酒，引发斗殴。继而村与村群起械斗，死伤多人。事态蔓延，县衙也制止不了。后来，州府派来官兵，拆庙填井，这才平息争端。自那以后，此井被垃圾碎砖等杂物掩埋千年（井口位置本来就低，不易被发现），人们只知此处有古井却不见井。这反而使该井得以幸存。

1944年，庙里的杨斋公坐化"开缸成佛"，唱戏唱了一个多月，跪拜的香客长达数里，燃烧的香火堆成山，几十米外人不能靠近。朝拜者的香火钱用禾桶装。有钱好办事，有识之士牵头建造新庙。大家在清理下屋前堆满的断砖碎瓦时，奇迹发生了，传说中出仙酒的古井终于重见天日。只见一块直径两尺，由光洁圆润的白色石头凿成的井台露出地面五寸许。井口被碎石块挤压填实，显然是被人用力夯实过的。这印证了千年前此井出仙酒，村民争抢，官府派兵填井的传说。《南陵县志》记载："新酒坊，李白寓饮处，白凿井尚存，按其地当在铜官山。"有人据此怀疑新酒坊是在铜官山，但铜官山当地无此历史记载，其实唐代的"新酒坊"就是现在的仙酒坊。

（二）杨斋公"成佛"的传说

抗战初期，仙酒坊庵来了一位杨姓老和尚，白发白须。他是半路出家，有儿子、媳妇住在下屋。不久，儿媳生一男孩。出家前，他就在家里吃斋念佛，一心向善，到仙酒坊庵后，人们鉴于他的经历，无论大人还是小孩都尊称他为"杨斋公"。他以庵为家，为人忠厚，正直善良，扶危济困，乐于助人，珍惜生灵，路上的蚂蚁都不忍践踏，对佛虔诚之至。庵里的一切事务都由他打理，费用开支全靠他的虔诚及人格魅力化缘来解决。因此，他深受当地民众的尊敬和崇拜。杨斋公去世后，遵照他的遗嘱，当地乡绅张道政、於时湘等购来两口大缸，缸内底层垫大量石灰和木炭并设木架，将杨斋公的遗体安放其上，再把另一大缸覆盖在上面并密封，即俗称"登缸"。然后将缸置于庙附近一棵三人合抱的黄檗树下。三年后，在万众瞩目下"开缸"，只见杨斋公已成佛像（谓之"成佛"）。人们在为他装金时，发现他的左手小指脱落。这时，有人想起，杨斋公一生吃斋向善，从不杀生。他生前有一次去黄墓渡，隔壁邻居家的病人想吃猪肉，托他捎带一斤回来，这着实难为他了，但他为了病人，还是答应了，请别人称了肉，用左手小指勾着带回了家。想不到，就是这根小指脱离了佛体。

后来，当地乡绅陈友道、章德钦等用杨斋公生前为庙里积攒下的三百余担稻款，加上唱戏一个多月香客捐献的香火钱，在古刹后面又添建庙堂五间，供奉杨斋公的肉身佛像。后来，杨斋公肉身佛像被其旁系后人窃葬。

（三）杨斋公儿子死前打招呼的传说

杨斋公成佛前一天，他的儿子向隔壁邻居及亲友长辈们打招呼："父亲喊我去为他挑经担子，我走后请大家对我妻儿多加关照。"有人问："你父亲不是已经死了吗？怎么能喊你呢？"他说："昨夜来说的。"又有人问："那你什么时候走？"他说："打完招呼第三天就走。"第三天早晨，他的妻儿大哭，说："吃过晚饭睡觉还好好的，怎么就死了呢？"这种死前打招呼，到时无疾而终的怪事，传遍乡里，也为杨斋公成佛增加了神秘色彩。

近闻仙酒坊诗酒文化园已破土动工，这是南陵文化史上的一件幸事。届时，一千多年前的大唐盛世风貌及古井、古庙等将再现在我们的眼前！

资料来源于《南陵县志》《春谷流风》《仙坊乡志》《许镇史话》《疑趣杂录》等

饮潭赤子赋

王永治

　　洪荒年代，水无境界，顺地势高低，横溢倾泻，人类均择山林高地而栖。后随农桑发展，才有了大禹治水，改造自然，终使江河有道，湖泊成形。故乡奎潭，亦然。

　　奎潭之美，美在万亩之水。春风拂至，绉碧罗一潭。夏日风暴，惊睡湖站立。滚滚雪浪，酷似钱塘江潮。汨罗悲风吹来，五月百艘龙舟竞渡，咚咚鼓点，声声齐和，都只为祭祀古贤屈子。杨万里明圣咏荷，将映日之红，转唱奎潭。菱花泛白，下起八月一场大雪。塞雁南征，小憩六墩七屿。"充电"之后，又振翅南天，留下声声谢意。渔家灯光唱晚而归，一天辛苦，看满舱虾鱼，皑皑白雪，嵌一潭清澈。洗亮沿岸民心，饱蓄五谷之源。神话始皇，鞭逐浮山，仍未山水情缘。看晴日，风平浪静，如约相会。水明山影，山堕奎潭，卿卿可可，醉然古今多少眼睛。史上奎潭，已被湖西晚清禀生强立（字晚成）先生一篇《奎湖赋》描绘得如诗如画，惟妙惟肖。

　　斗转星移，今日奎潭，党的擘画，更为壮观。临水楼台，草木葱茏，园林建筑，各展风姿。曲曲湖岸，美如剪纸。环湖公路，车来人往，游人如鲫，着装斑斓。九九湖汊，架起飞车桥梁。临湖栈道，挑战傍山架木。凉亭水榭，廊桥曲曲。繁花烟柳，满是时代春意。广场舞蹈，奎湖诗苑，搭起文化平台。诗人吟哦，墨客挥毫，舞姿婀娜，都是奎潭今日骄傲。集远山近水，酷似一幅水墨。壮哉！美兮！身饮潭赤子，无不为之感慨。难捺心中激情，赋"东风"绝句，以作收篇。

　　　　湖边游子浪归踪，柳绿莺歌桃醉红。
　　　　我驾轻舟烟波上，春光无处不东风。

饮潭赤子王永治　时年八十四岁感赋

2021 年 6 月 25 日

饮
潭
赤
子
赋

南陵民间音乐之龙舟号子

本书编写组

　　近日，南陵县许镇镇第二届"龙腾奎湖　凤舞水乡"端午民俗文化节活动圆满收官。其中来自新渭村新塘岔女子凤舟队的表演吸引了较多人的关注，凤舟队队员们吟唱的民间小调音韵婉转，极具水乡特色。但因其用方言演唱，外地游客及本地年轻一辈均认为其歌词晦涩难懂。因此，将龙舟调歌词整理出来很有必要。

　　据统计，南陵县许镇镇及弋江镇流传有多个版本的龙舟调，歌词有别但音调相似，均是以本地方言宣州吴语吟唱为基础，结合民间小调发展而来。《龙舟号子》与《送春》《夯歌》《舂米歌》《车水歌》《耘田歌》《目连戏》念白等共同构成了具有地方方言特色的吟唱谱系。

　　本地具有代表性的龙舟调歌词如下：

一、许镇镇龙舟调《十二月花》

（许镇镇民一村龙舟队，领唱：崔宝海）

打鼓哎，咚咚啊，把船来开哟。梭遛吧，梭遛吧。

老龙啊，我得水哟，转回哦来然。嗨呀嗬嗨，海棠花香，哟嗬嗬。

正月然，里来哟，梅呀花来开呀。梭遛吧，梭遛吧。

二月的，杏花哟，报春啰来然。嗨呀嗬嗨，海棠花香，哟嗬嗬。

三月的，桃花哟，满了树来红啊。梭遛吧，梭遛吧。

四月的，蔷薇哟，靠墙啰栽然。嗨呀嗬嗨，海棠花香，哟嗬嗬。

五月的，栀子啊，心啊里来黄啰。梭遛吧，梭遛吧。

六月的，荷花哟，满池哟塘嗒。嗨呀嗬嗨，海棠花香，哟嗬嗬。

七月的，菱花哟，铺啊水呀面呐。梭遛吧，梭遛吧。

八月的，桂花哟，满村呐香嗒。嗨呀嗬嗨，海棠花香，哟嗬嗬。

九月的，菊花哟，遍呀地来黄呐。梭遛吧，梭遛吧。

十月的，芙蓉哦，赛牡哦丹啰。嗨呀嗬嗨，海棠花香，哟嗬嗬。

十冬哦，腊月哟，无啊花来开哟。梭遛吧，梭遛吧。

我采朵哦，腊梅哟，倒转啰来然。嗨呀嗬嗨，海棠花香，哟嗬嗬。

二、许镇镇女子凤舟调《十二月花》
（许镇镇新渭村新塘岔女子凤舟队）

即将上文中的"梭遛吧"，改为"彩流吧"。

三、弋江镇龙舟调
（流传于南陵县弋江镇青弋江沿岸村落）

一划的，喜来哟。

二哟划的财哟。赛船了，赛船了。

三划的个麒麟呐。四啊送的子啊。呀嗬嗨呀，海棠花香，哟嗬嗨。

五划的，五子哦，就呀登的科哦。赛船了，赛船了。

六划的个，六畜啊，就啊兴的旺呐。呀嗬嗨呀，海棠花香，哟嗬嗨。

我七划的，七子哟，团呀团的圆然。赛船了，赛船了。

我八划的个八仙嘛，就啊飘的海然。呀嗬嗨呀，海棠花香，赛船了。

我九划的，九子哦，十呀三的生哦！赛船了，赛船了。

我十划的个，十全啊，就啊十的美呐。呀嗬嗨呀，海棠花香，哟嗬嗨。

四、许镇镇龙舟调《河姐》
（流传于许镇镇原太丰乡、东塘乡等地）

响鼓的，一把吧，把呀船来开哟，梭遛吧，梭遛吧。

老龙啊，得水哟，转回来哦。嗨呀嗬嗨，海棠花香，哟嗬嗬。

起鼓的，把来哎，把呀鼓来敲（kāo）啊。

敲到天边哎，不输哦棹哎。嗨呀嗬嗨，海棠花香，哟嗬嗬。

正月的，河姐哟，说呀思呀情呐，梭遛吧，梭遛吧。

姐在哟房中啊，画美哟人喏。嗨呀嗬嗨，海棠花香，哟嗬嗬。

南陵民间音乐之龙舟号子

画龙哦，画虎啊，难呐能画来骨噢，梭遛吧，梭遛吧。
我知面哟知人呐，不知哦心喏。嗨呀嗬嗨，海棠花香，哟嗬嗬。
二月的，河姐哟，说呀思呀情呐，梭遛吧，梭遛吧。
凡人喏知貌啊，不作哦稳喏。嗨呀嗬嗨，海棠花香，哟嗬嗬。
只怪得你娘喏，伊啊来牵呐，梭遛吧，梭遛吧。
我知人喏知貌啊，无人喏认喏。嗨呀嗬嗨，海棠花香，哟嗬嗬。
五月的，端午哦，我水呀龙来走啊，梭遛吧，梭遛吧。
龙舟的，祭社哦，浪浪下来水呀。嗨呀嗬嗨，海棠花香，哟嗬嗬。

五、许镇镇凤舟号子《河姐》
（许镇镇新渭村新塘岔女子凤舟队）

嗨呀嗬嗨，彩流船响，哟嗬嗬。
姐在那个房中哎，画呀美的人喏。嗨呀嗬嗨，彩流船响，哟嗬嗬。
画龙哎，画虎哎，难呐画得骨哟，采莲（音"彩流"，下同）吧，采莲吧。
知人哟那个知面呐，不啊知的心喏。嗨呀嗬嗨，彩流船响，哟嗬嗬。
二月的，河姐哟，说呀恩的情哟，采莲吧，采莲吧。……

六、黄塘乡龙舟调
（领唱：许镇镇黄塘村王家墩王思全）

打鼓哎，咚咚哎，把船来开哟，梭遛吧，梭遛吧。
划船的辛苦哎……头桡哎……二桡哎……
三桡哎……四桡哎……棹公哎……
海棠花香，哟嗬嘿……

七、《安徽民间音乐》收录版

1957年安徽省文化局音乐工作组编、安徽人民出版社出版的《安徽民间音乐　第一集》收录了两种本地龙舟调（《划龙船（一）》《划龙船（二）》）。1960年安徽省群众艺术馆编、安徽人民出版社出版的《安徽民间音乐　第二集》也收录了两种本地龙舟调（《龙船歌》《赛龙船》）。

附件：

划龍船（一）

2/4 ♩=88
探錄者　宋叶勳
探錄地　宣城
(5—3)

青龍（兀）黄龍（兀）來賽橈（兀）（梭什么）（吧），（梭什么吧），海棠花开末呀嗕嗨！
划橈！划橈！划橈！划橈！

划龍船（二）

2/4 ♩=88
探錄者　黄定民
探錄地　繁昌南陵
(3—5)

〔領〕鼓打得咚咚（呃）把（呃）船得开（喇）
〔合〕划龍船，催龍船。
〔領〕老龍（呃）得勝（勒）轉（勒）囘來，（喇）
〔合〕呀嗕嗨！海棠花香
呀嗕嗨！

註："0"为鼓声符号。

南陵民间音乐之龙舟号子

207

龙 船 歌

皖南地区

（5—5）**2/4**

♩=96

```
6  1 1   6·   1   2 3   5  3 2 6   12 1    6·   1   6 1
1. 小小（呃） 龙  船   长（呃） 又  长 （呃）， （梭 儿  儿
2. 大树（呃） 弯弯  靠  山   长  冬（呃）， （梭 儿  儿
3. 小小（呃） 铜  鼓  响   冬  冬（呃）， （梭 儿  儿
4. 太阳（呃） 落  山  已   不  早（呃）， （梭  儿
```

```
2·  6    2·1  6·   1·   0    1·2  3 5   2·1   6·
来   来    梭   儿   来         欢   欢   喜   喜 产 湾 胜
来   来    梭   儿   来         集   体   生 台   得
来   来    梭   儿   来         屏   老   龙
把   歌   打   回   头
```

```
6·  2 1 6   5·  5 0   5·  6   1   6·   1·2  3
把   歌     唱（呀）。（呀） 呼  呼  嗨   呀   海   棠 棠 棠
多   打     浪（阿）。（呀） 呼  呼  嗨嗨  呀 呀 海 海 海
保   和     不（阿）。（呀） 呼  呼  嗨
转   回     头（呀）。（呀） 呼  呼  嗨
```

```
2·1  6    2·1  65 6   5  —
花   香    啪   嗨嗨    嗨）!
花   香    啪   嗨嗨    嗨）!
花   香    啪   嗨嗨    嗨）!
花   香    啪   嗨嗨    嗨）!
```

赛　龙　船

(3=5)　2/4

♩=96

（领）　　　　　　　　　　　　　　　　　　　（齐）

```
6 6  1 6 | 3 2  2 1 6 | 6 6  6 1 | 2 6  67 16 | 5    4 3 |
```

1. 打鼓（呃）咚咚（呃）把　船（来）开（哟），赛　龙　家
2. 一人（呃）划纵（呃）船　不　走（哟），大　家　互　助
3. 单干（呃）不如（呃）互　助　好（哟），精　耕　互　助
4. 精耕（呃）细作（呃）办　法　好（哟），精　耕　互　助
5. 共产党　毛主席　好　领　导（哟），领　导

（领）

```
2 17  6 | 1  6 67 | 1   6 | 6 2  2 1 | 1 21  6 |
```

船　　　划　龙　船，老龙（呀）得胜（哪）
来　　　齐　动　手，大家（呀）用劲（哪）
好　　　合　作　好，互助能使黄土（哪）
哟　　　细　作　的，改良（呀）技术（哪）
强　　　领　导　好，领导走向　幸福（哪）

（齐）

```
6 23  1 6 | 5   3 | 6 6  1 | 2 3 2 1 | 6    6 |
```

再回（哟）来（哟），（嘿呀嗬　嘿嘿嘿嘿　呀）
船飞（哟）跑（哟），（嘿呀嗬　嘿嘿嘿嘿　呀）
变黄（哟）金（哟），（嘿呀嗬　嘿嘿嘿嘿　呀）
好收（哟）成（哟），（嘿呀嗬　嘿嘿嘿嘿　呀）
好前（哟）途（哟），（嘿呀嗬　嘿嘿嘿嘿　呀）

```
2   2 | 1 61  6 | 2 1  6 66 | 5    0 ||
```

海　棠　花　养（哟荷嗬嗬嗬　嘿）！
大　家　用　劲　船飞（哟哟哟）跑。
互助　能使　黄土　变黄（哟哟哟）金。
改　良　技　术　好收（哟嗬嗬）成。
走　向　幸　福　好前（哟哟哟）途。

秦晓斌整理

209

南陵民间音乐之龙舟号子

奎湖龙舟节 传承更精彩

高 飞

习近平总书记说："我们决不可抛弃中华民族的优秀文化传统，恰恰相反，我们要很好传承和弘扬，因为这是我们民族的'根'和'魂'，丢了这个'根'和'魂'，就没有根基了。"

南陵县许镇镇是芜湖市一个具有悠久历史文化的大镇。近几年，镇党委、政府提出"富美湖乡 人文许镇"的奋斗目标，在努力抓好经济建设的同时，积极发展传统文化，通过持续不懈、真抓实干，获得了一系列荣誉称号。许镇镇被评为"第十一批全国'一村一品'示范村镇""全国乡村产业产值超十亿元镇""安徽省文明村镇""安徽省'一改两为'（改进工作作风、为民办实事、为企优环境）先进典型""安徽省数字化建设优秀乡镇"等，并获得多项市、县级荣誉称号。其中，作为中华体育文化优秀项目的"奎湖龙舟节"格外引人注目，把浓郁而热烈的乡土文化特色及圩乡人心中"龙的传人""端午佳节奋勇争先"的传统精神，演绎得如火如荼。

据《许镇史话》《奎湖泛月》等书记载，端午龙舟赛在本镇这块古老土地上由来已久。春秋战国时期，本土地属"吴头楚尾"。在吴楚争霸中，本地战事频仍，作为两军对阵的古战场，长期处在血火交迸的前沿，民间家国情怀根深蒂固，而勇武决胜的竞技热情与齐心协力的合作友爱，早已融入人们的血脉，成为本乡本土文化的重要组成部分。

赛龙舟缘于纪念战国时期爱国诗人屈原于五月初五投汨罗江以身殉国的历史壮举，是一项有着丰富精神文化内涵的传统体育活动，具有广泛的社会性和普遍的群众性，对参与者的综合体能、纪律意识、精神、情绪等，均有较为严格的要求。同时，宽阔的水域也是必不可少的条件。

奎湖水面辽阔，自古以来就是南来北往的黄金水道。据史籍记载，三国时的奎湖是周瑜、黄盖等东吴将领操演水师之地。到明代宣德年间（1426—1435年），奎湖六墩水利工程建成，当地年年岁熟，为祭拜龙神、纪念屈子、庆祝丰收，必会举办乡村龙舟赛。当此端午期间，各村摩拳擦掌，物色人、船，设香案，请龙王，扎龙头，一片忙碌景象。后经地方父老乡亲商议，奎湖沿岸有数万亩良田，端午期间水势不稳，赛龙舟于农时不合，而六月初六汛期已过，且金黄的稻谷丰收在望，正可"六六大顺"，顺时而为举行龙舟赛。于是，在乡亲们的传说中，农历六月初六也成为歌颂南生姑娘以德报怨美好品行的纪念日。从此，年年岁岁六月初六这一天，奎湖水面上雷打不动鼓声咚咚，湖岸人声鼎沸、笑语喧阗，周边邻县同属圩区的乡亲们也都积极响应，形成不约而同的定制。如繁昌大有圩、门楼圩，芜湖县白沙圩、埭南圩、陶辛圩、十连圩的龙舟，也都在这一天齐聚奎湖参赛，高峰期湖面上常会出现"百舟竞渡"的盛景，寻常时也有五六十条龙舟穿梭畅游。

历史上的奎湖龙舟赛，牵涉如此宽阔的地域，概因过去的奎湖比现今的奎湖水面大得多，且和邻县水系相连，水路四通八达。最重要的当然是共同的地域文化和民间兴趣爱好，把乡亲们的心紧紧联系在一起。

随着国家对农业、农村的发展越来越重视，加大了对农业基础设施的投入，林都圩大堤得到空前加固，圩内排涝能力显著提高，做到了旱涝保收。2016年6月，青弋江分洪道工程全线贯通，一条"年轻"的河流诞生，人们亲切地称之为"青安江"，它是一条防洪"生命线"，确保了青弋江流域芜湖江南区域汛期的安然无虞。得益于青安江的建成，许镇镇原有的林都圩、东塘圩、太丰圩三大圩口合并为许镇联圩，每年的防汛抗洪压力大大缓解。今年，国家投入巨资的"水系连通 水美乡村"大型水利工程已动工，地势低洼的圩区水多为患的"水害"将彻底变成"水利"。正是在这样新的历史背景下，奎湖龙舟赛举行时间，前些年自然又回到每年的端午节。

2023年端午节，恰逢屈原殉国2300周年纪念日。在芜湖市文化和旅游局，南陵县委、县政府等多方统筹指导之下，6月17至19日，许镇镇第二届"龙腾奎湖 凤舞水乡"端午民俗文化节，在芜湖市唯一的省级湿

奎湖龙舟节 传承更精彩

地公园——奎湖拉开帷幕。节庆活动的重头戏当然是传统的龙舟赛，除此之外，还有舞龙表演、文艺演出、传统服装秀、书画展览、特色美食汇、包粽子比赛、大浦欢乐游、"许你好物"特色农产品展销、"许你美景"邂逅露营……丰富多彩的活动在湖岸助兴。作为活动主角的龙舟赛，有28支参赛队伍，迎着金色的旭日将湖面装点得生机勃勃。他们由许镇镇28个村委会各组一队组成，从圩乡四面八方云集赛场，成员个个是精挑细选的，真正是全镇全覆盖、全民参与。

龙舟赛是一场凭借集体力量、团队意志，展开高度协同拼搏的体育竞技活动。一只龙舟上有22个桨手（桡手）、一个鼓手、一个舵手（棹手），整队计24人。每个人的力量必须同时用在一个点上，才能最大限度驱动龙舟快速前进。经过多轮角逐，最后建福村龙舟队荣获大赛冠军（一等奖），黄塘、民一两支龙舟队分获亚军和季军（二等奖），茆镇、东胜、新渭三支龙舟队拿到了本次龙舟赛的三等奖。

本次龙舟赛是圩乡有史以来规模最大、规格最高的一次竞赛活动。比赛现场，只见天、地、湖融为一体，人头攒动，歌声、笑声、呐喊声，一片欢腾。国家及省、市、县各级新闻媒体在现场直播，竞相报道芜湖市这张闪亮的名片。这次活动中，有个耀眼的亮点——女子"凤舟"（采莲舟）表演。女鼓手亮嗓领歌，女桨手清越呼和，宛若乐坛独唱与和唱交相辉映，在湖面上久久荡漾。她们的服饰鲜艳统一，挥桡的动作英姿飒爽，那龙凤齐舞、刚柔并济的美好画面，吸引了无数赞赏的目光。

谁说女子不如男？！许镇圩乡女子划采莲舟的传统由来已久。早在明代，就有史书记载，采莲舟上悬彩球，挂红旗，划舟的女子年龄在二十岁上下，个个青春靓丽，身体健美。她们上身穿红背心，下半身着绿短裤，头插红花，手执红桡，船头上有丑角扮老渔翁，头戴破箬帽，着破蓑衣，腰挂鱼篓，手举钓竿……活脱脱地展现了渔人捕鱼的景象。其背后还有个"莲姑父母划渔舟救女"的传说故事，传唱至今的古龙舟调"扇留页……扇留页……"，就是父母在呼喊女儿莲姑的名字，几经演变，成为乡民对美好生活的声声呼唤。

每年端午期间，龙舟赛是许镇圩乡百姓翘首期盼的文体盛事，文化印记早已深入人们骨髓。20世纪70年代，奎湖被评为全国"体育之乡"，而龙舟赛古今相传，更是这项殊荣的点睛之笔。当今欣逢盛世，百姓丰衣足食，传统文化发扬光大，弘扬爱国精神，拼搏进取、超越自我，乡风民俗中透着民心。这是地域文化之灵，更是民族复兴之光。

奎湖龙舟节　传承更精彩

富美湖乡——奎潭湖龙舟赛

蒋闽平

历史悠久民俗潮，
奎湖舟会呼声高。
五月端午过佳节，
奎潭湖畔彩旗飘。
人文许镇严组织，
龙舟赛事热情邀。
数十龙舟整齐列，
青春桡手身板剽。
身着紧服手执桨，
大红绸带束住腰。
车水马龙追逐赶，
笛声响彻肖东桥。
舟悠悠，水迢迢。
湖畈禾浪薰风摇。
桡子插水奋发力，
鼓点吼喊凌空吆。
场面气势声威壮，
湖中族类水底猫。
沿岸观众翘首望，
男女老少欢如潮。
竞赛众舟争当先，
唱响乡音龙船调。
女子飒爽划采莲，
红绿装扮身苗条。

壮汉龙舟破浪越，
靓女篷船红花娇。
风和日丽新时代，
民风淳朴百业豪。
中华崛起中国梦，
富美湖乡更妖娆。

民国版《南陵县志》载许镇镇域截图

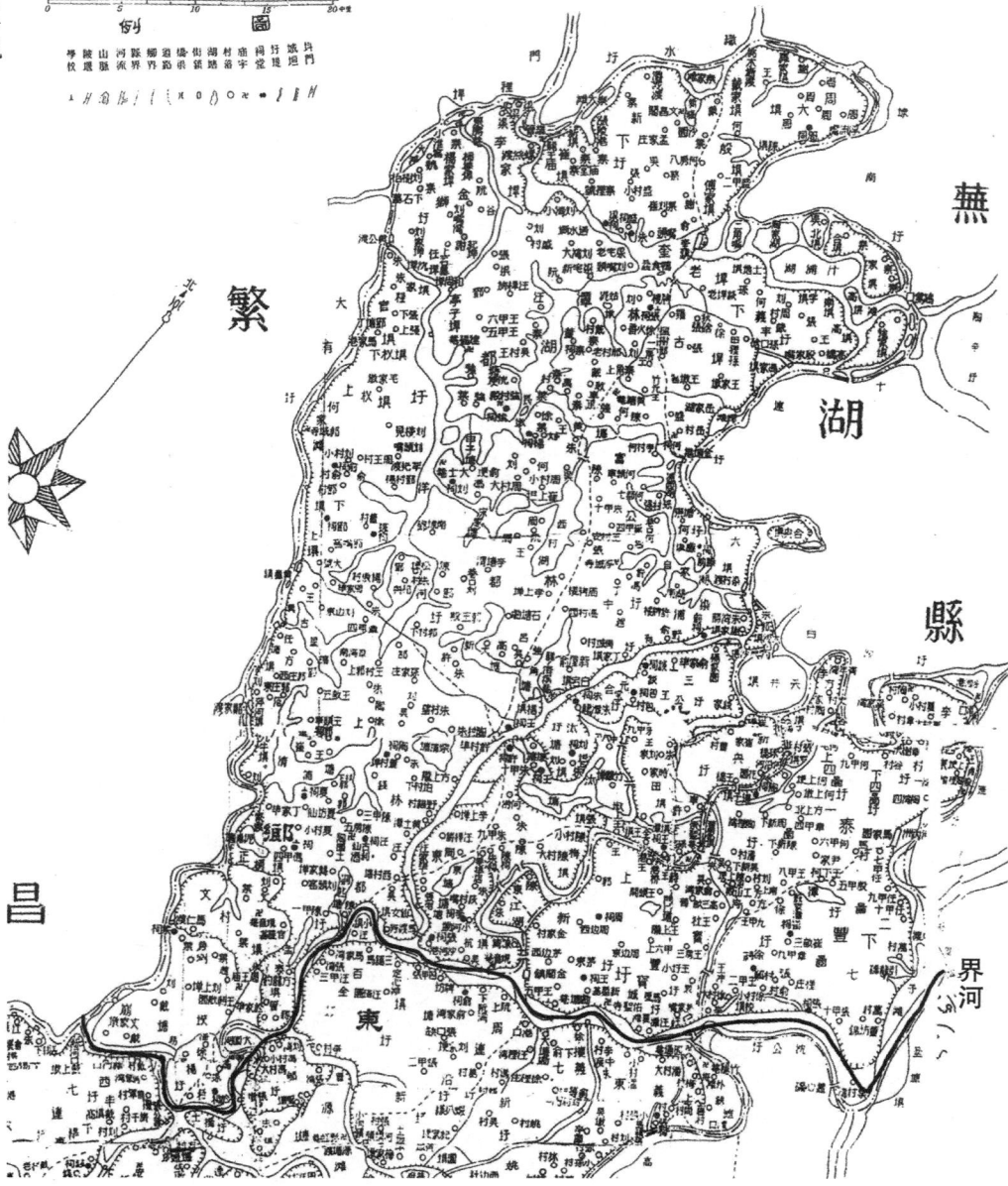

经典定格及传承弘扬（后记）

文化是一个国家、一个民族的灵魂。文化兴则国运兴，文化强则民族强。习近平在党的二十大报告中强调，"全面建设社会主义现代化国家，必须坚持中国特色社会主义文化发展道路，增强文化自信，围绕举旗帜、聚民心、育新人、兴文化、展形象建设社会主义文化强国，发展面向现代化、面向世界、面向未来的，民族的科学的大众的社会主义文化，激发全民族文化创新创造活力，增强实现中华民族伟大复兴的精神力量"。这给《奎潭湖的传说》的编辑出版，带来了强劲的东风，赋予了崇高的使命。

许镇镇地处江左圩乡，特殊的地理环境和人文历史，造就了独有的风土人情。这里自古人杰地灵，文化艺术根系发达，源远流长，是皖南"门户"南陵县具有丰富文化资源的古域大镇。截至目前，许镇镇已有多种地方特色文化史籍被发掘整理面世，如《仙坊乡志》《许镇史话》《一抹乡愁黄墓渡》《奎湖泛月》《奎潭秋韵》（许镇镇老年学校期刊）等，均产生了积极的社会影响，受到专家和民众的一致好评。

这些特色鲜明的文化资源，集中呈现在本镇漳河沿岸及官道沿线（张公渡—桃木塅渡，大致为205国道张公渡桥至南陵渡桥沿线）。地域内古迹众多，历史上诸如渡口、集镇、寺庙、宗祠等公共活动场所相对密集，反映了古代水陆交通便利，促进了物质繁华，带来了民风亲善。乡梓俚俗日积月累，逐渐形成独树一帜的文化特征，表现在乡风民俗方面，不但价值观趋同，而且包括方言在内的基本生活习性、精神文化等，都留下了很多绚丽多彩的优良传统。上述史籍中的文章，为我们传承弘扬地域优秀传统文化，建设乡村文明，提供了丰富的资料。

"奎潭湖的传说""许镇马灯"被确定为芜湖市非物质文化遗产项目。其中，"奎潭湖的传说"作为具有特定价值指向的地域文化，意义更是非同一般。它突出了民间神话传说的文化价值定位，把乡民中千百年来口口相传的多种艺术表达形式，以及随意中自觉不自觉的创作现象，上升到文化积累、文明建树的精神高度。显然，"奎潭湖的传说"是一种文化标识，并非局限于一湖之传说。神话传说是民间文学的重要组成部分，是指在民间流传的神话故事或在特定历史事件的基础上，由社会大众集体展开大胆丰富想象，交互传播激发，共同创造，以记述和评说过往史迹，表达古昔情怀和对美好生活的向往，一定程度上反映了人民群众的理想和愿望。没有传说的历史，是不完整的历史，因为传说产生在有文字记载的历史之前，在人类思想史、文学史、文明发展史上，都有不可替代的重要作用。

本书以"传说"为开篇重点内容，兼及若干重大历史信息，融会一体，力图做到逻辑缜密，互为支撑，集成一本简约、普及型通俗读物，寓略显枯燥的历史文化知识于妙趣横生的传说故事之中，适宜在广大青少年中传习，以开阔他们的历史文化视野，拓展他们的精神文明思维。对于喜爱地方历史文化的人来说，阅后或许有所收益。

第一部分"典故传说"精选的近四十篇传说故事，都是历史上一代代乡人集体智慧的结晶，署名的是后来的整理者或撰记者。由于时代不同，各人站的角度不一样，对于史迹的解读亦有差异，但有一个共同的特点，即反映了本土地方文化特色。同时，往往同一个传说故事流传多个版本，这本是传说的变异性，不足为怪。对于今天的读者而言，取其精华部分，汲取精神营养，并无大碍。

第二部分"进士之乡"专述历史优秀人物。以图文结合的形式，着重介绍明清以来本镇九位进士和部分举人、贡生等。

第三部分"水利命脉"以确证无疑的史实资料，通过四篇碑记综述林都圩、太丰圩的由来及先民围绕"水"而不懈斗争的历史概况。尤其是《南陵泰丰圩堤埂告成碑记》属最新发现、县志未及记载的史料，明确了一个大圩口的历史渊源，避免了一本糊涂账，因此，尤为珍贵。投入两亿多元的许镇镇水系统一工程今年就要动工，这将大大改善当地的"洼地"水利矛盾，但我们切切不可忘记先民们与水斗争的艰难历程。

第四部分"富美奎湖"概述了奎潭湖文化精要，以及仙酒坊的李白诗酒文化（诗酒文化园的建设已初具规模）。其中的乡风民俗内容不可或缺。历史上，整个林都圩分上、中、下三部分，1949年中林都、下林都融为一体，统称为下林都。自古以来，奎潭湖、仙酒坊因在古道上处于要冲位置，自然成为下林都和上林都的关键集镇区，进而演变成现在的繁华之地。

四个部分，大体按历史故事—历史人物—历史事件—现实美好许镇的思路编排，是否体现由虚及实、由因及果的逻辑关系，这由读者品味、评说。

这些内容的编选，大体反映出圩区千年变迁发展的历史，就是官民同心协力与水博弈的历史，展露出人民群众在恶劣生存环境下磨炼出来的精神风貌。他们在与大自然斗争的过程中聪慧机敏、灵动睿智，亦可从中反映出"水文化"的特质，也足以说明许镇镇历史文化土壤深厚，人才迭出，后辈可期！

在诸多本地当代作者中，章光斗、陈绍连、汪文楷三位先生做了大量的开创性工作；编者适逢盛世，多年来自觉担当起传承弘扬历史文化的责任；三十岁出头的青年才俊秦晓斌，从安徽大学毕业后，即在省城金融部门工作，他业余时间热衷于本土历史文化研究，视野开阔，思维缜密，作品甚多，实为后起之秀。

本书的出版，坚定了我们对地方传统文化的自信，期望读者朋友能从本书中领略本乡精神文化的千古胜境，开卷有益，有所收获，并以此为起点，延续乡愁，生发眷恋故土、热爱家乡的满腔深情，为建设故乡添砖加瓦，为实现乡村振兴、民族复兴宏伟大业，奋发有为。

经典定格及传承弘扬（后记）

以吴宗高书记、朱兵镇长为首的许镇镇党委和政府克服种种困难，在抓经济建设的同时，高度重视文化建设，着力打造奎潭湖、仙酒坊及黄墓渡文化，适时提出"富美湖乡 人文许镇"的经济、文化目标，为本书的出版作了很好的引领。

感谢从许镇镇走出去的许福芦教授、秦金根博士对本书出版的关注和支持！感谢地域文化专家魏青平先生对本书的指导和赐稿！感谢为本书作出贡献的所有图文作者！感谢苏州市芜湖商会会长强小兵先生为本书付梓倾情奉献！感谢南陵县文宣部门、安徽师范大学出版社对地方乡土文化传承的大力支持！

编　者

2023年6月